Bliss

O. Z. Livaneli

治愈一个人，需要另一个人

幸福是一场没有终点的旅程

B l i s s

O. Z. Livaneli

伊斯坦布尔的幸福

〔土耳其〕李凡纳利 著
贾文浩 译

南海出版公司

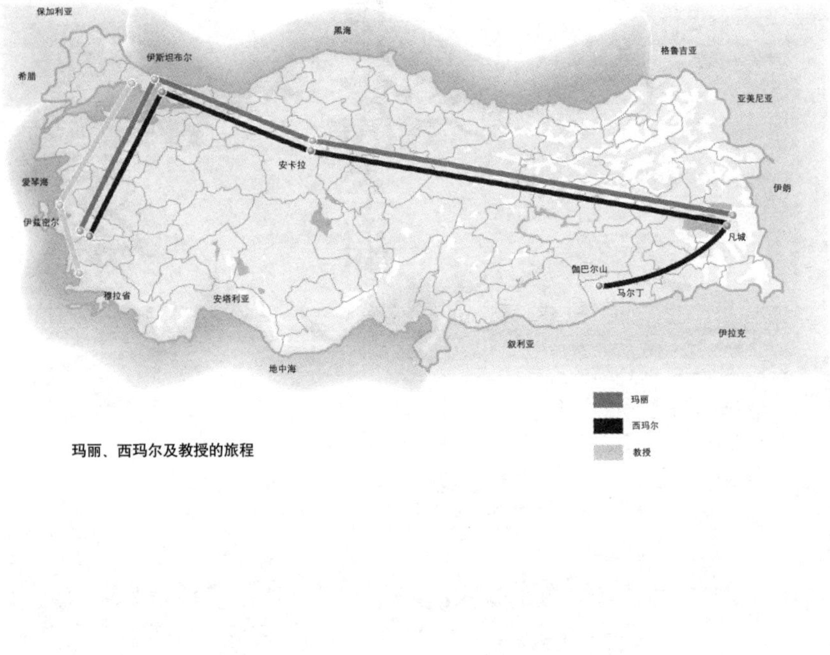

玛丽、西玛尔及教授的旅程

译序

本书作者李凡纳利 (O. Z. Livaneli) 是土耳其当代著名作家，同时也是一位卓有成就的作曲家。他曾在斯德哥尔摩学习音乐，在巴黎和雅典居住多年。除致力于文学和音乐之外,也积极投身土耳其政治运动，是土耳其反暴力运动发起人。2002 年出任土耳其议会议员。

在李凡纳利出版的六部小说作品里，本书被公认是最重要的一部。2002 年在土耳其问世后已经陆续被译成了十几种外国语言，风行全球，反响热烈，受到了各国读者的热烈追捧。法国前总统希拉克读了这部小说后，曾写信给作者说:“……三位主人公命运交织的动人故事，感染了成千上万土耳其读者，同样也必将打动法国读者。”该小说在土耳其高居畅销书榜首，近年来也成为国际畅销书，获得过法国、意大利、美国等国的图书奖项。

小说先用三条线交替叙述三个人的故事，开始并无联系，但随着故事发展，三个人的命运连接在了一起。玛丽是个十五岁的女孩，生活在土耳其东部一座村镇，出生时母亲因难产去世，因此被村民们认为是个灾星，会给村里带来灾难。她父亲和伯父住在一块儿，伯父是一家之长，也是当地的教长。一次，玛丽给伯父送饭，遭他强暴，反被认为使家族蒙羞，伪善的伯父遂命家人将她关进马厩，希望她自己上吊自杀。但玛丽决定抗争。另一位主人公西玛尔是玛丽的堂哥，服兵役期间在东部山区与库尔德工人党游击队作战。退伍后回到村庄，接受父亲的命令把玛丽带到伊斯坦布尔去，在那里伺机将她杀死。从东部的凡湖到西部的伊斯坦布尔，长达一千多公里的漫漫旅途上，两个乡下人目睹了万花筒一样的新与旧、传统与潮流、保守与开放的对比。西玛尔内心进行了激烈的斗争，到达目的地伊斯坦布尔后，在执行使命的最后一刻，他终于被玛丽的纯真所感化。另一位主人公是一名伊斯坦布尔大学的教授伊凡。虽然因有自己的电视节目而颇有名气，家庭和社会地位也都令人羡慕，但他总感到自己的生活很乏味，人际关系的压力令他心里时常感到恐惧，以至于整夜失眠。后来他决定抛弃一切，悄然出走，来到爱琴海边租了条帆船，独自扬帆出海，去追寻自己无拘无束、浪迹天涯的梦。

一次在海湾停泊时，他偶然遇上西玛尔和玛丽，对玛丽产生了一种奇特的好感。于是他热情地帮助、引导玛丽，使玛丽从一个无知的村姑，变成一位能够独立思考、处事冷静的成熟女子，同时也抛开了宗教的束缚。西玛尔虽然下不了狠心杀玛丽，但他一直为没有完成父亲交付的使命而感到内疚。不敬神的伊凡总说玛丽比他聪明，他总是感觉两人勾结起来捉弄他，令他恼怒气愤，使命感又被激活。当他终于发现欺负玛丽的罪魁，原来就是自己一直敬若神明的父亲时，他的精神支柱也随之轰然倒塌。

故事的主线是一场未遂的荣誉谋杀，所谓“荣誉谋杀”就是指男性成员以捍卫家庭荣誉为由，杀害被他们认为与男子有不正当关系的女性家庭成员。作者借小说人物的口吻指责了这种在土耳其东部长期流行的陋习，认为它有悖人的良知。故事中的教长可以被视为制造这类事件的一个代表。作为当地的教长，本应是人们道德的楷模，可他却是个乱伦强奸犯，而且做了恶还能逍遥法外。令人不可思议的是，到头来受害人玛丽还要被加害于她的罪犯冠冕堂皇地判处死刑。结果玛丽遭遇了三重不幸：一是被强奸，二是无法让罪犯受到应有的惩罚，三是被罪犯进一步加害。小说对教长的伪善进行了无情地鞭挞，让人们对实际发生在土耳其每年大约200例的荣誉谋杀案有了一种惊心动魄的深切认识，同时也对土耳其东部妇女的悲惨地位和生活状况有了更清楚的了解。

小说不仅讲述了一个故事，伴随着故事的发展，还生动地展示了土耳其社会生活的全景画卷，包括政治斗争、宗教矛盾、种族冲突、官僚腐败、文化发展、新旧对比，等等。其中土耳其人与库尔德人的冲突固然引人关注，不过在媒体的大量报道下，人们对此已经不那么热衷了。更引人注目的是文化发展。在二十世纪二十年代土耳其革命后，传统文化被西方文化所取代，这个过程是痛苦的，全盘西化的某些条件并不具备。结果是原来的文化被破坏了，新的又没有确立。这种文化上的失落感，令土耳其知识界痛心疾首。作者处在这种文化变迁的洪流中，自然有切肤感受。不过，每一个身在古老文明之中的人，难道不都经历着类似的情形吗？

本书作者多才多艺，几乎被用滥了的多线叙述，在他的小说里用得那么妥帖自然，天衣无缝。也许是得益于音乐上的造诣，他的文笔自然清新而富有诗意。2006年诺贝尔文学奖得主帕慕克对本书作者曾有这样的评论："李凡纳利对土耳其音乐、文化、政治具有重要影响。"这部小说就是上述评论的一个证明。从这部小说里，读者能看到一位天才作家提炼生活的本领，以及他庖丁解牛般驾驭语言的功力。也许这就是作者在全世界广受欢迎的原因。

现将此书在中国大陆唯一的中译本献给读者，它将引领读者追随主人公的足迹，进行一次横贯土耳其的惊险浪漫之旅。

译者序于

对外经济贸易大学英语学院

目录

第一章　飞翔的玛丽

在一个仿佛凡湖[1]碧水般深沉的梦境里，十五岁的玛丽正翱翔天际，她洁白赤裸的身躯偎依着一只凤凰的脖颈。凤凰通体白色，和玛丽苗条的身体一样洁白无瑕，飞得轻柔飘逸，像一片羽毛，背负着玛丽穿过朵朵白云，姿态舒缓平稳。

玛丽双手紧紧搂着凤凰的脖颈，心里感到无比的幸福。清凉的微风温柔地抚摸着她赤裸的脖子、肩膀和双腿，她禁不住心中的喜悦，浑身一阵战栗。

“哦，神鸟！”她轻声自言自语，“哦，圣鸟！哦，福鸟！”

这就是祖母讲的故事里的那只神鸟；就是祖母每晚祈愿赞颂的神鸟。祖母又瘦又高，脸孔让每个人都害怕。神鸟终于来了，来自浩瀚无垠的天空，不偏不倚正好停落在她家门前。凤凰在全家人里挑中了她，把她驮在背上冉冉升空。

玛丽从祖母的故事中知道，凤凰鸣叫时要给它奶喝，歌唱时要给

①土耳其最大湖泊，位于安纳托利亚高原东部。

它肉吃。要是满足了它这些要求，它就会驮着你不停歇地从一个地方飞到另一个地方，不过要是得不到想要的东西，这神鸟就会发怒，会把你从背上甩下去。玛丽常听人这么说，她也认定这是真的。

向下遥望，凡湖的碧水波光粼粼。岸边耸立着一座宏伟的城市，这座城市像极了传说中的伊斯坦布尔，有关伊斯坦布尔的传闻玛丽听说的实在太多了。她简直无法把自己的目光从这座城市移开。

忽然间，凤凰咯咯地叫了几声，尖锐的声音在她耳边回荡。

“我到哪儿去给你找奶喝呢，福鸟？”玛丽不知道该怎么办才好。“在这千根柱子支撑起来的天上，能挤谁的奶给你喝呢？”

凤凰又咯咯地叫了几声。

“天哪，我到哪儿给你弄奶喝呢？”她又问了一句。“那头褐色母牛的乳房每天早上都是胀鼓鼓的，我每天早上都要给它挤奶，可它不在这儿呀。”

巨鸟叫得更响了，吓坏了玛丽。巨鸟愤怒地摇晃着，仿佛要把玛丽从它的脖颈上甩出去。

“求求你！”她哀求着，“等我们回到地上我再给你找奶喝行吗？我会给你挤红牛的奶喝，它的奶又香又甜，你想喝多少就给你挤多少。”

这时玛丽心里忽然闪过一个念头：既然母牛有大乳房，那她自己也有两个小小的乳房呀！她情不自禁地把手放在自己的一个乳房上挤了起来。她看到几滴奶从蔷薇花蕾般的乳头流出。她探身向前弯下胸脯，用自己温暖的乳汁湿润了凤凰的头。突然间，流出的乳汁增多了；最初那几滴变成了一股溪流，转眼间，乳汁像泉水般喷涌而出。

神鸟喝了顺着脖子流下来的温暖乳汁，心满意足了。

清风抚摸着玛丽的身体，她任凭自己随风飘荡，感觉自己轻飘飘的，有如身边拂过的片片白云。

过了一会儿，她又听见了凤凰的声音。这一次凤凰是在婉转地歌唱。

“哦，我亲爱的凤凰，在这七重天上，让我到哪儿给你找肉吃呢？”

凤凰把唱过的歌又唱了一遍，玛丽也又一次向它恳求——这一次她实在是无可奉献了。只听凤凰发出了可怕的尖叫，玛丽感到世界的末日已经来临。

“啊，荣耀的神鸟！福鸟！”她大声喊道，“求求你了，别把我扔下去！”

她害怕的事没有发生。凤凰没有把她从自己的脖颈上甩下去。

巨鸟驮着玛丽飞近一座山，山顶高耸，直指苍天。锯齿状的尖峰刺破云霄，把朵朵白云甩在它的下方。巨鸟把玛丽放在这座巍峨峰顶的岩石上，那块最尖利的岩石简直要刺穿玛丽的脊背。她纤细赤裸的身体猛地一抖，寒冷和恐惧使她颤动不已。

忽然间，凤凰发生了变化。它长出了一身黑色羽毛，原本白色的凤头也变得像黑炭一般，它的嘴也变化成一把长长的血红钳子。凤凰发出刺耳的尖叫，天地为之震撼，山中百鸟无不仓皇奔逃。

玛丽惊恐万状。“我知道它想吃肉，”她心想，“它一定要吃肉，所以肯定要吃我身上的肉。刚才它喝了我的奶，现在要把我的肉身生吞下去了。”

巨鸟把它血红的长嘴插入玛丽的两腿之间，进入了那个恶心讨厌的罪恶之所。“这不过是幻觉，”玛丽安慰自己，“不过是个噩梦罢了，不会是真的。”可是这么想也并没有让她感觉好受一点儿。

玛丽拼命把巨鸟那黑炭般的脑袋从她两腿间推开，但是凤凰的力气比她大多了，根本不在乎她的两只小手，只管步步深入，从她身体上撕扯下片片血肉。

突然间，巨鸟的脑袋一下子变成了一个人，玛丽看见一张长满黑毛的男人面孔。玛丽一眼认出了这胡须，是她伯父。

“伯父，把你撕掉的东西还给我吧。”她哀求道。

长着人头、满脸胡子的凤凰把血肉碎片还给了她，随后转身飞上了天空。

玛丽独自孤零零地留在山顶上。她把血肉碎片一块一块捡起来，放回到原来的地方。每一块又都恢复原状，立刻就愈合了。

玛丽猛一激灵，突然惊醒过来。

“我不想醒来，”她心想，“我再也不想醒来！”她做的噩梦把自己吓坏了，可是实际情形更可怕。

她睁开了眼睛——这双眼睛让村里的每个人都说个没完。那是一双少有的大眼睛，各种深浅不一的绿色和浓淡各异的褐色杂糅融合，实属珍稀罕见，有人羡慕，有人妒忌。她祖母在临终前的一段时间里，常常把她搂在怀里说：“这闺女的眼睛比太阳还明亮。”

玛丽意识到自己正用双手紧紧抓着两腿之间，用力过大，两手都疼了。

话说回来，起码醒来的感觉还是不错的，起码不再感到害怕了。她把伯父从脑海中清除出去，此刻，代替伯父在她记忆中出现的是那只凤凰。

她记不起自己是怎么去村外葡萄园边那间茅棚给伯父送饭的。她想不起这个男人是如何扑在她身上强奸了她，想不起她是怎么昏过去的，也想不起后来她恢复知觉后，是怎么冲出茅棚夺路狂奔的。这一切都深深埋进了她内心的灰暗角落。

两个年轻人在墓地附近发现了她，她的皮肤被荆棘划得伤痕累累，腿上残留着干涸的血迹。她吓得神志不清，浑身颤抖像只受伤的小鸟。两个年轻人抱着她穿过村里的集市，把她送回了家，在场的每个人都惊得目瞪口呆，说不出话来。玛丽的家人十分害怕说起这件事，就把她锁进了宅子外面那间潮湿昏暗的马厩里。

玛丽没有对任何人说起她在葡萄园茅棚里遭遇的强奸，也没有说出欺负她的是谁。事实上，她开始怀疑那件事究竟发生过没有。也许只不过是一个梦。她的记忆模糊了，记不清自己恢复知觉后做了些什么。整个事情在她脑子里成了一团乱麻，无论如何也想不清楚。但是她不能想象自己再叫他“伯父”了。她把那件事丢到了心里最深远的一个角落。不过即便是在那个意识够不着的地方，它还是在那里潜伏守候，伺机再次溜进她的梦中。

马厩里很黑，薄薄的褥子就铺在地上。透过老木门的裂缝和房顶上那个小窟窿，微弱的光线若隐若现地从外面漏进来。在昏暗中，能依稀看见丢在一个角落里那些不用的马鞍、鞍袋、缰绳、马具和一把干草叉，木架上堆放着的一排一排的东西，一只装干面饼、干葡萄饼的口袋，还有些装谷子的口袋，等等，这些东西很难辨认，但是玛丽把它们都记熟了，知道什么东西在什么地方。

她从出生到现在一直生活在凡湖边，这地方既是个村子，也是个镇子。她熟悉这里的每座房子、每棵树、每只鸟儿。那座被遗弃的亚美尼亚式的两层楼房就是她的家，里面的每个细节，都刻在了她脑子里：谷仓、简陋的浴室、泥炉子、马厩、鸡舍、园子、白杨树、院子。不管多小的东西，她即使闭上眼睛也能毫不费力地找到，就好像这东西是她自己搁在那里的一样。房子的木门上有两个门环，一大一小，是客人上门时用的。大的那个男人用，小的那个女人用。家里的女人一听敲门声就知道来的是男是女，大门环一响，她们刚好有时间把自己全身遮盖起来迎接男访客。

玛丽从来没有离开过这个村子，就连眼前的那座山背面的模样也没见过。所以，有时她觉得自己对这个世界一无所知。不过她倒并不担心，毕竟，只要愿意，她随时可以去伊斯坦布尔城。人们谈起一些熟人或者别的什么人的时候，好像总是要说“她去了伊斯坦布尔”或者“他从伊斯坦布尔来”。玛丽认定它就在远处的山那边。她始终相信，要是她爬到山顶，就能看到村民们一直挂在嘴边的那座辉煌灿烂的金色之城。

到这么近的城市去一趟倒不是什么难办的事，可是现在却不大可能了。不要说翻过那座山去伊斯坦布尔了，眼下就连近在咫尺的地方也去不成了，比方泉边，自己常去取面包的面包房，长辈带她去过的香气扑鼻、满是五颜六色布料的商店，或者是去公共浴室——家里人每星期都要去一次，在那儿消磨一整天。如今她被关进马厩，家人把她扔进去，把门锁了起来。她遭到家人的遗弃，孤零零地被囚禁在那里。

玛丽就连跟她的几个姨妈和表姐妹一块儿去小便也办不到了。夏天傍晚吃过晚饭后，家里的女人们就会一块儿来到后院最远处的一个角落里，蹲下来撒尿，大家边尿边说闲话。她记得有天晚上别人都尿完了，自己还淅淅沥沥滴答不停。“听呀，”她姨妈大笑起来，“玛丽人不大，尿不少，哈哈！”

“哎哟，妈！”她女儿凡特玛听不下去了，“人小跟尿有啥关系？”

玛丽没妈。那可怜的女人生下玛丽几天后就死了。尽管当时村里那个年长的接生婆古力扎反对——她明白玛丽的妈妈已经快不行了——可玛丽的妈妈还是饱受了一番治疗的折腾。她被拴住脚脖子倒吊起来，村里的伊玛目[①] 给她吹气，各式各样的人拿出的许许多多民间偏方都统

①伊玛目（Imam），伊斯兰教执行礼拜祈祷等仪式的负责人。伊玛目在阿拉伯语中原意是领袖、师表、表率、楷模、祈祷主持的意思。伊斯兰教逊尼派中伊玛目是集体礼拜时的率众礼拜者，在什叶派中伊玛目代表教长。

统试了一遍也依然无效。几天后，她咽气了，葬在了村外那片寒冷荒凉、杂草丛生的墓地，那里蜈蚣遍地、蛇蝎出没。

每天午后，玛丽的姨妈和继母都要在这座石头建造的二层小楼房里躺在床上睡午觉。她俩把头枕在柔软的垫子上，能一直闲聊上几个钟头。除了她妈妈的孪生妹妹以外，玛丽的其他几个姨妈都很肥胖，臃肿的体型鼓鼓囊囊朝着各个方向扩展，不成模样。

玛丽再也不能听她们说闲话、跟她们去花园、和她们一块儿在厨房吃饭了。就连湖里打上来的鱼，她也没权利吃了。其实凡湖的水碱性太大，鱼没法活，不过在厄西斯附近——河水从那里汇入湖里——打上来的鱼，却是味道鲜美，而且家里一年四季都有鱼罐头吃。而现在，玛丽和一切可以称得上是享受的事情都无缘了。

她爸爸的第三个老婆朵安偶尔给她送点吃的过来，也允许她在花园的一个角落里方便一下。但仅此而已，此外她跟外面的世界没有任何联系，也不清楚等待她的是什么。有一两次，玛丽鼓起勇气向和她年龄相仿的朵安问起这事，但总是听到那种带着敌视口吻的回答：“你知道你做下这事应该受到什么惩罚。”听到这话只能让她更害怕了。下一次见面时，朵安提到了伊斯坦布尔。

自从身上的罪恶之处遭到侵犯后，玛丽就再也没有见到过她父亲。她父亲言语不多，是个安分守己的人，家里当家的是她的伯父。没有人敢在他面前随便说话，连她父亲也不例外。他不仅在本村而且在整个区域都受到极高的尊重。常有带着礼物的访客上门来亲吻他的手，表达他们的敬意。他脾气暴躁、严厉可畏，但他会背诵《古兰经》里的诗，遵从先知穆罕默德的圣训，在日常生活中，所有的事情他都以身作则。他作为那个地区的教区首脑，拥有大批追随者，甚至在山那边的伊斯坦布尔也有。

就是玛丽的伯父把她关进了马厩。他那愤怒的叫声依旧在她耳畔回响："把这罪人关起来！"一想起他那些冷酷的话来，她就颤抖得更厉害了。

朵安最先告诉玛丽，她让家族的荣誉扫地。家人在村里走路都不敢把头抬高了。

"女孩遇到这种麻烦会怎么样呢？"玛丽问过她的继母。

"会被送到伊斯坦布尔。有两三个已经去了。"

玛丽的恐惧减轻了点儿。对她的惩罚只不过是翻过身后那座山罢了。可是她觉察到了朵安的神色——她似乎在唱歌："你会得到你该得的，我的闺女！"

朵安总是鄙视玛丽，如同鄙视玛丽犯下的罪过。她脸上露出的那种蔑视神情让玛丽不寒而栗。朵安走出马厩时还加了一句："当然啦，上了吊的就用不着送走了。有的人自己找根绳子就解决问题了。"

继母走了以后，玛丽看了一眼堆放在自己四围那些编成辫子一样的缰绳和盘绕起来的绳索。难道他们把她关进马厩为的是让她自己上吊？屋顶上的大梁、斜搭在梁上的木杆还有绳索都触手可及。要是有人想上吊，马厩是最合适的地方。

玛丽开始明白朵安那些冷酷的话和不屑的面孔背后的含义了。朵安一定和玛丽的父亲商量过这事。她是最年轻、最后娶进门的妻子，生了两个孩子，在家里有地位。第二个妻子一直没有生育。

就这样，家族对她应得的惩罚做出了决定。玛丽应该在马厩里悄悄悬梁自尽，对外不声张，很快这一切都会被忘掉。这地方一个小女孩死去或是自杀，有谁会想到要过问呢？以前有两个女孩上吊死去后，每个人都戴上了一副悲伤的假面具，背地里却喋喋不休地说闲话，不放过每一个细节。

玛丽捡起一个角落里的一卷绳子，扭成辫子一样的绳子已经磨损破旧，在她手里散开了。她仰头看了一眼屋顶那几根被烟熏得黑乎乎的布满裂缝的房梁，真跟这件事一样黑。她听人说过怎么做：把绳子扔过房梁，把一头打个结捆结实，拿一根长木杆搭在梁上爬上去，把绳子另一头拴个套，套在脖子上拉紧。接下来要做的就是一脚把长木杆踢开。她的脖子也许会疼一下，不过几分钟后一切就都搞定了。死亡一定跟她刚刚睡醒的那一觉一样，不过这一觉里她再也不会看到那可怕的凤凰了。

“死人做梦吗？”玛丽心里纳闷。从来没有人死而复生，所以没人知道这个问题的答案。也许她妈妈这会儿正梦见她了，用责备的眼神看着她准备杀死自己。当然，哪个当妈的会忍心看着自己的女儿自杀呢？

玛丽拿着绳子用手指拨弄了一会儿，然后把它摔在地上，仿佛那是一条毒蛇。

“走开！”她喊了一声。

她立刻感到松了一口气。有什么东西赶走了她的恐惧。自己竟跟一条绳子说话，这让她禁不住咯咯地笑了起来。

“别哭，妈妈。”她轻声说，“瞧，我没有自杀。”

这时，玛丽意识到是什么让她改变了主意——伊斯坦布尔。照朵安的说法，没有上吊的那几个女孩被送到了伊斯坦布尔。要是这样的话，玛丽会像她们一样被送到那座辉煌的城市去。“要是他们允许，我这会儿就可以步行去那儿，就我自己一个人去。”她心想。说不定到天黑她就到那里了，可是她根本不能去，除非她伯父命令她去。她不打算逃走，因为她伯父什么都知道，有魔鬼为他通风报信，他对一切都了如指掌。

照玛丽伯父的话说，所有的人都是罪人，但尤其该诅咒的是女人。

生为女人就已经是足够的惩罚了。女人是魔鬼，肮脏危险。就像祖先夏娃一样，她们给男人带来麻烦。她们不断地生孩子，经常无缘无故地挨一顿揍，因为她们是人类的耻辱。从小到大，玛丽听这话已经听得耳朵都长茧子了，所以她痛恨做女人。她常伤心痛哭。“亲爱的真主，你为啥让我做女人？”她一遍又一遍地问，直到自己深深陷入罪恶感之中。

她还是个小女孩时，活得还比较轻松，那时她瘦得像根豆芽，胳膊腿皮包骨似的。从早到晚她都和别的孩子一块儿玩耍。村里的房屋都是石头和土砖盖的，街上满是尘土，她和伙伴们就在这街道上跑来跑去。有条污染了的小溪从村子中间穿过，村民的园子围墙上立靠着一辆辆带轱辘的破烂马车。她常常跟比她大四岁的堂兄西玛尔和他最好的朋友米摩还有别的女孩男孩一块儿去湖边玩耍，在那儿沿着湖岸奔跑嬉戏，走进没到膝盖的水里互相往身上撩水。她还曾把一把把泥巴往墙上甩，对伙伴们用旧铁丝编成的小汽车指手画脚，或是爬上悬崖一样的高墙去捣毁鸟窝。

当她的胸部微微隆起，身体有了玲珑曲线，两腿之间开始有血流出来的时候，她知道自己和西玛尔、米摩不一样。他们是人，而她是罪人。把浑身上下包裹严实躲起来，侍候别人、受惩罚，这些在她看来都是正当的。世事本来就应该是这个样子。现在，她是叫作女人的那种动物中的一个了，她们的罪孽毁了这个世界。

于是，玛丽的头包裹起来了。头上包着头巾，身上每一寸都裹着厚厚的衣服，哪一件都不许脱掉，她就这样默默忍受惩罚，在暴热的太阳底下任凭自己汗水淋漓，而夏天的气温有时能达到华氏120度[①]。长

---

①约摄氏49度。

大成人后，她明白了自己为什么没有妈妈。她妈妈一定是在生孩子的时候接受了死亡的惩罚。假如真主把妈妈造成一个男人，肯定不会惩罚她的，因为假如真是那样，妈妈就不会生孩子，也就不会死了。

如今玛丽也在因为做了女人而忍受惩罚。一定是因为那块罪恶的地方，女人才饱受煎熬，忍受发生在她们身上的一切。玛丽知道这是真的。就是它带来了罪恶。就是为了这个，才会有惩罚。她无数次祈求真主把这条缝隙拿走，巴望有一天早上醒来，它闭合了，再也没有了。可是每天早晨，她的希望都会落空，那个讨厌的洞还在原处。

玛丽小时候尿了床，姨妈老是吓唬她说要把她那一块地方烧了。有一回姨妈还真的擦着了一根火柴，凑近她的两腿，但是在最后一刻又改变了主意。后来，玛丽还直惋惜姨妈把火苗移开了呢。

自从玛丽去过圣人塞可巴巴陵墓以后，问题就一个接一个来了。村里人常到圣人塞可巴巴陵墓去祈祷，祈求自己的愿望成真。他们去那里虔诚祷告，把自己的麻烦倾诉出来，求医问药，献上还愿供品。玛丽小时候，几个姨妈带她去过这个圣地，她们怕她累着，甚至还让她骑上毛驴去。那时候她才四五岁。陵墓建在一座光秃的小山顶上，通向山顶的路弯弯曲曲，似乎永远也走不完，她坐在驴鞍子上，一前一后摇晃不停，最后总算到了。只见圣地周围坐满了人，全都闭着眼睛，手掌向上伸展。玛丽迷惑不解，就问姨妈他们在做什么，但姨妈不让她说话，回答她说："嘘，我们要睡觉了。"姨妈指了指那些紧闭双眼正襟危坐的女人们，又加了一句："瞧，大家都睡着了。来吧，闭上眼睛睡一小会儿。"

玛丽坐在地上，学着别人的样子伸出双手，掌心向上，但是不可能像别人一样睡着，因为她想撒尿。她扭过来扭过去，拼命憋紧，免得尿了裤子。

玛丽睁开一只眼睛四下看了看，每个人都闭着眼睛，好像睡得很踏实。她实在是憋不住了，就觉得一股热流喷涌而出，浸湿了自己的两条腿。她又一次睁开一只眼四下打量，看看有没有人发现。感谢真主，她们还在睡，什么也没发现。这下她也可以舒舒服服地睡觉了。她朝天摊开两手，闭上眼睛，迷迷糊糊进入了一个白日梦。

过了一小会儿，玛丽的姨妈把她从睡梦中叫醒。"来吧，"她说，"我们要走了。"玛丽不能确定自己是不是睡着了。但是，玛丽骑上驴背的时候，她姨妈看出来了。"这是什么？"她质问道，"你就不能另找个地方尿尿吗？"接下来，她没完没了地对玛丽说，在塞可巴巴陵墓撒尿的人都遭到了严厉的惩罚，她两腿之间的那块地方会烂掉。回家的路上，她两腿骑在驴背上磨得生疼。她姨妈的话把她吓坏了，很长一段时间里，她脑子里老有个顽固的念头，撵也撵不走，那就是妖魔会诅咒她，或者红魔鬼会来把她抓了去，或者那块罪恶之处会溃烂长疮。她不断地哭泣，把眼睛哭得又红又肿。

打那天以后，玛丽深信塞可巴巴要惩罚她，就为她那块不知羞耻、令人厌恶的罪恶之处，可怕的事情会降临到她头上。最后，惩罚终于降临了。巨鸟刺进了她罪恶的身体，现在她坐在马厩里等待着更严厉的惩罚。惩罚会怎样结束？会把她送到伊斯坦布尔去吗？她身上罪恶的部分会像别的女孩子一样被啄食吗？或者是不是还有更糟的事情等着她呢？这全都取决于家族里的当家的：她的伯父。

就连玛丽的父亲塔辛·阿格哈也畏惧他这位哥哥。父亲为人温和，脾气好，总是在农庄忙这忙那，他哥哥比他优越的地方不仅在于年龄，还在于宗教地位，因而理所当然受人尊敬。塔辛·阿格哈是个成年男人，却从来没在哥哥面前抽过烟。要是一不小心吸烟被抓到，他会立刻把烟塞进裤兜里，要不就在手掌心里压灭。

玛丽的伯父把大部分时间都花在宗教事务以及上门来拜访他的追随者上了。于是，操持家族农庄的担子就落在了玛丽的父亲身上。租给佃农的田地收庄稼打粮食他要盯着，粮食进仓要他来安排布置，牲畜要他来管，牧童和短工也要他来照料。

老旧的农舍很大，住得下家族所有人丁。从前这房子属于一个名叫约翰内斯的亚美尼亚人，村民们都怀念他，因为他乐于助人。一天，村里来了一群兵，命令所有的亚美尼亚人带上他们的东西，到村外集合。亚美尼亚人无不惊恐哭泣，听从命令被士兵带走，一个个步履沉重地离开村子，一步三回头。他们一去不返，再也没有人回来过。据传说，士兵们把这些人带到一个遥远的地方去了，但是没人敢大声说这事。有些亚美尼亚人把自己的财物委托给他们的穆斯林邻居，希望到时候能回来取回这些财物。数十年过去了，也没有一个人回来过。

还有个奇怪的传说跟这事有关。人们悄声说村里有些年老的妇女实际上是亚美尼亚人。往往在那些令人昏昏欲睡的午后，玛丽的姨妈们就会凑在一起聊天，这也就成了个经常聊起的话题。她们会聊起多年前那个不祥的日子，由于命运未卜，有些亚美尼亚家庭就把自己的女儿托付给了他们的穆斯林邻居。阿尼、阿娜什之类的名字就改成了土耳其名字，比如萨利哈或者是法特玛，受托付领养她们的家庭就像对待亲生女儿一样养育她们，一直到把她们嫁出去。传说她们一直没有皈依伊斯兰教，所以按照伊斯兰教的惯例，她们结婚对不对就成了个问题。争议更大的是，她们有没有权利参加葬礼，死后能不能葬在穆斯林的墓地。

在一个葬礼上，伊玛目问前来悼念的众人："你们对这位逝者怎么看？"来悼念的人们齐声回答："我们觉得她是个好人。"大家请求真主眷顾她。于是伊玛目宣布："真主眷顾逝去的女人。"说着便开始了礼拜仪式。村里的穆斯林男人们随着伊玛目为这些逝去女人中的一个唱念祷文，而说不定他们是为一个基督徒祈祷呢——那可实在是太过分了！

亚美尼亚人被带走之后，穆斯林村民占了他们的房子、田地、作坊。现在归玛丽家所有的这座房子，便是其中最大的房产之一。玛丽的曾祖父阿米特是个摔跤好手，玛丽长期以来一直相信，这座房子是她曾祖父凭着自己有力的臂膀赢来的。在那一带，他那无与伦比的体魄至今还在人们口中传颂，已经变成了传奇故事中的主题，尤其是在那个关于奶油的故事当中。

据说，她曾祖父小的时候，他妈妈总是把牛奶里提取出来的奶油给他弟弟。尽管阿米特心里气愤不平，但他嘴上一个字也不说。一天，他妈妈出门去了，他把家里的毛驴牵出马厩，举起来放在了二层楼房的平顶上。父母从地里回来，看见毛驴在房顶上，不知道怎么才能把驴子从房顶上弄下来。阿米特的妈妈知道儿子的力气有多大，就求他把驴子从房顶拿下来。阿米特咧嘴笑道："谁吃奶油谁去拿吧。"

故事到这儿就打住了。直到几年前，玛丽只要抬头看到自家的房顶，就会想起曾祖父的事迹，心里纳闷那头毛驴会不会还在房顶上。等她长大后才明白，她家的房子不是故事里的那座房子，房顶上也没有毛驴。

每当玛丽问起村民们讲的那些故事是不是真的，姨妈就会向她保证说，亚美尼亚人被迫离开的传说肯定是假的。她说，实际上是发生了一个奇迹，让他们突然一下全都消失了。有一年二月的一天，忽然狂风大作，清真寺的圆顶轰然倒塌，大树被连根拔起，房子全被掀掉屋顶。与此同时，风暴把村里的亚美尼亚人全都吹上了天空。人们不能怀疑真主的慈悲。这场神奇的风暴没有伤及一个穆斯林，但是每一个亚美尼亚男人、女人和孩子都统统被卷上了天。也许亚美尼亚人真的都是上帝的至爱呢，就像耶稣一样升上了天堂。赞颂你，耶稣。

玛丽情愿相信他们都在天上。她喜欢闭上眼睛想象亚美尼亚女孩飞过天空。他们的爸爸妈妈招呼着欢喜地飞来飞去的孩子们：“时候不早了，孩子们。回到你们的云彩里去吧！”

家族成员大部分都住在约翰内斯从前的房子里，玛丽的伯父白天很少在家，她对此感到很高兴。他一般要去那个很远的葡萄园的茅棚里待着，在那儿接受访客供上的物品，或者是独自一人沉思祈祷。家里的孩子们提着篮子去给他送饭。就连玛丽的父亲也只能在清真寺祷告时见上他哥哥的面。

太阳落山时分的那次祷告过后，家里的女人们就会在地板上铺一块布，伺候男人们吃晚饭，听候他们使唤。等到他们吃饱喝足，饭桌撤下后，女人们才聚集在厨房里吃那些残羹剩饭。要是有人吃的时间太长，玛丽的伯父就会生气。按照他的宗教观念，吃饭算是个声色行为。吃是为了活着，应当尽可能在最短的时间内解决。所以女人们快速地喝下热汤，往嘴里塞满肉和饭，让那些果仁蜜饼转眼间就消失得无影无踪。饭后，就该做睡前祷告了。作为伊玛目，玛丽的伯父会引领家人一块儿祷告，而玛丽的父亲及伯父的儿子西玛尔会站在他身后的队伍中。在斋月期间，男人们在开斋后就会上清真寺去做特别祷告。

塔辛·阿格哈的第一个妻子生玛丽时死去了，玛丽是他的第一个孩子。他的第二个妻子没有生育，因而多年来一直没有别的儿女，直到又娶了朵安。朵安接连给他生了两个孩子，不过两个孩子都还很小。玛丽的伯父伯母有三个女儿、两个儿子。长子亚库普两年前带着老婆纳兹克和两个孩子去了伊斯坦布尔。据亚库普不多几次捎回来的消息，他们一家在那座“金色的”城市过上了好日子。后来，次子西玛尔被派往东北部服兵役，两个女儿阿依丝和哈提丝出嫁了，偌大个家变得空荡荡的。西玛尔的母亲为人孱弱可怜，没有什么吸引人的地方，饱受暴君般的丈夫的欺凌，在家里上下难得露面。有没有她这个人，好像无关紧要。

西玛尔和他的突击队驻扎在伽巴尔山，听说他们在那一带与库尔德人作战。他父亲不断地祷告，请求“法力无边的真主保佑他的儿子免受邪恶的伤害”。他禁止包括收音机和电视在内的所有“非穆斯林发明”进入这个家，所以家人无法得知每天在战斗中阵亡的士兵的名字，除了偶尔收到的信件之外，他们很少听到西玛尔的消息。

第二章　教授陷入危机

在凡湖水边那个尘土飞扬的村子里，玛丽陷入忧思，与此同时，向西七百多英里之外，位于亚洲和欧洲交汇处的伊斯坦布尔城里，一个有着伊凡·库鲁达教授这样响亮头衔的男人，在睡梦中大叫一声猛然惊醒。这位四十四岁的教授知道自己才睡了不到半小时。最近他有了个习惯：睡着后不久就会惊醒。

他从来没有失眠过，也从来没有改变过自己的日常习惯——午夜一过就上床睡觉，轻而易举便沉入梦乡。可是过去两个月来，每天夜里他都会惊醒，而且都有着同一种可怕的感觉，好像有一只黑鸟在他胸腔里振翅欲飞。这个不祥的幻觉令他心惊胆战。他试过好几种治疗方法，甚至还求助于烈酒，然而却毫无起色。

他以前一直睡得很沉，一觉睡到早上八点，神清气爽地开始新的一天，如今他疲惫不堪，心力交瘁。不管他怎么努力，一旦惊醒就再也睡不着了。

从各方面看，教授好像都没有问题：他有个美貌的妻子，在大学里受人尊敬，以评论员身份在电视上频频露面，主持人也都毕恭毕敬地倾听他的言谈。过去他也上过电视，不过自从上了每周谈话节目后，从杂货店的老板到街上的路人，都认识他了。谁见了这位高大健壮的男人，都不会认不出他。他的乌黑头发和灰白胡须形成了鲜明的对比。教授是个不会被忽视的人。

伊凡一动不动地躺在沉闷的卧室里，花园里的灯透进来微弱的亮光。他努力克制自己的恐惧，不想惊醒妻子。他知道自己不靠药物无法克服恐惧。

他起身轻手轻脚地走进自己的卫生间，打开灯，灯光把里面那些高档设施和花纹大理石地板照得通亮。他坐在浴缸边上，开始习惯性地一前一后摇晃起来。

“你很健康……一切都很好，”他自言自语，“别害怕。这是你家。你的名字叫伊凡·库鲁达。在你床上的女人是你老婆阿赛尔。没有什么可惧怕的。今晚你和内弟塞达特还有他老婆伊拉尔在四季酒店度过了一个美好的夜晚。那寿司好极了,别担心。你喝了两瓶凉啤酒。晚饭后，塞达特用他的路虎送你回家。你看了一眼电视上的八卦节目，和往常一样，愉快地欣赏那些身材火辣的年轻模特儿。你知道阿赛尔不在乎，她不会关注这些事。你没有感到害怕的理由。”

然而，恐惧依旧在他心头挥之不去。仿佛他不再是伊凡·库鲁达教授了，仿佛有其他人住进了他的体内。在过去的几个月，他一直从外部观察自己。

他曾经梦见去医院访问一个病人。在梦里，他进了一间病房，在花瓶里插了一束鲜花，然后就在床脚坐下来。病人穿着睡衣，坐在床上面对着他。伊凡注视着他，发现他就是自己。他，伊凡·库鲁达，在看望自己。坐在他对面正在做梦的人，不是病人伊凡，而是访客伊凡。两人相对无语。他久久地凝视着他那张苍白而布满病容的脸。

慢慢地，在病人身旁又有另一个身影渐渐现形，梦中的伊凡开始颤抖、出汗。这个渐渐现形的身影和那个已经在病床上的伊凡·库鲁达一模一样。现在床上有两个人，另一个人坐在他们对面。三个伊凡·库鲁达面面相觑，一言不发。

接着，床上的两个伊凡·库鲁达一块儿向右边扭头，动作缓慢，整齐协调，展示出他们的侧面。伊凡感到脊梁骨自上而下打了一个寒战。眼前的两张脸开始碎掉了，一点一点，脸颊、嘴巴、下巴、额头依次塌陷掉落，最后眼睛消失了。教授尖叫起来，但是妻子用胳膊肘顶了顶他，把他弄醒了。他为此一直对老婆心存感激。

阿赛尔睡觉向来很安静，几乎都听不到她喘气的声音。他很幸运，自己睡觉鼾声如雷。有时候在早上醒来时，瞟一眼阿赛尔的面孔，伊凡就会在心里默默地说："瞧，这是你老婆。你老婆阿赛尔。"

阿赛尔的鼻子做过手术，不过这是她那张完美的面孔上所做过的唯一校正。在他们的熟人圈里，美容手术做得这么少的女人可是绝无仅有的。

阿赛尔做健美操锻炼身体、保持体型，每周做六次，一直没有让自己的身体松弛下来。坚持锻炼，外加最新的健康食谱以及减肥药，使她免除了去做吸脂肪手术的麻烦。而她也很幸运：一位有名的巴西外科大夫来过伊斯坦布尔为几个知名女人做手术，就是这位名医给她做了鼻梁美容术。医生是个专家，技术精湛，因而她术后没太受罪，只是皮肤有点变色，鼻子和眼睛周围有点肿，不过几周之后就全好了。她有些朋友就没这么幸运了，做完手术后反而弄得鼻子不像鼻子，嘴唇肿得老厚，呼吸都困难了。有几个更惨的连鼻子都快整没了。

"瞧，这是你老婆，你自己的爱妻！没有理由害怕。"伊凡对自己说。

阿赛尔是一位富豪船主的女儿，不需要伊凡的钱。不过近些年来，由于内弟给他安排上各种电视节目，教授的收入持续增长。每个星期，他都要面对镜头，这每个月都为他带来滚滚财源。钱多得花不完，他就把结余下来的存进银行，账户上的数目不断增长。

他的朋友有买了土耳其里拉国库券的，遇到经济危机就赚得更多，要比投资美元多赚将近百分之五十，也有人在股市赚了钱。但是伊凡不碰这类赌博性质的东西。他是个学者、教师，不是股票经纪人，不过要是银行给高利率，不抓住这机会就简直是傻了。

伊凡对钱的态度让他内弟塞达特很恼火，常说在饭桌上谈起生意经的时候，他只要多留点意，就能把他赚的钱翻上五到十倍，可教授就是不听。

伊凡和阿赛尔常在外面吃饭，他们喜欢伊斯坦布尔名流出入的新潮美食馆。这些饭店中有的和伊凡夫妇在每年去纽约时光顾的饭店没什么太大区别。最近，他们老去一家名叫禅伽的多样风味饭店，这家店的装修非常简单。纸月亮曾是个挺火的去处，但是库鲁达圈子里的人后来不常去了，说它变得“太拥挤、太一般了”。他们也很少去博斯普鲁斯海鲜大酒店，俩人还是喜欢生鱼片和寿司多过传统的青鱼和大比目鱼。

“我是幸福的。”伊凡·库鲁达说，这时他正独自坐在自己的卫生间里。“我太幸福了。”他又重复了一遍，说罢呜呜哭了起来。

阿赛尔送给他的那些书都在赞扬主动思考的益处。远东智慧如佛教禅宗、道家哲学全都宣扬同一个理念：“让生活像河一样流淌；心态积极则一切积极；世上一切邪恶的根源，就是消极思维。”

阿赛尔从高中毕业后上了博斯普鲁斯大学，毕业后又在波士顿进修，她在那儿遇见了伊凡，当时伊凡是拿哈佛奖学金的学生。不久他们就结婚了。她还从来没有工作过。

伊凡和阿赛尔回国后在伊斯坦布尔安了家，这里曾经是古代拜占庭帝国和奥斯曼帝国的首都。他们认为世界上没有哪个城市像伊斯坦布尔那样充满生气，于是就开始花时间享受这个城市给予的快乐。这个大都市的活力令他们激动，伊凡惊异于不断伸展的居民区那勃发的生机。他常常注意到，伊斯坦布尔这方面和纽约有一拼。即便是看上去满眼凄凉的贫民区，实际上也充满了勃勃生机。贫民区在伊斯坦布尔郊区雨后春笋般大片出现，成为来自安纳托利亚[①] 的数百万移民的安身之所。有人在这一带的一个街区开了家餐馆，取名叫“好伙计”，搞得这地方和纽约郊区简直毫无二致了。

伊凡的内弟是做广告的，他常常发表高论说，一个城市必须有一定数量的凶杀案才能算作大都市。“伊斯坦布尔还没有达到这个层次，”他总是这么说，“就差这一点了。”

伊斯坦布尔没有像欧洲其他城市那样有序地发展。它和纽约相像，居民来自社会各个阶层，穷富雅俗，无所不包，也有来自非洲的移民，所以伊斯坦布尔甚至也不缺少黑人居民。

伊凡觉得这个城市聚集了全国的精华，他本人就是最有学问、最受尊敬、最成功的居民之一。他和那些新贵们不一样，他有时间就读书、看展览，要不就去露天剧场或者是圣爱伦大教堂听音乐会——世界著名乐团和歌手举办的各种音乐会。

他喜欢在让 - 皮埃尔 · 朗帕尔的长笛乐曲声中醒过来，他还喜欢一边听这同一支乐曲，一边在泳池游半个小时，以此来开始新的一天。阿赛尔不怎么喜欢古典音乐，不过她假装和丈夫拥有同样的品味。他们也赶时髦，晚上偶尔去城里的知名夜总会听听同性恋歌手和异性模

---

①安纳托利亚是位于亚洲西南部的一个半岛，属于土耳其的亚洲部分。

仿癖歌手唱的阿拉伯曲调，给他的文化生活添上一些本地色彩。伊凡觉得自己在东方是个西方人，在西方是个东方人，他对此沾沾自喜。他并不势利，从不鄙视通俗文化。

去年，有个朋友为寻开心，在“东方俱乐部”庆祝他的生日，伊凡在那儿被领进了一个新世界。几个肥胖的同性恋歌手穿着“第三性”的服装，趾高气扬地站在桌子上，招呼大家都爬上桌子和她们一块儿跳肚皮舞。不久，大部分女人就都上了桌子一块儿跳起来了，踏着鼓点扭动腰肢，而男人们一个个呆呆地坐在座位上纹丝不动。

看着阿赛尔在桌子上放肆地跳舞，汗流满面，伊凡不禁沉思起来，他感到自己交往的那个人群的性能量在一种礼仪的净化中被释放掉了，那是一种发泄。一般说来，他周围的男人们要是用色迷迷的眼神看彼此的老婆，他们就会大打出手，但是在这里，男人们看着半裸的女人以性感的舞姿挑逗别的男人，却感到悠然自得。诚如《希腊左巴》一书的作者卡赞扎基斯[①]所言：“灯火在希腊是神圣的，在爱奥尼亚[②]是淫荡的。”这地方有一种用双手拍打的手鼓，叫达布卡鼓，可以打出古意绵绵的声响和节奏，为此地所特有。它使人陷入一种癫狂状态，即便是最冷漠最保守的人也会被唤起来加入那令人意醉神迷的舞蹈。

“节奏中的通感对一个国家的意义比国旗更大。”伊凡暗自思忖。不是曲调而是节奏区分了不同的文化。

他曾经在纽约时代广场维尔京唱片城音乐部实地考察过自己的理论，在那里，顾客头戴耳机试听新出的音乐光盘。音乐分为爵士乐、古典音乐、非洲音乐、中东音乐、流行音乐和摇滚乐，到处是头戴耳机、

---

①卡赞扎基斯（1883—1957），希腊作家，作品包括《希腊人左巴》和史诗《奥德赛续记》等。

②爱奥尼亚：古代小亚细亚西部爱琴海岸的一个地区，公元前一千年以前希腊人曾在此建立殖民地。

不停晃动身体各个部位的顾客。爵士乐爱好者会微微弓起腰，两脚随着持续的节奏敲打节拍；拉丁音乐迷不停地摆动臀部，而沉浸在中东音乐里的人则扭摆着他们的肚子。观察他们的无声舞蹈真是有意思。

伊凡打开自己的药盒，从无数种药品里挑出了一瓶思诺思安眠药，这药至少能帮他安睡一会儿。他被自己的泪水所震撼，其强烈程度超过了以往。所幸阿赛尔没醒，没有目睹这场危机。他不可能把自己都不理解的那种恐惧解释清楚。

难道他真的无法理解这种恐惧？难道他不知道原因？“别欺骗自己了。”他告诫自己。

阿赛尔一定会提出一个行之有效的办法：去找个精神病医生。“听听专家的意见，你会感觉好得多。他们毕竟是干那一行的。”这些话和其他类似的老生常谈也就是她能给出的建议了。

但是伊凡早就知道精神病医生会得出什么结论来。

教授的绝望并非来自对自身问题的不了解，而恰恰是由于他太清楚问题的症结了。他曾经努力理解自己的情况，终于在读了一本书以后完全明白了，这本书叫《沉睡的恩底弥翁》。在古希腊神话中，有个牧童叫恩底弥翁，因为和一位女神恋爱而惹怒了众神，众神判他选择自己的命运。他难以承受这种惩罚，便选择了永远年轻，但永远沉睡，直到时间终结。

伊凡看了这本书以后，认识到他自己也和恩底弥翁一样惧怕看到自己的命运。一个人的命运应该永远是个秘密。没有人坚强到能够准确无误地了解生命的全部安排，包括何时会发生意外，或是死神会以何种装束到来。

这种想法彻底颠覆了伊凡对生命中所有被他视为牢不可破的事物所抱有的信念，如今这些事物都变成了绳索勒紧了他。他知道自己还会住在同一座房子里，坐在同一张椅子里看电视，在同样的饭店里吃饭，和同样的人见面，说同样的话……直到有一天，一辆救护车载着他，驶过他每天走的街道，把他送到他经常光顾的同一家医院，他会在那儿一命呜呼。或者，没准儿来不及到医院，他就突然瘫倒，气息全无，死在了邓禄普软床上或是罗塞特摇椅里。这些他和阿赛尔一块儿兴致勃勃地挑选来的名牌家具，再也不是让他感到舒服喜悦的家具了，而似乎变成了临时棺材。他爱阿赛尔。那不是他的问题，但是生命不可避免地千篇一律，这幅生命图景叫他无法忍受。

在巴黎的一次会议上，他遇到一位加拿大教授，这位女学者介绍给他一种幡然忘我的概念，这竟成了他头脑里的一个灯塔，其功效仿佛是波涛汹涌的大海上灯塔给予水手的希望一样。幡然忘我的意思是"超越自我，进入另一种存在"，其核心是"自我"这一观念。

在任何情况下，自我这一概念总是问题的所在，"我""自我""我自己"究竟是指什么？一遍又一遍重复自己的名字足以让人感到和自我分离。但是，同与生俱来、相伴到死的自我分道扬镳，与其"身份"形成异化，这难道不是人的宿命吗？

教授越是思考这些问题，就越深刻地认识到，大多数人都是在这种异化的绝对意义上生活着的。就是这种社会和物质世界的规则保护我们免遭疏离流散。我们一旦偏离方向，就会重回轨迹，沉入温暖舒适、习以为常的水域中。毕竟，我们的向导就是自己总坐的那把安乐椅中那熟悉的舒适感，闭上眼睛也能拧开的水龙头，以及睡醒时脑袋留在枕头上的压痕。在这个意义上，人类与狗并无二致：狗在树下撒尿圈定自己的地盘，为的是在散发着自己气味的疆界里感到安全；对人类而言，熟悉的感觉和物品构成了满足的关键。

伟大的俄国作家陀思妥耶夫斯基曾这样描述自己离开欧洲返回故

乡的情景："就像你穿上自己的旧拖鞋。"把脚伸进卧室里的旧拖鞋——这是个很好的定义。这就是人们生活的方式。如果他们在自己熟悉的天地里感到不安全，那就像是个在地窖里长大的孩子突然被丢到了一个公共广场。伊凡渴望挣脱备受约束和令人疲倦的安全生活，在幸福的伪装下，它简直要把他吞没了。为了达成这个目的，他必须改变自己。一生至少应该经历一次个人的幡然忘我。

思诺思安眠药开始发生效力了。伊凡的眼皮开始垂下，意识渐渐模糊。在灯光昏暗的卧室里，阿赛尔像往常一样睡得很安静，仿佛一具尸体，一条腿伸到被子外边。

教授轻手轻脚地回到床上，脑袋枕在枕头上。睡着之前眼前最后一个景象是两个年轻人和一片浩瀚无垠的大海。他站在海岸边极目远眺，地平线上一条船的剪影渐渐隐没，那条船载着他的朋友希达耶到亚历山大，去探访诗人卡瓦菲[①] 所在的城市。

"希达耶到目的地了吗？"他心里问道。说不定他在哪儿停下来不走了，就在那儿安顿下来开始另一种生活。也没准儿遇上了天神宙斯吹下来的顶风，掀起巨浪把他的小船吞噬了。

"再见，希达耶。"伊凡嗫嚅着。接着他就睡着了，睡得很不安稳，还是无法摆脱那种走向死亡和知道自己命运的恐惧。

①卡瓦菲（1863—1933），希腊最重要的现代诗人，二十世纪最伟大的诗人之一，诗风简约，集客观性、戏剧性和教谕性于一身。

第三章　纯真新娘，美丽新娘

伊斯坦布尔东面九百英里以外，离玛丽的村子七十英里处，在白雪覆盖的伽巴尔山坡上的前哨军营里，西玛尔从梦中醒来，躺在自己的床铺上激动得浑身颤抖。

他又梦见了在他的村子里流传了好几代的天真新娘。在他的梦里，那个纯真的年轻女人看了一眼他身上的那个禁地，接着，西玛尔就向她露出自己的私处，让她用纤柔的双手轻轻抚摸，惊得她瞪大了眼睛。

虽说天真新娘的真实身份没人知道，可村里的小伙子们从来没有停止谈论她，他们互相不厌其烦地重复这个令人心里发痒的故事。

很久以前，有个女孩十五岁了，她像家里一朵珍贵的花，养在深闺，避开了所有的邪恶，对外面的世界一无所知。父母禁止她和别的小孩玩耍，把她隔离开来，使她无从了解男孩女孩之间可能发生的让人害羞的事。

十五岁那年，女孩被嫁给了牧羊人哈三，他对新娘的天真无邪十分珍视，决定要让它保持下去。结婚当晚，他对新娘说："我要告诉你一个秘密，我的贞洁的新娘。我和别的男人不一样。"

天真的女孩望着丈夫，目光里含着期待。

“我有一样东西他们没有。”他说着便把自己的东西露出来给她看。

“噢！天哪！”她倒抽了一口凉气。“那是什么？”

“我要给你演示一下它有啥好。”哈三说罢，就把他全部的私密技巧示范了一夜，一直忙到破晓，向妻子证明自己和世上的任何男人都不一样。从那天以后，他妻子脸上总带着一抹神秘的微笑。她跟谁也没有讲过她男人的秘密，只不过在别人面前时，她会把那种心知肚明、半带嘲讽的目光垂下来。

几年后，哈三要去服兵役，这一分别就是两年。离家前，他搂着妻子说先停一停，回来后继续。“耐心等着那一天到来。”他说。他走了以后，年轻女人的脸上失去了往日的微笑，眼睛里充满了渴望。“怎么啦？”众人都问她。“没怎么。”她回答说，“就是想哈三了。”

一天午后，正当她漫无目的地闲逛时，他丈夫最好的朋友米哈默德走了过来。

“你为啥这么郁闷？”他问道，“男人去当兵的女人又不是就你一个。”

“可是他跟别人不一样。”她叹了口气。

米哈默德追问哈三有什么不一样，她回答说：“他前面有样东西，别的男人都没有。”

米哈默德心想朋友好精明，便诡秘地笑了笑。“我有一样东西差不多哦。”他压低嗓门悄悄说。

哈三的老婆不信他的话，以为他撒谎。米哈默德就把她带到了一块荒野地，在那儿向她证明自己说的是真话。从那天以后，他和天真新娘在夜里无数次秘密幽会，向她一次又一次反复证明。

时间过得飞快，哈三又回到了村里。让他惊讶的是，老婆脸上的微笑变成了刻薄的脸色。他问起缘由时，老婆哭喊道：“你这骗子！你告诉我只有你一个人前面有那怪东西。”

“天哪。”哈三暗自思忖，“我失去了我的天真新娘！”

他接着问她哪个人还有那怪东西，她就给他讲了米哈默德的事。

哈三感到绝望了，不知道自己该怎么办，就又编了一个谎话来挽救自己：“这东西我以前有两个，就给了米哈默德一个。”

一听这话，他老婆突然痛哭失声。“怎么啦？”哈三问道，“你哭什么？”天真新娘一边痛哭，一边捶打着哈三的肚子：“你为什么要把比较好的那个给他？”

每当故事讲到这地方的时候，西玛尔和村里所有的年轻人都会狂笑不止，而哈三究竟如何回答他老婆，一直还是个谜。尽管这个故事每天都会重复讲，可是一讲到这儿就会打住。西玛尔让自己的想象自由驰骋，尤其是在睡梦中，他想象着各种不同的结果。他从来想不出天真新娘的面容，他能在脑子里呈现的图像唯有她那白皙的皮肤，不过这也足够他满足自己的恶念，消磨时光了。

在哨所里的床铺上，西玛尔艰难地放弃了想象天真新娘那热情的容颜。他感觉到床单上黏糊糊地湿了一片，想挪开，犹豫了一下躺着没动，一时间笼罩在了羞愧之中。房间里只亮着一个灯泡，光线昏暗，士兵们的呼噜声夹杂着火炉里噼噼啪啪的燃烧声，此起彼伏。站岗的卫兵不想吵醒熟睡的士兵，就轻轻打开火炉的铁门往里面添了几块劣质炭，那是他从煤堆里找出来的。

一股空荡荡的感觉在西玛尔腹部蔓延开来。他很愿意梦见天真新娘，愿意顺其自然，把被她激发出的快感进行到底，但是他讨厌这结果。他不得不起身把自己清洗一下。在坠入罪恶的深渊之后，他要按仪式从头到脚把身上每一部分都清洗一遍，这样才能净化自己。

西玛尔看了一眼手腕上的塑料手表。快凌晨两点了。一小时后轮到他站岗，洗完后他就没有时间再去休息了。假如他允许自己再小睡五分钟，那就更难醒过来了。但是再回到床上舒舒服服地蜷缩在被窝里，再一次任由自己去想天真新娘，想她那蜂蜜色的肌肤，这才更诱人。无论如何，到三点钟，中士就会过来捶打他的肩膀，或者扭他的胳膊扭到快断了才罢休，直到把他弄醒。也许他站完岗以后能找点时间清洗一下。

就在西玛尔松懈下来的时候，他忽然想起了父亲。他几乎能看到老人那责备的目光，那一双眼睛在头巾下闪烁，手指愤怒地拨动一串念珠。

西玛尔浑身一颤，一阵凉意袭上心头，又感到了那种自打儿时起就熟悉了的恐惧，不由得猛醒过来。他几乎向诱惑屈服，做了魔鬼的俘虏。他不仅梦到了天真新娘，而且还琢磨着不做沐浴仪式就接着睡下去。地狱之门已经近在咫尺了。所幸及时想到了父亲，给了他一个警告，他想起了老人的话："一旦上了魔鬼的当，必须按规定做沐浴仪式，念诵两段祷文，请求真主宽恕。否则……真主禁止……"

有一个长长的描述地狱里各种刑罚的清单会跟在"真主禁止"后面，西玛尔一想到这儿，浑身的血液就凉透了。他用不着亲身体验那些刑罚，也能理解名叫女人的这种动物的欺骗性和毁灭性。听了父亲的话，足使他认识到恶魔是如何利用这些懦弱的动物来毁灭世界的。

西玛尔内心深处有什么东西颤动了一下，悄悄对他说不妨赌一回——把沐浴一事推迟到黎明再说。

然而不能保证他是不是能活到黎明。要是黎明前哨所遭到攻击怎么办？说不定他站岗时，从卡拉什尼科夫步枪打过来的一颗子弹会击碎他的脑袋。他的好些朋友就是在这种袭击中丢了性命。就在一个星期前，萨里被打死了。相比待在床铺上不动的意念，西玛尔对带着不洁的身体离开这个世界的恐惧更为强烈。

他坐起身来。他的床位是上铺，所以在昏暗的光线下，还是能分辨出熟睡的战友们那些一动不动的身形。有些人睡得简直和死了没两样，还有些侧着睡的，张开嘴巴仰面睡的。他们正在做梦，咕咕哝哝说梦话，屋子里呼噜声、磨牙声响成一片。

士兵们的粗咔叽布料军装在严寒的天气里穿了很多日子，这会儿正搭在火炉边烤着呢，冒着热气，弄得屋里一股酸霉味儿。洗了衣服晾在外面是不可能晾干的。外面天寒地冻，一搭出去立马冻成冰棍。床单搭出去会冻成一块硬板，像船帆一样在寂静的伽巴尔山里张开，所以士兵们老是把湿床单裹在身上用体温温干。至于羊毛袜子，被漏进靴子里的泥水浸泡得早掉了色，他们一般是睡觉时贴身放进内衣里焐着，到了早晨，袜子就焐干了。

西玛尔从床铺上跳下来，光脚摸索自己那双熟悉的半高筒坚硬靴子。找靴子用不着低头朝床下看，凭脚的直觉就能找到。这双皮靴很沉，由于反复地湿了干、干了湿而变得像树皮一样坚硬，但它是军旅生活中不可或缺的一部分。士兵们已经习惯了脚下那种冰冷，慢慢透过厚厚的皮革，把腿脚冻得麻木。随后在火炉边暖过来时那种钻心的疼痛更难忍耐。他们的库尔德工人党对手没有战斗靴，只穿那种薄薄的廉价胶鞋。士兵们发现，他们在战斗中打死的游击队员穿的是同一种轻便运动鞋，这鞋在崎岖的山地行走很快捷，但是却挡不住霜雪严寒。虽然面临各种艰难危险，但生命还在继续，因而和打死敌人或被敌人打死比起来，这些细枝末节的事就显得更为重要了。

尽管要弄醒屋里这二十几个疲倦的年轻人没有那么容易，但西玛尔还是尽可能轻地挪动。他不能肯定他们当中谁能活过明天白天，谁又会死去。明天晚上，有些床铺就会空着，床铺的主人就会躺在雪地里流尽鲜血，不是中了枪弹倒下再也起不来，就是被地雷炸得粉身碎骨。

西玛尔系鞋带时，火炉边那个站岗的士兵用询问的目光瞪着他看。

“我拉肚子。”西玛尔说。士兵们常常得这病，原因是太累，或者是饮用水有问题。这是个到外面去的适当借口，好过说要去洗淋浴。

西玛尔把军装上衣往身上一披，就穿着内衣和长内裤出去了，粗糙的靴子把光脚磨得生疼。他听见外面狂风怒号，横扫山谷，席卷雪峰，仿佛播放着一曲属于一个无情世界的背景音乐。西玛尔刚来这儿的时候，这种声音让他感到害怕，现在他听了觉得很自然。两年之内，他已经变成了一个坚如磐石的突击队员，对这荒山野岭非常熟悉。

走廊里冷飕飕的空气吹在皮肤上像刀割一样。他快步走进卫生间。这儿还算是房子的主要部分，但是火炉的热力已经过不来了，所以走廊和卫生间里冷得就像在外面的山里一样。他冻得浑身打战，想控制都控制不住，哆哆嗦嗦地脱掉内裤，把半冻住的水桶倒扣在自己脑袋上。他几乎尖叫起来，感觉自己的心脏好像突然变成了冰块，但他咬住嘴唇控制住自己，没有叫出声来。雾气从他周身飘起来，他顾不上牙齿不停打战，仔仔细细把自己从头到脚洗了一遍，特别是向诱惑屈服的那一部分。身上每一个部分都必须过水。他的牙齿直打战，但他的良心洁净了。他没有违背他那威严的、荣耀的、受人尊敬的父亲给他的戒律。他避开了罪恶，根据伊斯兰教法做了该做的，为此他感到心满意足。他毫不怀疑他父亲是位圣徒，听从他的教导，能保证在今生和来世走向幸福。

西玛尔用自己带来的小毛巾擦干了身体，穿上衣服和靴子，又回到寝室区。刚一开门，他一下就感到置身于一团融融暖意的包围之中。炉旁的哨兵见他头发湿了，冲他笑了一下，不过什么也没说。这在大伙儿身上都会发生。

西玛尔把湿毛巾铺在自己的枕头上，随即爬上床钻进被窝，但他没有办法继续入睡。他想起了前一天他们杀死的三个游击队员。他们是库尔德青年，穿着破旧的衬衫，宽松的布袋裤，脚上穿着胶鞋，在这样的山里这套行头远远不够。他们面孔的位置裂开了一个大窟窿，是 G3 子弹的效果。会不会有一颗子弹是从他步枪里飞出去的呢？在小规模冲突中，双方都会尽可能不停地开枪，而不问是否命中。谁也不知道致命的子弹来自谁的枪口。如果你真的瞄准了，你可能会知道你把谁放倒了，但西玛尔还没有这样的体验。

他一生中的两个年头已经在这辽阔空旷的大山里度过了，这里成了衡量士兵勇气和怯懦的地方。在漫长的攀爬结束后，当他们大汗淋漓站立在一座山峰顶上的时候，他们感觉自己就是大山之王。夏天里银波荡漾的河流，翡翠覆盖的山谷，在冬天全都冰封雪飘，变成白茫茫的一片。他们装备着精良的武器，身边有并肩作战的亲密战友，所以感觉不到死亡的气息。他们在山坡上巡逻，鹰隼般地俯视着下面的大地，哪怕再细微的活动也逃不过他们敏锐目光的侦测。他们有能力随心所欲地进行毁灭，这使他们产生了一种巨大的快感。他们把自己比作神，头顶苍穹，君临天下。

然而山地并非总是如此宽厚。有时走进一片开阔地，士兵们就会处在远处山头的火力范围之内，子弹在大伙儿头顶呼啸而过之际，恐惧感就会啃噬着他们的心——那是一种从未有过的恐惧。子弹擦着眉心或脑门飞过，生死就在一线之间。一名孤独的库尔德工人党狙击手能压制住整个小队，造成重大伤亡。游击队员们配备有狙击步枪，专门瞄准当官的打。有时候，这样一支十到十五人的小分队，会用火箭炮、手榴弹和卡拉什尼科夫步枪对人数更多的部队发起攻击。突击队员在山顶上是主宰，在山顶下是猎物。

在山顶上的那种优越感并不持久，特别是士兵们要在开阔地停留好些天的时候。雨水雪片把他们淋得浑身湿透，他们会忘记干爽是什么感觉。湿军装到了夜里会结冰，对本来就备受折磨的士兵来说更是雪上加霜。在这种时候，士兵们无不悲观叹息，觉得雨这辈子也不会停了，此生注定要永远浸泡在湿透的尼龙军装里。还有更糟糕的，就是雨声里还夹杂着子弹的呼啸。

西玛尔和许多战友一样，出去执行任务时随身带一个塑料袋。他可不想再体验曾与阿卜杜拉一道经历过的那场噩梦。

阿卜杜拉是尼代市人，是个聪明的小伙子，爱说爱笑，总是不停地讲笑话逗乐大伙儿。在他退伍前三个月的一天傍晚，他那个小队在外面巡逻。士兵们知道脚下的雪地里埋有地雷，但是只能冒险朝前走。在白天的雪地里发现地雷尚且不容易，更不用说天渐渐黑下来的时候了。每走一步都有可能是此生最后一步，而每次执行完任务什么事也没发生，他们就会长长地出一口气。

没有任何声音，只有靴子踩在雪地上的嘎吱声打破了寂静。突然，平地一声炸雷炸得地动山摇。士兵们本能地扑倒在地上。与此同时，却见阿卜杜拉飞到了空中，他踩上地雷了。

西玛尔离他最近。他向受伤的战友爬过去，这显然有可能触发另一颗地雷。战友看上去情况不妙。西玛尔抓住他，想把他的头抬起来，放在自己腿上。

“我的眼睛！”阿卜杜拉惊恐万状，尖叫起来，“有东西进到我眼睛里去了！啊，疼死我了！”

他的脸成了一副吓人的惨状，鲜血横流，但是西玛尔强迫自己抓紧他的头，看着他的眼睛。在原本是左眼的位置上，只剩了个空洞洞的眼眶。阿卜杜拉继续发出虚弱的呻吟声："好疼，好疼。"

队长和其他队员都围拢过来，西玛尔听见上尉对着无线电话筒怒吼："老鹰三号，老鹰三号，这儿有个重伤员，派直升机过来！"

刺耳的回答声从另一头传过来。夜色已经降临，这个时间飞行非常危险，他们要等到天亮再飞。无线电中的声音异常冷静，仿佛并没有意识到这里的雪地上有个生命正在渐渐消逝。

鲜血从阿卜杜拉脸上那个大窟窿里喷涌而出。西玛尔不知道该怎么办。他该不该拿块布塞住那个窟窿？他只有一个念头，那就是战友坚持不了多久了。即便直升机马上到，他可能也活不了了。

年轻的上尉嗓子都喊哑了，还是不停地请求着，努力说服对方。"求你了，来吧！他挺不到天亮。救救我们勇敢的战友吧。天现在还不算黑。"接着他又把所在位置的坐标报过去。

无线报话机没有声音了。

西玛尔看着阿卜杜拉断了脚的残肢，创口鲜血淋漓。他努力克制心头涌起的恐惧，这恐惧正在身上扩散开来。他看见被炸掉的那截腿就在不远处，炸碎的腿和靴子泡在血泊中，像个陌生的物件。西玛尔唯一的安慰是阿卜杜拉此刻已经失去了知觉，疼得晕过去了。

上尉和士兵们面面相觑，不知道该怎么办。突然，仿佛祈祷应验了，引擎的轰鸣声和螺旋桨的转动声打破了寂静。士兵们一齐仰头张望，一架直升机从附近一道山梁上面出现了。他们开始疯狂地挥手示意，直升机慢慢降低，吹起一阵雪花旋涡。

士兵们知道直升机不会落地，只会悬在离地几英尺的高度，他们必须把阿卜杜拉扔进打开的机舱门里。库尔德工人党游击队说不定会看见直升机，进而开枪打死驾驶员。军队不会容忍对自己不利的宣传，说为了救一名受伤的二等兵，损失了一架黑鹰直升机。机上的军医冲他们大喊，叫他们赶快动手。直升机悬在原地，吹得雪花漫天飞舞，机组人员大声喊话让他们快点儿。不过他们喊话的内容因为被引擎的轰鸣声淹没而分辨不清。

几个士兵从西玛尔怀里把阿卜杜拉抬起来，穿过雪花的旋涡来到直升机跟前。他们把阿卜杜拉瘫软的身体一前一后悠了几下，然后扔向舱门。军医探出身来接人，结果没抓牢，伤员从他们手里滑落，垂直摔到了雪里。这当儿，西玛尔捡起了阿卜杜拉的那只还在发热的脚，扔进了机舱——也许到医院还能接回到腿上去。

士兵们再次抬起阿卜杜拉，扔向机舱，但是又一次摔在了地上，直到第三次才成功。直升机随即升上空中，消失在那道山梁背后，而机上人员还在手忙脚乱地把伤员往里面拉。

西玛尔把阿卜杜拉的脚扔进直升机是出于本能。从那天以后，他巡逻时总要随身携带一个塑料袋。如果另一个战友踩了地雷，他就用这个塑料袋装身体碎片。他知道别的士兵也准备这么做。

罐头食品、罐装茶、几根小心翼翼地保存下来的香烟，这些就是他们的晚餐。他们习惯一边吃饭一边聊天，往往会把内心深处的秘密掏出来同大伙儿分享。说不定昨夜还向他倾诉衷肠，今天就要把他的残肢捡起来，塞进这样一个塑料袋里。

西玛尔彻底沐浴后感到身心放松。他躺在自己的铺位上，心里又想起用收音机听库尔德工人党广播时常听到的一个声音。他知道那个声音。有时候那个声音会直接呼吁：“土耳其共和国的士兵们，投降吧，再晚就来不及了。快点自救吧。把你们的指挥官绑起来，交给我们，否则你们活不到天亮。”

一听到这话，刚到任的预备役军官就会一把抓起无线话筒向对方大吼：“你混蛋，有种的你自己过来试试！”

对方会发出一阵爆笑，让西玛尔感到不寒而栗。那个笑声他太熟悉了。米摩——他儿时的朋友，他的伙伴，他的兄弟，他的知己，米摩。西玛尔听出了米摩的笑声。小时候，悠长的夏日里，西玛尔和米摩总是一块儿躺在草地上，望着蓝天上慢慢飘过的一朵朵白云，幻想着、分享着自己的未来。然而有一天他俩竟会成为死敌，这种情况当年他们连想也没有想到过。当时的他们怎么会相信呢！然而现在，一个是在土耳其军队战斗的二等兵，一个是投身于库尔德分离运动的游击队员。昔日的老朋友如今在战场殊死搏斗，一心要杀死对方。这种同室操戈、兄弟相残的战斗已经持续超过十五年了，包括土耳其人和库尔德人在内的双方战死的人员已经超过了三万。有些来自东安纳托利亚的年轻人来军队服役，后来也像西玛尔一样驻守在山区，另一些人——像米摩——加入了库尔德分离主义游击队，对土耳其军队作战。

听着收音机里米摩嘶哑的声音，西玛尔心里不能确定，如果真在这一带山里相遇，他会不会向米摩开枪。

第四章　厄运降临

玛丽的母亲感到自己好像怀孕了的当天夜里，她梦见了圣母玛利亚。圣母手执蜡烛，来到她身边对她说，她会生一个女儿，但随后会死去，把女儿留在身后。

玛丽的姨妈后来讲起这件事，说她姐姐从睡梦中惊恐地醒来，非要她马上帮她解梦。她没理会，劝她说别提梦里那个景象了，等到天亮再说，否则会不吉祥的。

那天夜里，玛丽的母亲没有再回到丈夫的床上去。她还一直被那个梦搞得心神不定，颤抖不已，需要她妹妹给她温暖的安慰。她就这样搂着自己的孪生姊妹，在她怀里睡着了。

第一缕晨光照射进屋子里的时候，她叫醒了妹妹，坚持要她解释："现在你告诉我这梦是什么预兆。"

玛丽的姨妈在这方面有才气，善于从积极的角度解读梦境。她用一种宽慰的口气回答说："我觉得圣母玛利亚是想叫你用她的名字给你的女儿命名。"

"那我死去，留下孩子，这又怎么讲呢？"

“谁也不能永远活下去。你怎么会例外呢？我们总有一天都会死的。就连圣母玛利亚也离开了人世。”

玛丽的母亲果然在分娩中死去，家人想起了圣母托梦表示的愿望，就给玛丽取了现在的名字。

每当玛丽想起这件事——还有无数别的事情——她就确信自己活在一个充满了魔幻的世界里，其中满是高尚的人，他们会在梦里出现，谈论动物和树木。她感到有些遗憾，因为从来没有什么奇迹发生在自己身上，她心里纳闷自己出什么差错了。

在小学里，同学们老爱讲那些奇迹故事——他们听见鸟儿说人话了，或者家里的祖先警告说有危险来临了。一次，类似的事情发生在了玛丽家里。她那位受人尊敬的先祖父出现了，警告他们不要大量买肥皂。

“如果你买，”他说，“你会引火上身。”

家人没有理会他的劝告，在市场买了一块又一块的肥皂。后来房子的确着了火，仿佛是被无形的手点燃的。玛丽的父亲和伯父拼尽全力才把火扑灭。他们命令家里每一个人，以后再也不许忽视这种警告。

后来先祖父再次显灵，告诉家里的女人们，把每周去公共浴室的日子改变一下，从星期三改到星期四，于是家人听从了这个命令。

玛丽爱去公共浴室。去之前要专门做准备，烧好要带的饭菜，准备好干净的毛巾和衣服，然后家里连老带少的所有女人，都统统挤进一辆马车出发上路，心里都期待着快活一整天。

在公共浴室里，玛丽偷偷观察周围赤身裸体的女人胸前耷拉着的乳房，心想有朝一日自己是不是也会有这么一对怪东西。在这个古老的建筑里，太阳光穿过拱顶上厚厚的玻璃照进来，变得柔和了一些。年长的女人总是兴致勃勃地给玛丽和别的女孩搓洗身体，直搓到她们皮肤通红，再用一瓢瓢冒着蒸汽的热水冲洗，简直要把她们的皮肤烫伤，直到清洗得干干净净。玛丽总能闻到一股从浴室后面的一个围起来的格子里散发出来的刺鼻气味，每次她问起这事，大人就告诉她："那气味儿是脱毛……你长大就知道了。"

等到玛丽长高了些，胸部微微隆起，女人们都开始夸她年轻苗条，这才让她见识了公共浴室那个神秘的地方。她们带她到其中一个格子里，配好一种散发恶臭的泡沫，然后就把她腋下和阴部的毛除掉了。

"你必须把那地方的毛全除掉，"她们告诉她，"哪怕留下一点点，都是罪过。就用这个除你身上的毛。"

不久后，玛丽开始自己去除身上的毛，而不许任何人靠近她。

在浴室里度过的那些时光中，除毛是最无聊的一个部分；浴罢坐在凉爽的房间里是最惬意不过的，这时候能美美吃上一顿，享受各种蔬菜和肉馅饼。

玛丽曾尝试找出一种办法，让她能看到做出那些预测的祖父的幽灵，但是她的愿望从来没有实现过。任凭她怎样祷告也毫无作用，哪怕是揉着眼睛轻轻叫"爷爷，爷爷"，也没有任何效果。

她的外祖父是摔跤好手，而她的祖父则是个神秘人物，人称库雷仕族长。在一个寒冬风雪交加的日子，族长赤脚离家走进了漫天大雪之中。问他去哪里，他回答说"去霍拉桑"[①]。

有些看热闹的人在一旁发笑，说他走不了几步脚就会冻僵，更不用说要到河中地区[②]了。面对人们的嘲笑，他毫不动摇，继续朝前走。跟随他走了一阵子的几个村民，后来回到村里告诉其他村民们，路上遇到一群饿狼，见老人在雪地里渐渐走过来，全都停止嚎叫，变得温

①土耳其东部埃尔祖鲁姆省的一个镇。

②现称中亚河中地区，指中亚锡尔河和阿姆河流域以及泽拉夫尚河流域，包括今乌兹别克斯坦全境和哈萨克斯坦西南部。

顺得像一群小猫咪。据传说，教长就这样一路走到了霍拉桑，又原路走回来。

没有哪种野兽打搅过这位圣人，哪怕最凶残最恶毒的也不例外。蛇蝎在他手上、胳膊上、脖子上爬来爬去，而不伤害他。恶魔对他无可奈何。家里有婴儿出生，他只要往婴儿嘴里吐点口水，就把他的力量传给了婴儿。于是，一家老小全都得到了保护，不受所有危害的侵扰。

每个人都相信，库雷仕爷爷的幽灵始终还在家里。所以，楼梯会嘎吱嘎吱响，门扇会哐当一声关上，厨房有时候会传出奇怪的声响。

听家人在夜里讲完这些故事之后，玛丽确信爷爷的幽灵会拯救她，但是不管她多么努力地想要亲眼看到，爷爷还是没有出现。即便是那次去塞可巴巴的陵墓，也没有体验到什么特别的经历，只不过让自己蒙了一回羞。村民们常常讲起很久以前的事，那时俄国军队侵占了他们的家园，在附近的一条河道里屠杀了很多男人。塞可巴巴用雷电震撼天空，降下冰雹打击敌人，俄国人吓得四散奔逃。有个俄国指挥官在城里最大的一座楼里设置的指挥部内，举起手枪对准自己的太阳穴扣动了扳机，这一定是塞可巴巴迫使他这么做的。不信这话的人们说的却是另一套，他们说这个奇迹是一封电报导致的，这位长官在 1917 年 11 月那一天的早上收到了一封从莫斯科发来的电报。但是没有几个村民同意这种说法。即便这是真的，那信也一定是塞可巴巴送来的。

除了玛丽，几乎所有的村里人都看到过奇迹：女孩飞上了天空，鸡说人话，等等。到圣祠叩拜——那里的树上系满了还愿的布条，或者虔诚地祈祷——不论是在庆祝夏季到来的仪式上还是在降示《古兰经》的盖德尔夜[①]——都能让别人如愿以偿，但是她所希望的却从来没

①伊斯兰教节日，斋月（伊斯兰教历 9 月）的第 27 夜。

有应验。

“我一定是遭到了诅咒。”玛丽常想。

家里的每个人私下里都认为是这样。毕竟她妈妈就是在生她的时候死去的，跟梦里的预言一样。玛丽给家族带来了不幸，注定是要遭受惩罚的。她的命运是不幸的，说不定将来嫁不出去，成为家里的一个老姑娘。现在她十五岁了，还没有求婚者上门。没有哪个当妈的愿意把她娶进门做儿媳妇。

其他人都目睹过神灵奇迹，玛丽看到的只有恐怖的噩梦。她起了圣母玛利亚的名字，却从来没有在梦里见过她，也没有听她给过任何直接的指点。真主宽恕！她是个什么圣母啊！那些噩梦一定是她带来的，以考验玛丽的耐心和忍受力。

孤身一人待在寒冷的马厩里，日夜更替难以分辨。玛丽从睡梦中醒来，禁不住惊叫起来。在梦境中，她紧紧趴在一个深渊的边缘附近的地上。在远处的迷雾中,她看到一个巨大城市的轮廓。“伊斯坦布尔，”玛丽心想，“那一定就是他们不断说起的伊斯坦布尔。”这城市太大了，她看不到它的边。虽然她想站起来好好看一看，但她被恐惧攫住而手脚不听使唤。突然，雷声大作摇撼天庭。玛丽抬头仰望，看见成千上万只白色鸟儿在她头顶飞翔。它们扇动翅膀卷起强气流，把玛丽卷向那深渊。她拼命地抠着地。大群鸟儿飞走又飞回来,一再重复这个动作。每次鸟儿飞临她头顶上方时，玛丽就向那个深渊靠近一些。

玛丽醒了，她朝马厩里四下看了看，以为能看到那些可怕的鸟儿，但是这寒冷黑暗的马厩里空荡荡的什么也没有。身上的薄毛毯滑落到了地上，她感觉手脚都冻僵了。

玛丽倾听着外面世界的声响。这几天来，村子里异常安静，家里也很安静。不时能听到有人焦灼不安地说悄悄话，或者是故意放轻的脚步声，不过隔壁花园里女人们每星期一次用园子里的泥炉子烤面包时喋喋不休的聊天声传不到玛丽的耳朵里。

玛丽小时候很喜欢看铁板上的面包片慢慢烤黄，散发出令人垂涎欲滴的香味儿。女人们把新烤好的面包片折叠成个大三角形，在每一面上涂上黄油。黄油立刻就融化了，嗞嗞作响，香味扑鼻，让玛丽胃口大开，她和站在旁边等得心急火燎的孩子们一样，等着尝一尝这种叫作牧童馅饼的美味食物，这是玛丽最爱吃的食物之一。一次，玛丽看到一只黄绒绒的小鸡不小心掉进了屋外炉子的火膛底部，她没能救起那只小鸡，就难过得吃不下馅饼，哭了一整天。

如今玛丽被锁进了马厩里，一切都悄无声息了。就连村子里也一样，原来总是生气勃勃，充满了人们的话语声，驴马的嘶鸣声，鸡叫声，面包车的响声，现在一切仿佛被包裹起来，静得没有一点声响。唯一能穿墙而过传到她耳朵里的声音，是宣礼员召唤信徒做祷告的沙哑喊声，偶尔传来的拖拉机的哐哐声，还有不常听到的马车经过时发出的嘎吱声。

玛丽感觉这种寂静好像跟自己有关——也许是在那个茅棚里发生的可怕事情带来的后果。但这寂静究竟是什么意思呢？难道因为在一个年轻女孩身上发生的事，全村上下都变得悄无声息了吗？

玛丽揪了一把毛毯。这当儿她蓦地明白过来。村里的人是在等着她完成自己的义务。不光是她家的人，全村上下都在静静地等候她自我了结。一旦她悬梁自尽，一切就又会复归正常了。村民们就会又回到他们每天都习以为常的事物上去——买东西、洗涮、祈祷，街道上又会响起孩子们玩闹的声音。和在她之前遭到玷污的女子一样，玛丽不再享有活下去的权利了。这就是朵安一直要告诉她的事情。朵安脸上带着这样的意味，同样的意思也体现在家里和村里异样的宁静之中。

意识到这一点，玛丽感到心寒。她感到了自己对每一个亲友的责任——父亲、伯父、姨妈，还有帮她来到了这个世界的接生婆古力扎。

玛丽静静地哭了一会儿，然后捡起了昨天扔在地上的绳子，扔到梁上，打了一个结，在另一头系了个活扣。她顺着木杆爬上去，把绳子套在自己脖子上。粗糙的绳子磨疼了脖子。

玛丽犹豫了一下。她准备完成自己的义务。“你要做的就是把木杆踢开，”她自言自语，“别人也是这么做的。你会晃荡几下，你的脖子会变得又青又紫。你的舌头会耷拉出来。只不过就几分钟，不会长。”

“但是在那以后我会去什么地方？”玛丽心里问道。她想不出一个答案。

她不知道自己在那儿呆了多久，突然听到钥匙在门锁里转动的声音，然后就见朵安走进了马厩，手里端着一小托盘饭食。两人目光相遇了。朵安慢慢转过身去轻轻走出门外，没有留下托盘。

玛丽勃然大怒。

“母狗！”她怒骂道，“你这母狗！”她又骂一遍，把绳套从头上拽下来。

朵安也许在跟家人说玛丽正在完成她的责任。她眼前浮现出了家里每一个人，他们正在那儿不声不响地等待，这景象令她气愤。她要跟他们对着干，要去伊斯坦布尔。

“结果了你自己，你这贱人！”玛丽大叫起来，想到了朵安，她眼泪夺眶而出，顺着脸颊滚落下来。

她闭上了眼睛，祈祷所有的圣人帮助她。她姨妈常说：“到了无法忍受的时候，一个人才能找到解决问题的办法。”

玛丽正面临着这个时刻。

“求求你，西泽尔[①]，让我见见你的真容吧。”她恳求着，“我知道谁

①伊斯兰教的一位先知。

要在梦里见了你的真容，就会消除他所有的不幸。大德圣人啊，听听我的呼唤吧。我灾难临头了。请让我看看你的真容吧。噢，安拉，请把门打开，让西泽尔进来，不要让朵安进来。让他带我去伊斯坦布尔。”

玛丽把她能记起来的每一段祷告词都背诵了一遍，但是当她睁开眼睛时，她还是独自一个人。家里都没有人肯过来看上一眼，也许他们正在门那边悄悄听着呢。

玛丽想起了上学的时候，那时她在街上自由自在地晃悠，跟西玛尔和米摩一道滚铁环玩，他俩像哥哥一样待她。

村里每年一次的纪念摆脱俄国占领的庆祝活动，是她小时候最愉快的时光。当地市乐队演奏军乐，村民们踏着乐曲的节拍游行。礼炮隆隆，响彻云霄。

玛丽喜欢身穿白领黑色校服，和同学们一道加入游行队伍。她和其他学生按要求列队，肩对肩左右看齐，然后听口令“向右转”，接着就踏着鼓点在街上行进。玛丽感觉到所有的目光都落在了她的身上，就把头抬得高高的。行进到凯旋门的时候，她想象着自己走在一道彩虹下面。这时礼炮齐鸣，隆隆的炮声令每一个人都想起塞可巴巴降下神奇的冰雹，打击俄国军队。随后大家来到广场，她和同学们坐在给他们预留的座位上，观看解放表演。

村里的年轻人穿上俄国士兵或土耳其士兵的军装，表演那场每年都一样的节目。皮肤比较白、嗓音比较沙哑的青年，被挑选出来扮演俄国人，进攻皮肤比较黑、个头比较矮的青年扮演的土耳其军队。到了决定胜负的那一刻，英勇的土耳其军人越战越勇，打得俄国兵四散而逃。最后土耳其国旗冉冉升起，霎时间炮声四起，观众爆发出雷鸣般的喝彩声，广场上硝烟弥漫。乐队随即演奏激动人心的进行曲。

西玛尔和米摩每年都参加这个演出。西玛尔身材高大健壮，扮演俄国人，米摩比较矮小，皮肤比较黑，就扮演土耳其士兵。市政府付给每个参加表演的人报酬，但是扮演俄国兵比扮演土耳其士兵给的报酬多，因为他们要挨打。尽管西玛尔拿到的报酬比米摩多出一倍，他还是感到扮演土耳其士兵更光荣。有时候米摩会对西玛尔说："我是库尔德人，你是土耳其人，可在节目里我老是扮演土耳其士兵。"

每个人听了都会大笑，但是他俩的角色从来没有变过。

有一回，节目没按固定的本子演，结果把节日给毁了，惹恼了省里的官员、市长以及宪兵司令。像往常一样，先是俄国人发动进攻，后来面对土耳其军队的反攻仓皇溃退。军乐和爱国诗歌激起了狂热的民族主义情绪，土耳其士兵对顺从地躺倒的俄国兵拳脚相加，又踢又打。他们倒是为挨揍领取报酬，可也没说让他们这么打。但是那嘭嘭的鼓点，震耳的号角，隆隆的炮声，使土耳其士兵热血沸腾。他们高呼战斗口号，使出浑身力气狠踢暴打对手，演出场地简直变成了真实的战场。"俄国兵"被打得鼻青脸肿，皮开肉绽，鼻子鲜血直流。

玛丽听见她堂兄冲米摩大吼："你疯啦？快住手！"

所有"俄国兵"都哭叫起来，但是毫无用处。后来"俄国兵"终于忍无可忍，站起来予以还击。他们遭到一顿无情暴打后，血液直往脑门上冲，再加上在体力上占优势，不久便打得"土耳其人"抱头鼠窜。

那一年，"俄国人"打赢了，当地政府怒不可遏，立即叫停庆祝活动。人群散去，村子又复归宁静。

玛丽想起西玛尔和米摩脸上一道道伤口、满脸是血的模样，不由得笑出了声。接着她又想起在门那边听着的人。女孩死了还笑，他们听了会不会吓一跳？

第五章　人生是儿戏

一个人能不能彻底变成另一个人，开始新的生活？

伊凡·库鲁达这么问自己，而这时他正跟一帮欢闹的朋友在博斯普鲁斯海峡岸边的一家小海鲜馆吃饭。有条轮船经过，船上的灯光映在了关得很严实的窗户玻璃上。虽说春天已经来了，可是要坐在外面还是太冷了，屋里面暖气还开着。

星期天和几个密友吃午饭，坐在海边聊天，喝葡萄酒，这在过去一直都是伊凡最喜欢的活动之一。现在听见笑话他也笑，但是却对这项消遣失去了热情。同一个问题不断在他脑海里回荡——如果他愿意，他能改变自己的生活吗？

有人在说笑话。有关东南部的战争笑话近来很流行，伊凡装作很感兴趣的样子。

“一天，库尔德工人党游击队设了个埋伏，目标是据他们所知每天晚上七点都要经过同一个地点的一队士兵。半个钟头过去了，没有人走进埋伏圈……一个钟头过去了，还是没人出现。于是，有个游击队员焦虑不安地说：‘咱们那帮小伙子们可别出什么事呀！’”

所有人都笑了，一个叫米廷的银行职员又接着讲起另一个笑话——学库尔德人的腔调，用浓重的鼻音说话。

“库尔德工人党游击队袭击一个村庄，把全村人都杀了，只留了一个老太婆和一个老头儿。有个游击队员拿枪指着老太婆问道：‘你叫什么名字？’

“‘法蒂玛[①]。’不幸的女人回答说。

“游击队员对她说他母亲也叫法蒂玛，所以就不杀她了。

“他又问那个老头：‘你叫什么名字？’

“老头儿吓得浑身发抖，结结巴巴地说：‘我叫奥玛——但是大家都叫我法蒂玛。’”

一圈儿人都给逗得开怀大笑。伊凡以前没有听过这个笑话，觉得挺有趣。

战争笑话流行起来之前，关于性的笑话是始终不变的聊天内容。女人有时候也说黄色笑话，不过，要是笑话太淫秽，她们会害羞地停下来，看一眼丈夫，看他让不让自己讲下去。要是男人讲这种笑话，就会压低声音，用比喻的方式掩饰真实含义。伊凡相信，性主导着土耳其社会各阶层的潜意识。

伊凡不善于讲笑话。他一般不会在关键的时刻强调关键的字眼，他也缺乏模仿的才能。但是，他决定给大家讲一个他在美国的时候听到的笑话。

“谁知道那些伟大的犹太思想家是怎么解释世界的意义的？”

“摩西说‘主’。耶稣说‘爱’。马克思说‘钱’。弗洛伊德说‘性’。最后，爱因斯坦宣称‘一切都是相对的’。”

---

①先知穆罕默德的女儿叫法蒂玛。

伊凡的朋友礼貌地笑了笑，又接着说库尔德人的笑话。

灯光在爱奥尼亚有淫荡的意味……虽然伊斯坦布尔不是爱奥尼亚，两地却有着共同的文化。这个社会的潜在活力和决定其行为方式的基本动机是性压抑。歌词里含有性暗示的歌手，强调自己性身份的歌手，都很受欢迎。名列前茅的歌手里大部分都是同性恋，难道这是个巧合吗？甚至奈玛这位伟大的十七世纪奥斯曼帝国史学家在他所处的年代就曾写过年轻人男扮女装表演色情舞蹈勾引年纪大些的男人的情景。

近来，在一份民意调查中，一名同性恋歌手和一名做过变性手术的男性被选为年度歌手。伊凡研究过的编年史和历史手稿，都表明在奥斯曼帝国时期男同性恋普遍存在。许多高级官员和知名绅士，都曾出入有男性侍者为其按摩的浴室。有些文本甚至还描述了这种活动的规则。

伊凡的研究目的是解读土耳其社会的性行为。他发表的文章总是遭到本专业同行的无情批评。大学里就好比是蝎子窝，每个置身其中的人互相之间都是敌人。许多研究人员都是伊凡的冤家对头，一贯敌视他。他们从来不放弃指责他在文章里用了别人的观点。他们宣称他所钻研的课题之前已经由别人深入研究过了。作为一名没有修过历史的社会学者，他竟敢重复这种陈腐的观点，还称之为科学研究！在土耳其，需要泛用“科学”这个词来守卫自己的观点。个人观点没有经过“科学”阐述，就被看作没有价值，除非自己的名字前面有个像样的头衔，如教授、博士、副教授等。这样一来，土耳其就有了大量的教授，因为只要在大学教书教够一定的年限，就会自动得到这种头衔。

伊凡在他的一个电视节目里揭露过这种教授泛滥的现象。他指出有些无知的教授连自己的语言也组织不好。这下子可捅了马蜂窝，他那些冤家对头立刻群起而攻之，极尽挖苦之能事，说他是个骗子，是个吃软饭的家伙，靠他老婆的财产过活。

有时候，坐在大学里自己的办公室内，伊凡会陷入沉思，心里纳闷自己怎么就招惹了这么多的敌人。这种憎恨让他很难理解，但是，在这种顾影自怜的沉思终了时，他总是得出一个相同的结论——没有必要把这事往个人身上扯。在这个国家，人人都互相憎恨。军人鄙夷市民；空军军官鄙视同级陆军军官；政治学系毕业生看不起拿法律学位的；商人讨厌政客，政客厌恶商人；媒体评论员靠推倒偶像博取名声。还有什么地方的报纸专栏像这样充斥着亵渎和谩骂？知识分子群体是一盘散沙，他们培育仇恨，话语里充满讥讽、蔑视和恶意。

在不久以前，伊凡从来不在乎这些。他觉得生活在这样一种气氛中是很自然的事，成功必然招致妒忌。但是现在，这里的情形让他感到窒息。他不再想去俱乐部，不再迷恋伊斯坦布尔所谓的名流生活方式。他开始感到无能为力，像开车遇到打滑路段，觉得自己是在空谈，毫无价值，无比懦弱。他曾经引以为豪的击败对手的方式，那些指责他们无用、脆弱、傲慢、低级或无原则的尖锐话语，那些用以抵御他们的坚甲利器，如今他却被用来对付自己。他们是对的。他开始觉得，自己与他曾那样由衷鄙视的人们不过是一丘之貉。

伊凡过去常参加国际会议和论坛，但如今在这种会议上他感到孤立，只是默默地待在一个角落观察别人。他愿意和西方学者谈话，但是话题一旦转到了古希腊或古罗马哲学上，他就会三缄其口，他们不具有共同的背景。和阿拉伯学者在一起也好不了多少，他也不属于东方世界。拉丁语、希腊语、阿拉伯语的哲学和科学术语没有植根于他的生命之中。他是个肤浅的没有根基的文化的受害者，这种文化鄙视是不能用只言片语或陈词滥调表达的概念。

伊凡认为他和所有的土耳其知识分子一样，是荡秋千的空中飞人，在东西方文化之间荡来荡去。他和其他许多人一样，在已有千百年历史的“东方社会”于二十年代忽然全盘“西化”之后形成的文化真空中饱受煎熬。那时，阿拉伯字母也被拉丁字母取代。他就是个荡秋千的艺人，已经松开了东方的秋千把手，却仍然在空中飘荡，没能落在西方的接网上。

伊凡在夜晚充满了恐惧和泪水，他感到已经失去了对他所了解的那个自我的控制。他需要抛开自己的身份，找一个途径改变自己的命运，克服死亡的恐惧——这种恐惧已经植入他的肌体，其强烈程度与日俱增。然而，只要他继续生活在象征他归宿的棺材似的家和办公室之间，他就无法实现那个愿望。伊凡无法继续扮演丈夫和教授的角色了。就像长睡不醒的恩底弥翁一样，他不得不对自己的命运做出决定，但是他的命运并不该是长睡不醒。

伊凡记起了他曾经读到过的一个让自己惊讶的文坛故事：陀思妥耶夫斯基曾来到他的死敌屠格涅夫面前，说他想对屠格涅夫坦白一件事。面对这种突如其来的信任，屠格涅夫一时大惑不解。

“我曾经在一个浴缸里诱奸了一个九岁的女孩。”陀思妥耶夫斯基直言不讳地说，然后便转身离去。

屠格涅夫听了一愣，便问道：“为什么告诉我这事？”

“好让你知道我是多么鄙视你。”陀思妥耶夫斯基头也没回地答道。

只有大勇者才会这样做，伊凡真希望对自己的敌人也做类似的拜访，但是他没有什么令人感兴趣的故事或者哪怕是谎言好讲的。他的“成功故事”实在是不足挂齿。他自己是狗屎，他的朋友们也不例外。他们经常光顾的地方也是狗屎。伊斯坦布尔本身就是个垃圾堆：遍地餐馆，街上野狗徘徊，成堆的垃圾上面爬满了乞丐和海鸥，其滋生的沼气随时可能导致爆炸，夜幕下儿童受欺凌沦为童妓，身穿女人衣服、脚蹬高跟鞋的易装癖手持尖刀抵住出租司机的脖子。这里充斥着无知和污秽。伊凡甚至觉得不只是金角湾[①] 的水，就连整个博斯普鲁斯海峡的水全都开始腐臭了。在这些臭气熏人的地段的饭馆里，他那些所谓的朋友们以为自己已经跻身上流社会，就因为他们出手大方，花几百块吃一顿，包括生牛肉片、香蒜沙司、生鱼片，以及取了外国名字的菜肴。无论是自己的生存环境还是这种虚假不实的生活，都让他再也忍受不下去了，但是他不知道怎么跟别人说这想法，特别是怎么跟妻子说，实际上他深爱着自己的妻子。

他已经知道阿赛尔的反应了。“你要是情绪低落，我们就去度假。”她会这样说。或者会说：“我们找个新地方去吃饭。”这倒是个简单易行的解决办法。此外什么事、什么人都再无意义。

又一次，伊凡想起了希达耶，他驾船出海去看卡瓦菲的城市。当年家里送伊凡到伊斯坦布尔上大学，希达耶拒绝走这条路，而是选择了扬帆出海，如今这竟成了珍贵的记忆。

“我为啥要去伊斯坦布尔学习？”希达耶当年这样问道。

当时两人在伊兹密尔市海关原址上的一家水边小餐馆里喝着冰啤酒，看着落日把海湾的水面染成了红酒的颜色，宛如诗人荷马描绘的景色。

“那不是我的生活。”希达耶接着说，“按部就班，条条框框，死气沉沉。我想要的生活可不是这样。”

“那你想要什么？”伊凡问。

“我不知道。这就是最迷人的地方——不知道生活会给你带来什么！”

---

①伊斯坦布尔的一个天然峡湾，是从马尔马拉海伸入欧洲大陆的细长水域。

几天后，希达耶驾着自己动手制作的船，扬起一块凑合事的帆，渐成孤帆远影，消失在了天边的海平线上。海风兴许会把他吹到克里特岛也未可知，要不就是什么不知名的岸边沙滩，又或许他已经逐浪随波不知所踪了。

伊凡带着与日俱增的怀旧心情，对希达耶思念不已。

第六章　西玛尔的秘密

对山地不熟悉的人也许看不到远处的村落。只有走到很近的地方才能看清楚那一座座盖在山坡上的平房，其颜色与周围光秃的山石土地无异。有一天大雪封山，在雪毯的遮盖下，连一棵树、一条小溪、一眼泉水也看不见。

西玛尔的小队进了村子后，一点儿生命的迹象也看不见。低矮的房顶上盖满了雪。没有袅袅炊烟，没有人的声音和家畜的声音打破寂静。

西玛尔习惯了这种景象，处在库尔德工人党游击队和土耳其军队之间，库尔德村民们都躲进了家里，对两方面的人都唯恐避之不及。

根据情报，游击队前一天夜里来到了这个村子。他们已经走掉了，但是西玛尔的小队奉命前来清空村里的房屋，然后一把火全都烧掉，这样村子就不会给游击队提供庇护了。

西玛尔听说成千上万个村庄和无数公顷森林因为可能提供掩护而被烧光。他个人参加烧毁过的村庄有二十多个，对这种情况已经习以为常了。

村民们被枪口逼着走出家门，集中到被当作临时指挥部的学校进行审问。像往常一样，他们没能提供多少情报。女人们不住地哭泣，男人们只要不跟当局合作，就被剥光衣服罚站，或是光脚踩踏尖利的碎石头。上尉对他们的哀求充耳不闻，叫他们半小时之内腾空村子。命令他们上缴武器，他们默不作声。士兵们知道收缴不到什么武器，村民们绝不会说出他们的枪埋在什么地方。

西玛尔确信，对这些人来讲，最重要的莫过于他们的枪，他们的骡子，以及他们的睾丸。他们严密地保护着自己的武器和骡子，这是他们生活中不可或缺的东西。只要一挨打，他们就会哀求道："别打我的睾丸！"西玛尔从米摩那里学会了说库尔德语，成了小队里唯一听得懂大部分库尔德语的人。

女人们一边哭一边往外面的雪地里堆些家具，孩子们麻利地进进出出，往外搬运那些匆忙捆好的包袱，男人们还是一个劲地哀哀求告。上尉告诉他们想去哪儿就去哪儿。许多人也许要去迪亚卡比尔落脚，另一些人可能要长途跋涉到伊斯坦布尔、伊兹密尔、安塔利亚、阿达那或梅尔新。他们的去向对军方毫不重要，军方的目标是把库尔德工人党游击队在这一带的庇护所全部清理干净。

西玛尔想起了无线电传来的声音，米摩的声音。西玛尔感觉离他出奇地近，禁不住暗想，他的朋友昨夜是不是就在这个村里过的夜。与此同时，他意识到了他俩之间的距离。战争就像他俩当年庆祝从俄国占领下解放的演出一样，不过，子弹在头顶上呼啸而过的战斗场面还是令西玛尔浑身颤抖。这可不是无中生有的幻境。

西玛尔刚开始服役的时候，思绪就常常回到他和米摩在一起的情景。他们在田地里摘瓜，把瓜泡在溪水里冰镇；拿旧罐头筒捞鱼；和几个小伙伴一块儿打开一瓶红酒。他回忆起两人对天真新娘的幻想，他在睡梦中犯下的罪，以及随后的愧疚。这些是青年共享的秘密。埋伏、卡拉什尼科夫步枪、地雷、朋友鲜血淋漓的肢体被塞进一个塑料袋里……凡此种种把儿时的记忆一点一点擦抹干净。

每年庆祝解放日，米摩总是扮演土耳其士兵，西玛尔总是扮演俄国兵。如今这个角色又对调了，西玛尔穿着土耳其军装，米摩成了敌人，身穿库尔德工人党游击队那套行头。

通过对讲机，西玛尔能听到米摩用库尔德语和其他游击队员说话，还能听到他向土耳其士兵喊话，要他们缴械投降。在很长时间里，他一直没跟队里的任何人说起过这事。要对无线电里那个声音无动于衷，实在是很难做到，终于有一天，他把这事告诉了同寝室室友萨拉哈丁。

“跟谁也别说，”萨拉哈丁立即回应，“只会惹麻烦。”

这位朋友见多识广，西玛尔心里佩服，就听从了他的劝告。

萨拉哈丁来自黑海岸边的里泽，看他那高高的鼻梁便能知道这一点，这是黑海沿岸居民的一个共有的遗传特征。西玛尔大部分战友都来自西部，如色雷斯、爱琴海沿岸、黑海沿岸等地，像西玛尔这样从东部来的只有几个。萨拉哈丁常常说起自己家，他家搬到了伊斯坦布尔，西玛尔很乐意听他聊起他家在水产市场里的门店，他叔叔萨利叶的船，还有他家在爱琴海边的水产品养殖场。

萨拉哈丁是个虔诚的伊斯兰教徒，他和西玛尔两人一块儿祈祷，一块儿斋戒。西玛尔是教长的儿子，因此萨拉哈丁对他特别敬重，还经常问起他的父亲。萨拉哈丁是乌斯哈吉教派成员，十分虔诚，已经研读《古兰经》达八年之久，可是他从来没有听说过西玛利耶教派，西玛尔的父亲是这一教派的精神领袖。西玛尔把自己对父亲所讲教义的理解都讲给萨拉哈丁听，由于内容所涉，他用的是一种混合语言，包括土耳其语、阿拉伯语和波斯语。教义详细讲述了西玛利耶教派的创立过程，其创立原则是：真主的容颜表明了世上的一切。萨拉哈丁没觉得西玛尔的解释很有说服力，因而心里暗自怀疑西玛尔的父亲是不是一个伪教士，在安纳托利亚，这种人可不在少数。

村子撤空后，士兵们挨门挨户搜查一遍，为的是确保房子里没留下任何人。接着他们把每间房子都浇上汽油点着。看着熊熊大火，女人们号啕大哭，哭声震天。烈火吞噬了她们的家，烧毁了她们的财产，烧碎了她们的心。男人们紧紧抓着骡子的缰绳沉默地盯着看，他们没有眼泪，但眼睛里燃烧着仇恨。

几个月前，西玛尔还会感受到他们的痛苦，或许还会安慰安慰他们，但是他在山里的经历已经让他麻木了。有几座房子在大火中坍塌了，火光暗淡，没有他以前看到的那么亮。就在两星期前，他目睹了被库尔德工人党游击队杀害的两名教师的尸体。一支游击队拦截了教师坐的面包车，命令他俩下车，然后就地枪杀。西玛尔对于他们的尸体——特别是面部——很快变成了青紫色感到震惊。

通过无线电喊话时，米摩宣称游击队是“群山和夜晚的统治者”。他们自然比土耳其军队更清楚山里的每一处峭壁和岩穴。当地库尔德人和他们的狗也喜欢游击队。只要西玛尔和他的战友走近一个村庄，立刻就有猛犬扑来，他们有时不得不先打死一两条。可是游击队进了同一个村子，狗连叫都不叫一声。西玛尔后来总算是弄清了这个秘密，一天他听到一个库尔德村民招呼几条狗，那声音很特别，叽里咕噜地从喉咙里发出来，狗一下子就安静下来。即便懂库尔德语，西玛尔也不会模仿那种声音，和其他战友一样，他一直没学会如何与狗交流。

村民们吆喝骡子的声音也很怪，活像在说外语。对他们的吆喝，骡子不见得唯命是听，也许是因为骡子有自己的思想意识。

几天前，西玛尔的部队在一条河床上趴着。前面一块高地上埋有地雷，他们看到一个老人牵着一匹骡子慢慢走向危险地带。如果他们招呼老人停下，就会暴露自己的位置，不过爆炸声更能引起注意。

“站住，”他们喊道，“前面有地雷！”

老人停住了脚步，但是，尽管他惊慌地吆喝骡子停下，他的骡子就是不停。老人拼命要去救他的骡子，在后面紧追不舍。就在骡子快要走出雷区的那一刻，脚下炸响了。骡子的两条前腿被炸飞了，萨拉哈丁给了它一枪，结束了它的痛苦。老人在死去的骡子身旁的土地上坐下来。他赖以为生的牲口没了，他止不住恸哭失声。

西玛尔想象着在那些高高的山头上，米摩是那些狙击手里的一个。米摩枪法很好，是从小练就的。

西玛尔从米摩的声音里再也感觉不到丝毫的热情了，而每次他的部队里有人伤亡，他就把这责任归到从前的朋友身上。他的愤怒加剧了仇恨。如果有朝一日与米摩狭路相逢，他发誓自己会毫不犹豫地射杀他。他要为那些小伙子报仇，那些死去的、缺了胳膊少了腿的，他要杀死米摩以及国家和民族的每一个敌人。

他们的脸被火焰映得通红，烤得发热。村民们离开了燃烧的家园，背上背着包袱，后面依次跟着骡子和孩子，艰难地走上下山的路。靠近村子外围，有个老人，白发苍苍，眼窝深陷，躺在自家门前的一个床垫上，因为和别的住户离得远，还没人动他的房子。他身边站着一个十岁左右的男孩，一家惨遭战乱，劫后余生的就剩这爷孙俩了。

老人眼里滚出泪水，恳求上尉：“求求你，长官，就让我们留下吧。我腿瘸了……我们没去处。”

上尉别无选择，心软了。西玛尔看见男孩的脸上露出笑容。男孩所知道的就只是这些山了，还有每天牵上骡子去吃草，除此之外，他对世界一无所知。远离大山到别的地方去，对他来说意味着从此失去一切他所熟悉的和感到亲切的东西。

西玛尔避开其他士兵的目光，迅速从衣袋里掏出几个硬币，一边拍拍男孩的脑袋，一边偷偷塞进他手里。同时，他很谨慎地绷紧面孔，免得自己的善举让男孩受宠若惊。男孩仰脸笑了一笑，表示感激。

那天夜里回到哨所后，西玛尔又从无线电里听到了米摩和同伴说话。像往常一样，米摩又在咒骂土耳其军队，后来他说："我要到诺亚去。"

西玛尔明白这句库尔德语，是说米摩要去阿勒山[①]，据说诺亚方舟的遗骸就在那儿。米摩曾对他说过，希望有朝一日能登上那座山，去发现那艘古船。

西玛尔立刻警觉起来，他怀疑游击队看到了他们放火烧村子的火焰，就从据守了几天的山头上撤了，撤向阿勒山，土耳其士兵对那座山上的路很熟悉。晚饭后，他来到上尉跟前说："我有重要情况向你报告，长官。"他的脸激动得发红发烫。

---

①阿勒山位于土耳其东部，又译"亚拉腊山"，据《圣经》记载，大洪水后诺亚方舟即停于此。

第七章　公鸡为什么不叫？

玛丽向真主和圣母玛利亚祈求显灵。随后，见走进马厩的不是朵安，而是村里的接生婆古力扎，玛丽觉得是自己的祈祷应验了，心里不由得涌起一阵感激。玛丽挺高兴，她注意到老太太围着的白布围巾，从来没变过的头巾，她那双温柔的眼睛，还有那柔软的双手。通过打开的门，太阳光照射进来，照亮了黑暗的马厩。

古力扎做接生婆很久了，村里某一个年龄以下的人都是她上门接生的。似乎他们每一个人都是她的孩子。

她在玛丽的生活中扮演了一个特别的角色。玛丽来到这个世界的时候，是个体重仅一点五公斤的小不点，当时连呼吸也不会，还被脐带缠住了喉咙。是古力扎用一双灵巧的手解开了绕在她脖子上的脐带，接着还是古力扎把第一口气吹进她的肺里，这才使浑身发紫的婴儿自己呼吸起来。尽管她没能让孩子的妈妈起死回生，但她还是成功地救了孩子的命。

只要一想到死，玛丽就会想起这个情景，就会自言自语："我已经死过一回了。"家里其他人就会添上几句："玛丽生下来就死过了。她不能再死一回了！”

在惊恐和孤独中煎熬了这么多个日日夜夜之后，玛丽忍不住一下子扑进了古力扎的怀里。闻着古力扎头巾上新鲜的香味，玛丽不禁失声痛哭。

“他们欺负我，阿婆！”她哭诉着，用了孩子们对接生婆的称呼。“他们要我自杀。”

“我知道，”古力扎回答，“一定不要那样做。”

然后她就解释说身为一个女人是多么不幸的事，女人一生要过多少难关。她着重说明了一个事实，就是女人生来就注定要倒霉。“真主让女人堕落，”她哭着说，“你知道，就连圣母玛利亚也要忍受她的苦难。”

玛丽问她这话是什么意思，她说：“他们杀了她的儿子。你不知道么？”

“哦，我知道！”玛丽回答。“他们还杀了我们的圣母法蒂玛的孩子——我们神圣先知的孙子。”

“是的，在卡尔巴拉[①]……”

“听着，宝贝。我费尽了周折才来到这儿。他们不想叫任何人来看你。我一天一天地求他们，求了好些日子，才总算让我来了。你父亲脾气温和，不过你伯父什么话也听不进去。听我说……这可能就是你最后的一个机会了，我恐怕再也不能来了。自从那天你在墓地像只受伤的鸟儿扑腾被人发现后，村里人人都为你感到难过。”

玛丽被荆棘戳得满脸是伤，血顺着两腿往下流，被发现时躺在墓地边的一条马路旁，状况十分悲惨，她嘴里发出可怕的叫声，手指抓着泥土，胳膊腿在空中痉挛地抖动，头巾落在身旁的泥土里。发现她

①伊拉克中部城市，是伊斯兰教什叶派的圣地之一。

的两个年轻人以为她中了邪，但认出来她是谁以后，他们就搀着她的胳膊把她送回了家。她走得并不安静，一路又是踢打，又是挣扎。忽而清醒，忽而晕倒在地。他们就这么一路拖着她穿过广场和市场，所有的村民都出来看热闹。

玛丽在床上躺了两天，发烧，呻吟，时而清醒，时而没有知觉。古力扎被叫来看看是怎么回事，她一眼就看出玛丽是被残暴地强奸了。老妇人使出全部医术为玛丽治疗，用浸泡了醋的棉布块敷在她额头上，在她胸脯上用碘酒画十字，逼她闻盐酸，让她从昏迷中清醒过来。一见玛丽恢复得差不多了，家庭会议就判定把她丢进马厩关起来。

“村里许多有威望的人都在替你说话呢，还跟你伯父说这事。”古力扎接着说，“他们想说服你伯父这事不怪你，就不要按老传统办了。人人都想救你。”

“他们不是想让我上吊吗？”玛丽问。

古力扎沉默了一会儿。“有人可能想，不过其他人想让你活下去。”

“他们可以把我送到伊斯坦布尔去，就像过去那几个女孩一样。”

“孩子。”古力扎叹了口气，抚摸着玛丽的头发。“我可怜的孩子。伊斯坦布尔解决不了问题。最好能说服你父亲和伯父放你出来。你要帮我一把，把发生的一切从头到尾都告诉我……一切！是哪个禽兽伤害了你？”

玛丽什么也没说。她眼神迷惘，垂下了头。“告诉我他的名字。”古力扎温和地说，“你必须告诉我是哪个坏蛋，或者是哪些，这样才能救你自己。别担心。他会受惩罚。宪兵会敲碎他的骨头，再把他关起来。或者你家人就会收拾他。”

玛丽还是默不作声，紧闭嘴巴，仿佛害怕吸进空气。她一前一后地摇晃着，好像进入了一种恍惚状态。

古力扎费了好多口舌，玛丽还是不吐一个字。在花了很长时间给她讲道理之后，古力扎终于放弃了，认为是女孩没有辨认出歹徒是谁。说不定他们拿口袋蒙上了她的头，或者是她惊吓过度失去了记忆。

即便她记得，也没有多大用处。古力扎给玛丽的伯父提过建议，说最好的解决办法就是找出那个强奸她的人，逼他娶玛丽为妻。可是玛丽的伯父一听就不耐烦，反驳说："不管是个歹徒还是个强奸犯，都一样，都不能进我的家门！"

古力扎看到玛丽给不了她丝毫的线索，就改了话题。

"我的孩子，要是你因此怀了孕，情形可就更糟了。要是他们发现你肚里怀了个不合法的孩子——真主请饶恕我们——我觉得有可能，要真是这样，那就必须拿掉。"

玛丽仍旧沉默不语，还是一前一后地摇晃着，好像她对发生在自己身上的事一无所知。她两眼盯着从敞开的门射进来的阳光，似乎陷入了沉思。

突然，古力扎把她一辈子听到过的骂人的话一股脑儿全都骂了出来，因为这不幸的孩子的命运太让她感到悲哀了。她伸出双臂，仿佛在祈求，嘴里愤愤地说："真主啊，我这无辜的女孩受人欺负，求你放倒那些坏蛋，把他们在地上拖死吧！"

这么痛痛快快地骂了一顿后，古力扎看了看女孩，见她恢复了常态，又回到现实世界里来了。

玛丽用她那双绿眼睛看着古力扎，轻声问："阿婆，你觉得他们会让我洗个澡吗？我的头发油腻了，身上也臭了。有一桶水就够用了。"

不管多么没胃口，玛丽都必须吃点东西，哪怕是吃一两勺家里的女人放在托盘里送过来的东西。随后，玛丽就在朵安鄙视的目光下来到院子里，脱下裤子蹲在地上解手，这是最让她受不了的事。

古力扎一定是看出了玛丽的感受，她起身走出门外。因为是大白天，男人们都出去了，她就和玛丽的姨妈把事情搞定了。半小时后她回来了，拿着一个小塑料浴盆，一个金属碗，还拎了一桶热水。

玛丽舒坦地出了口气。至少姨妈允许她洗个澡。

"阿婆，"她说，"姨妈从来不来看我。"

"这不奇怪。"古力扎咕哝了一句。

两人都明白姨妈把她深爱的妹妹的死归咎于玛丽，假如她妹妹没有告诉她梦见了圣母玛利亚，她感觉妹妹就像别的女人一样，是偶然出事的，但那个不祥的梦证明了孩子才是祸因。

玛丽小时候不理解她姨妈的行为。后来弄明白了原因，就尽量让姨妈高兴，希望姨妈有一天能忘掉过去的怨恨，别再奚落自己。然而玛丽从来没有得到原谅。由于姨妈待她的态度，她还得了个克星的名声。

古力扎帮玛丽脱了衣服，像对小孩一样把她放进浴盆里给她洗澡。热水从头上浇下来，一种久违的温暖感觉包围了玛丽，老妇人动作轻柔，给她把头发洗干净了。

古力扎从外面拿来一块大毛巾，把玛丽紧紧包住，免得她着凉。一只手给她轻轻按摩，用另一只手把她身上擦干。

"好了，亲爱的，按我说的做，我们把你肚里的东西拿掉。我知道你肚里有了，从你眼睛里能看出来。"

玛丽什么也没说。她顺从地让古力扎用毒芹油给她按摩，还喝下了古力扎给她的有腐臭气味的液体。

古力扎比别的接生婆都谨慎，从来不用危险的办法做流产，比如用鸡毛或干茄茎放进女人体内。

古力扎完成后，让玛丽把头枕在自己腿上，轻轻抚摸她的头发。

"阿婆，"玛丽呻吟着，"我肚子疼！"

“别担心，宝贝。很快就过去了。”

在古力扎饱含慰藉的抚摸下，玛丽感觉自己快要睡着了。就在要睡着的那一刻，她嘴里咕哝了一句：“公鸡为啥不叫了，阿婆？”

“公鸡总在叫呢，宝贝——有人能听见，有人听不见。”

“我听不见。”

“因为你不想看到天亮。”

第八章　黑夜是堂吉诃德，白天是桑丘·潘沙

伊凡一夜没合眼。他觉得不需要吃安眠药片，所以就一直醒着，直到天亮。他在房间里来回踱步，整理书房的文件，不时来到室内的游泳池，坐在他那把藤椅上，注视着水面浮光闪闪烁烁。很奇怪，多年来令他心寒的那种恐惧头一次消失了。坐在泳池旁，他计划了接下来一天的活动——这一天，他要从受恐惧统治的生活中，从他人强加的限制下获得解放。他像个快要淹死的人，脚被水草缠住，想踩住水底用力一蹬，浮出水面，呼吸新鲜空气，重见天光。一旦消除了恐惧和脆弱，他便体验到一种生活有所改变和创造了新的幸福感的不可言喻的喜悦。

他还没有跟阿赛尔说起什么。她正在楼上安睡，一点都不知道她的生活也要发生变化了。

那天上午伊凡来到大学后要做的第一件事，就是去系主任那里，一改多年见面正式问候的习惯，他要朝主任那张难看的脸正当中的位置猛击一拳。伊凡比主任年轻，也比他健壮，没什么能阻拦他揍这家伙，这小子居然背地里污蔑他浅薄平庸，毁他的名誉，这可怜的老东西，

打他那张脸肯定很过瘾。

那将让他多么扬眉吐气！那种感觉就像格列佛[①]在小人国抖落身上看不见的束缚。他要确保门开着，这样秘书就能看见这小子那张丑陋的嘴里掉了几颗烂牙。这个专爱搬弄是非的家伙一定会愣住。几分钟后，伊凡刚走，他就回过神来，大喊大叫，威胁伊凡承担后果。为了保护自己的尊严，他一定要让秘书打电话给校长、律师，当然还有警察。他会把嘴上的血擦掉，努力用想象来安慰自己，想象着伊凡被投入监狱，一辈子就算彻底完了。

这事很快就会传遍整个大学。数百部电话会在同一分钟里同时响起，媒体会立即对这一事件进行热烈的报道。伊凡的同事们会像饥饿的狼群追寻血迹一样在第一时间冲进走廊里打听最新的消息。

拜访过系主任后，伊凡接下来要去的是那个令人厌恶的女人瑟敏的办公室。跟那个老恐龙了结之后，伊凡要去拜访一下她。他幻想着如何最好地表达自己对她的厌恶。在她桌上撒泡尿，让她惊得目瞪口呆也许很适当，说不定会叫她心脏病发作。他所要做的就是走进瑟敏的办公室，解开自己的裤子拉链。她一定会吓得魂飞魄散，歇斯底里地尖叫。惊恐的秘书会一个接一个地打电话，随后，系主任咧着一张血流不止的嘴巴赶到现场，看到发生的情况，和秘书一块儿大呼小叫。伊凡趁乱早溜之大吉了。

结果一如所料，伊凡不仅没有实施他的计划，甚至表现得比平时还要蠢。天亮了之后，夜里的想象烟消云散了，太阳像个信使，把他拉回到了现实当中。他的计划在夜晚的黑暗中显得那么切实可行，到了白天冷峻的天光下，却又变成了十足的幻觉。和许多人一样，伊凡

①英国作家乔纳森·斯威夫特的讽刺作品《格列佛游记》中的主人公，曾漫游过想象中的小人国、大人国等地。

在黑夜是堂吉诃德[1]，到了白天就成了桑丘·潘沙[2]。正是因为如此，他觉得自己必须去学校，仿佛是为了向自己证明在游泳池边愉快地制定出的这个报复计划是多么不切实际。

他还没出家门就意识到这点了，而当他走进办公楼时，迎面就遇上了系主任，和他不期而遇让这事更明显了。门不太宽，只够一个人进，伊凡便让在一边，嘴里嘟囔着平时见面的几句敷衍的客套话，让他幻想着要狠揍一顿的人先走。在昨夜的幻想中，他把这家伙的脸打得像西瓜，此刻却对其彬彬有礼。这的确证明了他有多么的懦弱。他非但没有羞辱这家伙，也没有损害他的形象，反而卑躬屈膝到了极点。

不用说，他甚至都不想去拜访瑟敏了。

伊凡进了自己的办公室，心里充满对自己的怀疑，迫切需要补偿一下。他坐下来给妻子写电子邮件，仿佛觉得自己已经烧毁了所有的桥梁，走上了一条不归路。他键入了阿赛尔的地址，却枯坐在那儿瞪着空屏发呆。

想到也许永远实现不了自己的梦想，他心里不是个滋味，在最上面一行写下“我的爱妻”几个字，就停住了。这不诚实，离别信不应该这样开头，可是对结婚已达十二年的妻子，还能怎么称呼呢？“我亲爱的妻子”“亲爱的阿赛尔”“阿赛尔”，或者就说“嗨”？

他决定就保持已经打上去的这几个字，这对他是最有意义的。必须让阿赛尔明白他的告别跟她无关。

---

①西班牙作家塞万提斯所著小说《堂吉诃德》中的主人公。他沉迷于骑士小说，时常幻想自己是个中世纪骑士，因而做出种种令人匪夷所思的行为。

②《堂吉诃德》中堂吉诃德的侍从，原本是一名农夫。他凡事从实际出发，是堂吉诃德形象的反衬者。

我的爱妻，

你知道有个法律术语叫“正当防卫”，或者是大家口中的“合法防卫”，意思是保护自己。我再也不能隐瞒这个事实了：几个月来我一直受到恐惧的禁锢。这和你没有任何关系。我比以往更爱你，但是我必须离开。

请你谅解。

这不是突发奇想的结果，这是合法防卫。如果我不走，我就活不过明天。我要么走，要么只能自杀。我只能选择活下去。

我的根基动摇了，仅仅是为了能够呼吸，我必须另找个生存的地方，在那里成为真正的自己。我希望你理解，我是不得不这样做的。

不要找我。就当我是去长期旅行。如果我消除了这种可怕的恐惧，我会给你打电话。

别了，我的爱妻

伊凡

伊凡盯着显示屏出神，想象着这个信息可能产生的影响，脑子里闪过一个个可能出现的后果。阿赛尔询问家里每一个人——司机、秘书、亲戚、朋友，都问过一遍后，她会觉得自己被彻底遗弃了。伊凡意识到自己的决心在减弱，于是立即点了“发送”键。信从显示屏上消失了。他已经破釜沉舟，没有退路了。

伊凡心里还想着一件事，他来到锁着的壁柜跟前，里面放着他的研究笔记，是准备用来写一本书用的，这本书已经计划了有些时候了。他取出几个笔记本，一些活页，还有一本关于波格米勒派[①] 的书。他把

①十世纪时成立于保加利亚第一帝国的诺斯底主义教派，其信奉二元论，认为上帝有两个儿子——撒旦和耶稣，并且认为世界是由撒旦创造的。

这些东西塞进公文包，离开了办公室。他打了辆出租车去海岸，把自己的汽车留在了大学的停车场。他已经给自己的银行户头发出提款指令。他的金融顾问尼尔滚提醒他，账户里的 72000 美元定存眼看下周就要到期，现在取款会损失大笔利息，亏死了。“没关系。”他回答，“把钱取出来准备好，我中午前过去拿。”

如果等存款到期，他会损失更多。

第九章　埋伏与笑声

士兵们蹲在岩石后面，心里默默咒骂突变的天气，本来是下雪，这会儿又下起了雨。他们要在外面待一夜，不管身上裹着多少层塑料雨衣，雨水总能渗进来，像条蛇钻过他们的衣服，爬到他们的皮肤上。冰冷的雨水渗进靴子里，湿透了袜子，冻僵了双脚。这种天气的唯一好处，就是他们的敌人也受罪。

萨拉哈丁头上盖着一条毛毯，在底下抽起烟来。尽管他很谨慎，抽烟还是有可能给整个连队带来危险。不管多么暗的火光，都可能引起狙击手的注意，以前就有过一次，一个士兵吸烟，结果被狙击手打死了。如果让敌人怀疑他们是在埋伏，那他们就可能会全部丧命，而对方不会损失一兵一卒。西玛尔走过来，从萨拉哈丁嘴里拽掉烟，掐灭了。他神情十分严肃，所以萨拉哈丁没有反对。

西玛尔希望米摩和其他游击队员能赶快进入埋伏圈，然后一起死去。米摩不再是朋友，而是一个嗜血成性的残暴敌人，一心要杀死西玛尔和他的同伴们。西玛尔痛恨米摩，超过了任何其他恐怖分子，希望他受到惩罚。西玛尔把这话跟萨拉哈丁说了，萨拉哈丁说他这样想是因为自己怕死。西玛尔认为自己已经对死亡没有恐惧了，但是显然这种恐惧还在折磨着他。他很难忘掉同伴死去的悲惨景象，他们或是被子弹打穿眉心，或是被地雷炸成碎片。

西玛尔记得他和米摩常去打鹌鹑。米摩是个神枪手，持枪和别人不一样，仿佛枪是他肢体的延伸。他不用费力就能把枪抵在肩头，用不着瞄准就能击中目标。

西玛尔恨米摩，恨他的程度比对其他任何人都深。他肯定此刻米摩的枪正瞄准了他和他的同伴。在这种时刻，他总能感觉到那根看不见的枪管。米摩一定就在山坡上，准备好要一个一个结果了他们，就像打鹌鹑似的。

士兵们总有对死亡的恐惧感。他们匆忙地吃掉一份二百克的罐头食品，或者喝下一杯冻住一半的冰水，在这期间，总有遭受火箭弹袭击的可能性。一连多天只吃干粮会让他们便秘，他们会拉出带血的粪便，蹲下拉屎的时候会感觉到背后有敌人的呼吸声。他们偶尔会生一小堆小火，把食物加热，好让肠胃舒服些，而火堆冒起的淡淡青烟有如死神般可怕。就连他们在寒冷坚硬的地面上铺块薄毯子躺下来的时候，死亡的阴影也会时刻笼罩着他们。在这些充满敌意的群山里，他们心里老在琢磨还能不能活到下一分钟。

有些士兵在这种高度紧张的重压下打架斗殴，寻求一死。这些小伙子们会说："躺在棺材里盖上国旗回家，好过在这大山里等死。"

西玛尔知道米摩随时都想杀死他。当年两人曾多次在彼此家里过夜，一块儿吃饭，聊个没完，而现在，米摩决意把他送进坟墓。西玛尔想起这个便怒从心头起，唯一消气的办法就是设想先打死米摩，这就是惩罚，他甚至希望米摩都来不及拿枪。"杂种！"西玛尔狠狠地骂道，"凶手，叛徒，杂种！"

几个钟头过去了，但依然不见游击队的踪影。埋伏的时候谁也不能睡，士兵们每一秒钟都得保持警觉，就连耳语也不行。西玛尔知道他的每一个同伴都陷入了白日梦里。

突然西玛尔眼前出现了米摩的面孔。他的心猛烈地跳起来，他意识到自己正处在清醒与睡梦之间。今夜任何士兵都不能出错，于是他努力控制自己，可是很快就又感觉要打盹了。

西玛尔回忆起了他和米摩在村子里玩过的游戏，足球比赛时两人互相的挖苦嘲讽，有争议的进球以及由此引起的打斗。两人大汗淋漓，互相咒骂，但用不了多久就消气了。

有一次，他俩都上场和邻村比赛，为了赢球，西玛尔赛前去求一位魔法师帮忙，请他做了个符咒。他把符咒埋在自家球门前，这样球到了这儿就过不去。

上半场，符咒效果果然不错，如有神助，对方最猛的进攻也没能进球，不是踢飞就是打在门柱上。西玛尔的队友们兴奋极了，他就把符咒的事跟他们讲了。有人提醒说下半场要换场地，也就是说符咒要为对方出力了，而自家的球门就失去了符咒的保护。他们怎么能对抗自己设置的符咒呢？到了下半场，符咒效力依旧。他们组织的进攻要么踢飞，要么被门柱弹回，那个村的球队三比一赢了。比赛过后，米摩冲西玛尔咆哮：“白痴！亏你想到要用符咒，你怎么就没想到要换场地呢！”

这话说得对，西玛尔对此无话可说。

如今米摩在寻找他。是米摩杀死了他的朋友：用火箭弹和凶猛的子弹攻击他们；用毁灭性的地雷把他身边的同伴炸飞。而且米摩还想杀死他。

冰冷的雨水渗进了西玛尔的上衣领口，但他保持不动。士兵们必须忍受一切：雨水、寒冷、疼痛、疲劳、伤病、咳嗽、发烧，虱子咬得皮肤奇痒也得忍着。在野外淋着冰冷的雨，他们一待就是好几天。

西玛尔的思绪又回到了村子里，他想起了父亲、母亲、叔叔、姐姐、朵安、玛丽。这时他眼前出现了他父亲、叔叔和他自己把一块糖放进嘴里咬住，以便喝热茶时消除苦味的场景，他喝茶时很想感觉一下那种温暖，但他感觉不到。仿佛自己当兵前就没有活过似的，仿佛自己是在这大山里土生土长的。春梦中见到天真新娘——自己曾和她有过肌肤之亲，却没见过她的容颜，还有他的死敌米摩小时候的样子，这些统统成了遥远的往事。家乡和家庭的图景渐渐暗淡下去，而米摩的相貌却变得异常清楚——他那瘦削的面孔，淡淡的胡子，弯弯的嘴角上挂着讥讽的笑意。

他父亲的形象当然也出现在脑海里了。有时候他好像听到了父亲的声音，劝告他避开危险，远离罪恶。他的父亲总是充当着他身边的教导者的角色。

快到天亮时分，西玛尔能感觉到士兵们变得焦躁不安。在黑暗中伸手不见五指，他们竖起耳朵倾听脚步声，就是那些称呼自己是“群山和黑夜的统治者”的人们的脚步声。西玛尔知道上尉也屏住了呼吸，尽管他自己什么也没听见。这时只听一声响动，和融雪的滴水声不一样，接着就听见黑暗中传来一团难以分辨的声音。士兵们甚至分辨不清究竟是不是声音，但都默默地举起了枪。西玛尔感觉自己的心不是在胸腔里跳动，而是在喉咙里狂跳。片刻后，那声音就会更近，他们就会开火，枪弹的闪光会照亮天空，他手上这挺机关枪会瞬间叫敌人丧命。

“开火！”上尉大吼一声，因为那难以分辨的声音越来越近了。霎时间，连队里的所有武器同时爆发出震耳欲聋的声响。黑暗中枪弹发出微弱的光亮，士兵们盲目地开火。很难说黑暗中到底有没有人，但是他们的行动肯定产生了些结果。

射击终于停了下来。也许根本就没有人，要么就是有几个库尔德工人党游击队员已经在黑暗中死去，要到破晓才会知道究竟。士兵们依旧待在各自的位置，眼睛盯着前方。雨已经停了。一阵枪林弹雨的呼啸过后，山谷安静得吓人。

黑夜终于过去了。初升的旭日在山背后射出道道霞光，令人目眩，西玛尔只好眯缝着眼睛往前看。他可以看出远处山峰的边际被染成了红色，有一颗特别亮的星星还在拂晓的天空上眨眼。他打了一个寒战。这时已是天光大亮，可是看不出什么异常的情况，山谷异常宁静。也许是一次无的放矢的射击，一两个人这么想着，开始打哈欠伸懒腰了。上尉有点犹豫，如果他们真的是在空空的山谷里开火，那就真是蠢透了。他命令自己的部下保持卧姿继续隐蔽，又守候了一个钟头。

突然，金黄色的太阳升上了山顶。

上尉站起来用望远镜观察了一下地形。“那儿一个人也没有。”他小声咕哝了一句。

眨眼间他就躺倒在地，鲜血从脖子上喷涌而出，形成一股红色的洪流倾泻在冰冷的土地上。西玛尔以前从来没有见过谁流这么多血。士兵们哭了，“上尉，上尉！”有个士兵准备打电话报告这个消息。西玛尔刚才看见远处的一块大石头背后有道亮光一闪而出，这足够让他发现击中上尉的狙击手就是在那儿藏身的。他们立即展开进攻。

整个连队一起朝那块岩石开火。一阵子弹风暴猛击那块石头；好几颗手榴弹投了过去，土地被炸开了花，火光闪闪，硝烟四起。西玛尔确信这样的打击过后，没人能活下来。

尘埃落定后，士兵们小心翼翼地朝前挪，腹部着地匍匐移动。又扔过去一颗手榴弹后，一切危险好像都已经清除了，士兵们这才站起来。

他们发现岩石背后有具尸体，但是很难说是不是个人。那人的肢体已经残缺不全，脑袋开了花，裂成两半，不过西玛尔能看出来这不是米摩。他心里发出一阵怪异的狂笑，好不容易才控制住自己。“我真是被吓破了胆了。”他心想。

他们又发现了两个游击队员的尸体，但其中还是没有米摩。也许他在夜幕的掩护下逃走了，而那些受伤的躲到了岩石后面。“狡猾无情的米摩。”西玛尔暗自思忖，“好你个狐狸！”他笑出了声，开始声音不大，然后越来越大，终于变成了歇斯底里的狂笑，在岩石间回荡。同伴会牢牢记住他的行为，终身不忘，他会被当作一个被战争逼疯的人的活生生的例子。大家看着他，惊得目瞪口呆，直到中士挥手照他脸上给了一记重拳，旋即又连击两拳。西玛尔大笑不止，笑得泪水流了一脸，过了很久才冷静下来。

连队失去了领导，萨拉哈丁伤了一条腿。跟西玛尔一样，萨拉哈丁的服役期也快满了。西玛尔从没休过假，所以早四十五天复员。萨拉哈丁真够倒霉的，役期剩余的日子要在医院度过了。

眼看快熬出头了，大家却丝毫不敢懈怠。西玛尔服役的最后一周，竟还是出了岔子。连队新派来一个年轻的中尉做指挥，可他一点经验也没有，老是慌里慌张的。有天傍晚，他瞅见附近山上有个人影，不假思索，就下令射击。不过以前那个上尉也会这么做。除了库尔德工人党游击队，没人到这偏远的山区来，所以一到夜晚，有人影就有危险。士兵们枪弹齐发，那黑影应声倒下。

他们跑过去一看，只见一个小孩躺在地上断了气。周围有一小群绵羊和山羊正在吃草，这儿几只，那儿几只，无所适从。西玛尔看着被打成筛子的小孩尸体，眼前出现了燃烧中的村庄，透过那熊熊的火焰，他看到那一双感激的黑眼睛。瘸老头儿一心盼着孙儿回家，孙儿却永远回不来了，西玛尔心里想象着老头撕心裂肺的伤痛。

“我心软了。”他暗自思忖。也许是快复员了才会这么消沉吧。

在山区执行任务几个月后，士兵们的心就麻木了。这感觉好像穿一双新鞋，头几天磨脚，起泡，等磨出了茧子，也就感觉不到疼了。日子一久，人人都变成了铁石心肠，只有这样，才能在残酷的战争中挺过来。

第十章　老家

伊凡独自坐在飞往伊兹密尔的空客 310 航班的商务舱里，感觉自己正在一条汹涌澎湃的大河上随波逐流。空姐问他要喝点什么，他说要一杯加冰的矿泉水。他打开在机场买的那瓶“皇家礼炮”给自己兑了一杯橙色威士忌，深深地吸了一口苏格兰威士忌酒混合着红木、皮革和烟草味道的香气。“我被波浪卷走了，”他心想，“还把别人都拖在身后。”

教授在思考的时候总是用完整的长句，仿佛是在著述，或者是在向秘书口授信件。他养成了这种习惯，是因为他写过太多的文章、讲稿、电视谈话提纲。他感觉有责任理清思想脉络。出于习惯，他开始在纸片上做笔记。“洪流席卷了每一个人。”他写了一行。“社会的一切坐标都不见了，东方的根和伊斯兰的根统统被剥夺了，但又离西方价值的结合十分遥远。谁都不满意。把社会凝聚起来的不成文规则找不到了。我们正经历着一个虚无主义时期，人人都渴望过上更好的生活，但是没人知道它会以什么形式出现。没有规定的形式，所以民众既无神话可以寄托，也无理想可以追求。我们被一场洪流席卷而去，有些人采取自救措施，拼命抓住垂在河上的树枝，这些树枝包括宗教、民族主义、

‘库尔德主义’或‘虚无主义’。”

伊凡又给自己倒了一杯酒，然后告诫自己说：“别说教了！你满嘴大话！说正经的——承认你的恐惧，然后放松下来。”

这时，那个身材高挑、容貌迷人的空姐来到伊凡跟前，对他说驾驶员很想请他去驾驶舱看看。伊凡就想独处，但还是不由自主地跟着空姐来到了驾驶舱。驾驶员一定是看过他的电视节目而认出了他，于是抓住这个机会和他见面聊天。

他进了驾驶舱，发现里面满是电子仪器，却出奇地安静。他们听着从塔台传来的只有驾驶员才听得懂的信息，一边调整方向一边还不中断谈话。伊凡心想一穿上制服，人人都显得那么神气，就连长途汽车司机也不例外，穿上定做的制服、戴上墨镜后，看上去就英俊了许多。

伊凡感到一阵冲动，想去拉动操纵杆，让飞机笔直地俯冲下去。后来他曾回忆这个时刻，想理解为什么对死亡的恐惧竟使他期待死亡。这是一种可怕的冲动，于是有的人饱受晕眩的折磨反而选择从高处跳下来自杀也就不难理解了。

作为一个善于思想而不善于行动的人，伊凡不允许自己被感情摆布。他和驾驶员愉快地交谈，甚至谈起了“为什么土耳其永远无法解决自身的问题”这个话题。教授找了个机会结束谈话，回到座位上，降落前又喝了一杯。

飞机降低了高度，准备在阿德南·曼德列斯[1]机场降落，这时伊凡想到了过去三十年来伊兹密尔经历的变化。跟他一样，伊兹密尔也失去了其纯真。爱琴海沿岸的文化氛围渐渐蒸发，让这座城市看上去仿佛是一个古老的偶像因时间流逝而消磨了其原本光鲜的色彩。库尔德

①位于土耳其伊兹密尔市的机场。

战争，或者总参谋长所谓的“低强度冲突”，已经造成东安纳托利亚成千上万人死亡，同时也使成千上万库尔德人移民西部。三千个村庄被毁，村民们涌向了地中海和爱琴海沿岸，同时带来了他们自己的文化，与爱奥尼亚文化和美索不达米亚文化掺杂起来。

刚开始，伊凡对村庄被故意烧毁、村民被驱散这事抱着怀疑态度，但后来他看到了内阁监督报告，才相信了这个事实。不幸的是，世界各地的反恐斗争都采用了类似的方法。尽管不采用这种毁灭的方式可能效果更好，但毕竟每个国家都有保护自己不受武装起义干扰的合法权利。

出租车司机是个年轻人，瘦得皮包骨头，留着淡淡的小胡子，拉着伊凡从机场到卡斯亚卡，一眼就能看出来他是从东部来的。他说伊凡很面熟，好像在哪儿见过，一路上不停地和伊凡说话。伊凡是不是坐过他的车？土耳其的经济走向如何？汽油这么贵，他就在自己车里安装了液化石油气燃料装置。教授要不要抽根烟？是的，抽烟对身体不好，不过能让人镇静。也许先生想听听音乐？他有新音乐磁带，还有先锋播放机。这玩意儿够酷的，对吧？突然间，出租车变成了一个音乐厅，乐声震耳，随着凄婉的小提琴声、嘭嘭的鼓声和忧郁悲凉的管乐伴奏，响起了一支阿拉伯风格的流行歌。

如果教授在此之前还能感受到一些宁静的话，现在这宁静被驱赶得无影无踪了。这种城市庸俗音乐毫无和谐可言，伊凡感到仿佛有个改锥扎进了他的耳朵。他不是音乐学者，但是他确信“阿拉伯式音乐”体现了这个国家的颓废。这种音乐不真实，不像美国蓝调、葡萄牙思乡曲、探戈舞曲或是希腊瑞贝提克[①] 音乐，所有这些音乐都表现了一种

①瑞贝提克（rembetiko）：一种源自 19 世纪末希腊的大麻烟馆、歌舞场所、妓院和监狱的音乐，尤其受到希腊城市贫困人口的欢迎。

压迫下的呐喊。阿拉伯式音乐——一种涌向大城市的移民音乐——并不是一个伤者的大声呼喊，而是假装受了伤的无病呻吟。那些知名的歌手戴着镶满钻石的劳力士手表，开着奔驰，穿着敞开一半的真丝衬衫，露出长满毛的胸脯，却唱着痛苦、忧郁、绝望的歌曲。他们的音乐反映了中东的不可靠性。这是一种欺骗，一种谎言，也是一种例证，证明了弱者在强者面前假惺惺地卑躬屈膝之时遭受了怎样的践踏。

伊凡对自己的变化感到惊讶。仅仅在一个月前，他还把这种音乐看作是土耳其亚文化的一个色彩斑斓的部分呢，甚至还在媒体上谈过这种观点。是什么造成了这种变化，毁掉了他舒适的生活，把他逼到了疯狂的边缘？伊凡找不到准确的答案。他只知道这种音乐缺少真情实感，和传统的民乐截然不同。这音乐他听着非常刺耳，但是伊凡忍住没有责骂年轻的司机，一直默不作声，让他最大限度地欣赏这音乐。

似乎经过了一段永远也走不到头的漫长时间，他们才终于在一座不起眼的公寓楼前的一条窄道上停下来，伊凡的母亲就住在这座公寓里。他给了司机挺大一笔小费。也许年轻的司机还以为他的慷慨是出于对音乐的欣赏呢，下次拉客人时还会把音量开大。

地中海地区中下层老年妇女看上去都一个样。伊凡的母亲也不例外，忧愁的眼睛、疲倦的面容、困乏的动作。她并不掩饰对儿子突然到来的担心，她搂住了儿子——儿子曾经是她生活的中心，如今进入了上流社会。伊凡也拥抱了年迈的母亲，母亲在他现今生活中所占的地位和她那瘦小的身形一样无足轻重了，他在母亲脸颊上亲吻了一下。

伊凡的母亲每天做五次日祷，从不间断，她常去拜访左邻右舍，天天听晚间新闻，儿子的节目她一次都没有错过，熟人都来祝贺她，搞得她怪不好意思的。她去当地市场买东西，总要和小贩讨价还价——长期节俭生活养成的习惯——她总是抱怨价格高。就像地中海沿岸的老年妇女一样，在更年期没有接受什么医疗帮助或咨询，不知道骨质疏松这回事，也不知道如何正确补钙，结果由于缺少护理，她的骨头也变形了。如今她弯腰驼背，双肩伛偻弯曲，臀部都变了形，走路十分困难。而当年的她也曾是窈窕少女，有着柔软灵活的好身材。见此情景，教授心里非常难过。

呼吸着家里的气息，他才意识到，从上次回家到现在已经过去了很长时间。买这套公寓的首付用的是父亲的退休补助金，随后的月供耗尽了父亲的余生。这公寓曾经是伊凡生活的核心，现在想起来竟是那样的陌生。从前他在这儿读书，对未来怀着无限的憧憬。他并没有真正珍惜自己青少年时期的那些事物：首次唤起他性意识的情色杂志，父亲给他买的那辆车胎永远需要修补的二手自行车，还没完全停稳他就跳下来的摆渡船，夏天夜晚和女孩调情，在海滩炒新鲜蚌肉吃，不买票就溜进集市，在街上并无恶意地开别人的玩笑，坐公共车逃票，还有几场山盟海誓的恋爱。

他父亲的铁路制服还挂在吱呀作响的老壁柜里。伊凡还很小的时候，全家住在铁路宿舍，他觉得父亲穿上那身棕色制服、戴上装饰着金穗的帽子帅极了。随着时间流逝，伊凡看到了那种贫困生活让父亲过得多么悲惨，对父亲原来的印象完全变了，他变得两颊内陷、眼窝深陷、嘴唇哆嗦。生活对有些人是艰难的，伊凡小时候经历了生活中的许多艰辛。他在学校跟富家子弟在一起感觉很不自在，直到成年后，跟富人在一块儿依旧感觉别扭。

生长在富裕家庭里，从来没感觉过手头拮据的人和日后才赚到钱的人不一样。伊凡一眼就能看出一个人是不是在穷困中长大的。也许它会给人带上终身印记，如同伊凡那样。阿赛尔是生来富贵的典型。她从来没有经历过半点困苦，她可以对朋友说："我没带钱，你买单！"

伊凡要这样说，就会感到羞耻。

小时候，看见富家子弟穿着新鞋，他会羡慕不已，自己想方设法遮掩脚上破旧的鞋子。也许这就是为什么他挣到很多钱后，要在壁橱里放上那么多双鞋子。但是这次旅行，他就穿了一双普通的运动鞋。

伊凡年轻时，他常看到父亲穿着皱巴巴的铁路制服，一副疲惫、苦恼、失意的样子，拿他跟朋友们做生意的父亲相比时尤其如此。他内心会愤愤不平，一再告诉自己不是自己要选这个人做自己父亲的。他给自己定下了一个简单的人生目标——不能活成他父亲那样。

伊凡虽说发了个狠誓，但到底还是十分想念自己的父亲。在那个四月份的夜晚，空气中充满了爱琴海春天的迷香，还有煎南瓜的气味儿，闻到这种气味儿，他感到夏天仿佛已经来到。想起自己过去一直不愿意见老父亲的面，他心中感到一阵剧痛。离开伊兹密尔后，他再也没有见过父亲，也没有给过他丝毫分享自己的成功和为自己的成功感到骄傲的机会。

他没有邀请父母到伊斯坦布尔参加他华丽的婚礼，甚至连婚礼这回事也没通知他们。他无法把自己可怜兮兮的父亲和身份卑微的母亲介绍给阿赛尔那个富豪船主的家庭。自己的父母和自己那个社交圈子格格不入，那个圈子里全是些生意人、政客、媒体人物。阿赛尔要他请父母来，她还没和他们见过面，她说不需要为穷感到难为情，而且，有几个“真实”的人在场，肯定会很有意思。对阿赛尔来说，这一切不过是个游戏罢了，她哪里懂得伊凡的不安全感有多深。

五年前，父亲得了胃癌，瘦得皮包骨头，躺在床上奄奄一息，伊凡也没有回来看他，甚至也没有回来参加他的葬礼。现在伊凡再也见不到父亲了。他现在完全不能理解自己当时的行为，更让他难受的是，对于自己既没有邀请父母参加他的婚礼，也没有回来参加父亲的葬礼之事，母亲从来没有责备过自己。

伊凡的母亲一边唠叨个不停，一边在厨房给他做饭。她为儿子感到十分骄傲。街坊邻居看到她儿子出现在电视上，都来恭喜她这位教授的妈妈，这让她感到备受尊敬。当然她最关心的是，伊凡和他妹妹埃玛尔幸福健康，兄妹俩都上了大学，都幸福地结婚成家，这让她感到心满意足。埃玛尔在安卡拉过得很不错，伊凡的母亲每年冬天去女儿家住一个月。有段时间她去给埃玛尔照看第二个孩子埃布鲁，这小姑娘可爱极了。伊凡很喜欢这孩子，她哥哥伊斯迈当然就忌妒了。伊凡小时候也忌妒妹妹。埃玛尔出生后刚从医院回到家里，年仅六岁的伊凡一连几天躲在自己的床底下不肯出来，还说要他出来，除非把那个难看的小家伙送走。想起这事，母亲忍不住大笑起来，仿佛回到了丈夫还在世的时候，那时她全部的幸福都寄托在丈夫和两个孩子身上。

看着母亲容光焕发的面孔，伊凡心想："啊，妈妈！事情跟你想的不一样。你的爱子这么受人爱戴，却深陷困境。他要么变疯，要么自杀。至于你的女儿，她知道丈夫有个情人，但是却选择对这事视而不见，甘愿让自己的生活变了味，依旧承担着照管两个孩子和工作的责任。你的女婿是公共建设工程部的一个总经理，你还那么为他感到自豪，实际上他全靠收受贿赂发财，又把钱挥霍在一个年方二八、名叫泽丽哈的美甲师身上。你不知道埃玛尔常给我打电话，哭诉自己不想再这样生活下去了，威胁说自己想要一死了之。我告诉她忍着点儿。这年头谁没情人呢？她一听就要撂电话，认定哥哥是在说傻话，我赶紧告诉她要与时俱进，让她自己也去找个情人。后来我想起安卡拉和伊斯坦布尔不一样，感觉有些遗憾。"

伊凡跟母亲聊起了往日的时光。"让她高兴一会儿吧，"他心想，"让她感觉烧了我爱吃的菜，我特别高兴。"可是很快他的心思就转到了阿赛尔身上。她此刻在做什么？

她一定回了家，洗了个淋浴。她也许奇怪丈夫去了哪儿，但也许不会老想这事。她要多久才能看到他的电子邮件呢？天黑了，她会不会害怕，会不会没看到电子邮件之前就给朋友打电话甚至报警？无论如何，她最终总会看到邮件，担心会变成痛苦。

伊凡开始感到不安，但他还是提醒自己心肠要硬。在有些事情面前生命显得太短暂，但毕竟前面的路还很长，犯不上为了一个背信弃义的丈夫一直伤心。他敢肯定，阿赛尔会很快把他忘掉，继续自己的生活。如果要实施自己的计划，现在就不能让情绪控制自己。

到了晚上，伊凡独自一个人待着，从母亲的缝纫盒子里拿出一把旧剪刀，把几张信用卡剪成碎片。现在，除了带有美国签证和几个其他签证的护照之外，他已经没有任何能显示个人身份的证明了。他感到一阵轻松，摆脱了一切束缚，生命之轻令他欣悦。

现在他追随希达耶乘小船在爱琴海上扬帆远航，海上静谧安宁，水面如镜。白色的船帆在微风中缓缓鼓起，宛如斗篷临风，又如爱琴海神话故事中浮现的一个幽灵。

第十一章　英雄还乡

一天，萨拉哈丁和西玛尔用哨所那个充满杂音的收音机听音乐的时候，萨拉哈丁给西玛尔讲了个年轻音乐家哈利尔的故事，哈利尔被公认是伊斯坦布尔最好的土耳其古琴乐手。在哈利尔小时候，他父亲给他手腕上绑上铁块儿，逼他弹古琴。这琴是一种弦乐器，放在腿上，用套在每个手指上的拨弦片弹奏。刚开始，孩子的一双小手在琴上挪动都困难，但不久就弹得很快了。他父亲让他用这种手腕绑铁块儿的方式练了好些年。哈利尔到了十几岁，父亲终于允许他不绑铁块儿弹琴了。这时，只见孩子的双手像脱缰的野马在琴弦上飞舞驰骋。一时间，他的才气和技艺都无可匹敌。

西玛尔搭乘汽车回村子的时候，感到自己也解除了绑在身上长达两年的铁块儿。如今两手自由了，反倒不知道该做什么了。他已经习惯了粗糙的军服，被雪水浸透、沉甸甸的靴子，还有笨重的子弹带，现在这些都没有了，他感到仿佛赤身裸体一般。不再拿枪，不拿手榴弹，也不背无线通讯设备，他的双臂和两手感觉轻飘飘的。

西玛尔感到自己解除了武装，毫无防备，心里有点儿害怕。如果库尔德工人党游击队拦截汽车，肯定会认出他是个军人，用不着看他的身份证就能认出来。那些杀过人的人，很容易就能在成百上千的人里面辨认出另一个和他们一样的人，他们会把他拉下汽车就地枪决。在熬过了山里的各种危险以后被拖下汽车在路边枪杀，是非常耻辱的事。军队一般会用飞机送特种部队士兵回家,但是因为西玛尔家太近了,所以只给了他一张长途汽车票。

西玛尔服役期的最后一天到了。他退伍了，可以自由回家了，可是他有一种不愉快的感觉，好像有什么不对劲，要不就是很快会有什么不对劲的事要发生。

他为退伍后回归普通百姓的生活制定了一些计划，为此经历了许多不眠之夜。可是现在这些计划都埋没在了重重迷雾和阴霾之中。车上的人在西玛尔看来都很怪。司机戴着墨镜，他的助手给上下车的旅客手上喷洒古龙水,这很新鲜,仿佛属于另一个世界。西玛尔感到迷惘。恰好旁边那个座位没人，他可以伸展自己的两条长腿，可是他发现自己不可能放松。他随时保持警觉，如果听到可疑的声音，就立即躲在座椅靠背后面。过了一会儿，他迷迷糊糊打了个盹，神经照旧处于紧张状态。有一次，司机助理过来轻拍了一下他的手臂叫醒他，他霍地一下站起来，在车厢中间来了个立正，这是把那小伙子当成叫他去站岗的军士了，其他乘客向他投来怀疑的目光。

清醒的时候,西玛尔就两眼紧盯着前方的路面,搜索着危险的迹象,特别是转弯处和加油站。他连把刀也没带。怎么能这样毫不设防，使自己在这个陌生的地方、在陌生的旅客中处于如此脆弱的状态呢?

汽车在一个服务站停下来休息时，他去卫生间洗手洗脸。对着镜子看到自己一脸严肃的表情，把自己也吓了一跳。那脸孔棱角分明、晒得黝黑，头发剪得很短，这哪里是他的面孔。突然，有个人把他推开了，嘟囔着：“好啦，伙计，别看你自个儿了，汽车马上就开了。”

西玛尔看也没看那人一眼，不知道他是年轻还是年老，是虚弱还是强壮，转身一把抓住那人摔在地上。四下一点儿声音也没有，人们都惊呆了，一块儿看着那人被扶起来。饭店和加油站的工作人员都冲进来看热闹。西玛尔看着眼前的情景，仿佛在做梦，回答了他们提出的几个问题，向在场的人解释了事情的经过。“好了！好了！”一个人说，“没什么。这年轻人是个军人。好吧，我们走。”

有人拍了一下西玛尔的肩膀，他缩了一下，但克制住了自己，没有进一步的反应。后来在饭店，每个人都避免和他互相对视，于是他独自一人在一张小桌上吃了饭。

汽车终于到了目的地，终点站的忙乱喧闹声让西玛尔感到头晕目眩，那一声声祈祷召唤，号叫一样的音乐以及芝麻卷、烤羊杂碎、肉丸三明治的叫卖声响成一片。他感到危险有可能从任何方向袭来。忽听有个汽车的排气管爆了一声，他一个猛子扑倒在地。最终，他总算找到了一辆正要去他的村子的面包车。车上不算挤，好像谁也不认识他，于是他好好睡了一觉。

西玛尔到家了，来开门的是朵安，一开门她惊得尖叫了一声。家里所有的女人都跑过来了。一见他的面，母亲一边哭一边感谢真主把儿子安安全全送回来，毕竟许多年轻人是躺在棺材里回来的，还有的不是缺胳膊短腿就是少了一只眼。

女人们立刻给西玛尔的父亲和叔叔捎了话。他们急忙赶回来。西玛尔一见父亲，就抓起他的手亲吻了一下。老人亲热地把儿子搂在怀里。“真主保佑你，我的孩子。”他说，“你英勇战斗保卫国家。感谢真主，你平安归来。”西玛尔听到父亲的话，看到父亲打量自己的目光，感到很高兴。

第二天他出门到外面去，村里每个人都热情地和他打招呼。西玛尔感到一种自豪。他是村民们心目中新的英雄。现在他身材精瘦、肌肉发达，俨然一副成熟的面貌，成了一个经验丰富的男人，和他们送去当兵的那个年轻娃娃大不一样了。尽管如此，他还是大家的西玛尔，村民们都以他为荣。

土耳其人和库尔德人混居在村子里，也一直通婚，因而很难区分谁是哪类人。在土耳其军队服完兵役的男人都被当作英雄受到欢迎，为战死的士兵举行葬礼时，每个人都会哭泣。谁家里要有像米摩那样参加了库尔德工人党游击队的孩子，会受到公开的侮辱和私下里的支持。西玛尔在咖啡屋子前看见米摩的父亲里扎·埃芬迪的时候，垂下了眼睛。“欢迎咱们的西玛尔。”老人说，“真主为我们好，让你平安回家了。”里扎·埃芬迪的话里隐含着一个问题，不过西玛尔假装没听懂，赶紧走开了。

最直接的一个问题是古力扎问的，西玛尔和米摩都是古力扎接生的。西玛尔告诉她没有看见过米摩，也不知道他是死是活。

几天后，重返家园的激动和热情凉下来了。先是家人接着是全村人，都很快就看出西玛尔变了。他很少吃专门给他做的饭菜，就连他婶婶给他做的他最爱吃的菜也不例外。他已经习惯了山上的生活，宁愿在院子里的石头地面上或者是花园的一个角落里裹上一块厚毛毯睡觉，也不愿在母亲给他准备的松软的床垫上睡。每天第一线曙光出现的时候他就准时醒来，而一点特别轻微的声响——拖鞋的趿拉声、咳嗽声、开门声——都会让他惊恐地跳起来。一天早上，西玛尔的母亲去鸡窝抓只鸡做午饭用，突然，西玛尔一把从母亲手里夺过鸡，嘴里说“让我来”，说罢两手一拧，就把鸡头拧掉了，他母亲在一旁大惊失色，目瞪口呆。

西玛尔注意到玛丽不见了，母亲告诉他玛丽罪孽深重，被锁在马厩里了。他耸了耸肩，没再追问。

大部分日子里，西玛尔一连好几个小时在花园里来回走，或者是在白杨树下漫步，眼睛盯着天空。他母亲感到很担心，但是想跟丈夫谈谈西玛尔的行为，又纯粹是徒劳，因为这老头儿所有的时间都用来和信徒们谈话了。

教长也想叫儿子参加宗教礼拜仪式，于是西玛尔来到了那个茅棚，一再重复咏唱，唱到精神亢奋，随后就失去了知觉。仪式并没有打动他，所以他下定决心再也不去了。他暗自咒骂自己竟然会有这种念头，但是这事情从头至尾毫无意义可言。他感到心如死灰，丝毫没有虔诚之感。

西玛尔常常独自待在自己的房间里，拿着从村里的店铺买来的纸笔，给在军队里认识的朋友写信。大部分这类信件都只是个例行形式而已，不涉及私人境况，只有给萨拉哈丁写的信里才会说很多自己的事。

夜晚躺在院子里的时候，西玛尔很少想到附近马厩里的玛丽。他对那单薄柔弱的女孩的大部分记忆都消失了，只记得他小时候，这女孩总是碍手碍脚的。对他来说，玛丽已经是个陌生人了，西玛尔既不想询问她犯了什么错，也不想问为什么把她锁在马厩里。

后来有一天夜里，他在花园裹着毛毯半睡半醒的时候，听到马厩里传来了一阵压低的哭泣声。这时他才头一次对这个被关在黑暗的马厩中的女孩以及使她产生不幸和眼泪的原因感到好奇。

第十二章　永别

玛丽听见房门吱呀响了一声，接着一个高高的身影进了马厩。原来是她堂哥西玛尔。“玛丽？”他叫了一声，但她无法答应。她喉咙嘶哑，张开嘴想说话，但一个字也说不出来。

西玛尔又叫了她一声，还是一片沉默。他走上前去，抓起了她的手，慢慢带她出去。院子黑暗冷清，宅子里的每个人都睡着了。西玛尔把两扇街门都打开，这门是晚上牛羊回圈和秋收时满载的大车进院用的。出于某种原因，他没有把门扇上的小门打开，人们进出院子一般都走这个小门。

西玛尔领着玛丽出了门。在马厩关了这么多天，玛丽总算听见了鸡叫。“听呀，西玛尔，公鸡在啼鸣。”她说。

西玛尔笑了一声，大踏步往前走。他走得太快，玛丽简直跟不上他。她很快就走得上气不接下气了。他们来到了村边，径直向陡峭的山坡走去。

“我们要到哪儿去，西玛尔？”玛丽问道。

“翻过那座山……去伊斯坦布尔。”

玛丽感到一阵兴奋。她用不着结果自己了。“他们要送我去伊斯坦布尔。”她心想，“就像那几个女孩一样。”她在梦中见到的那座无边无际的宏伟城市此时显现在她眼前，使她内心充满了喜悦。

这时他们已经走到了山顶上。玛丽气喘吁吁，又往前跨了一步，忽听有人说：“这是你梦幻中的城市。”她扭头想看看谁在说话，但是谁也没看见。

霎时间，玛丽意识到自己还在马厩里，独自一人，于是默默地哭起来。她受到了惩罚，奇迹是不可能发生的。别人身上发生的神奇事情不可能发生在她身上。骑着灰白马的伟大先知西泽尔不可能来救她，西玛尔也不可能来救她，就连阿婆也抛弃了她。

玛丽坐在那儿哭泣的时候，不远处的宅子里，西玛尔正和父亲、叔叔谈论着她的命运。“你是带着英雄的荣誉回来的，我的儿子。”教长说，“你回来大家都高兴。但是那个女孩——但愿她下地狱——把我们的荣誉都毁掉了！”

西玛尔点了点头，但是他并没有注意听。他在想萨拉哈丁。现在，他朋友的伤肯定已经治好了。萨拉哈丁把自己在伊斯坦布尔的地址给了西玛尔，还要西玛尔去看他。“你复员后别忘了我。”他曾说，“你就是忘了我，我也发誓要找到你。”但是伊斯坦布尔太远了，西玛尔一文不名。他怎么上那儿去呢？

西玛尔只是断断续续地听到父亲的话。“这事不该发生在我们家！”老头儿大声说，“可是我们有什么办法？这就是咱家的命。”

西玛尔默不作声。

塔辛叔叔也陷入了沉思，什么也没说。

接着，西玛尔听到的话引起了他的注意。

“你必须去伊斯坦布尔一趟，我的儿子。”教长说，“这女孩在真主和世人面前都有罪。母狗不摇尾，公狗不尾随……谁知道她还秘密地干了什么好事？你知道这里的习俗，你就来处理这事吧。我知道你刚回家，可是我们不能再等下去了。人人都在谈论我们，都在嘲笑咱家！家里没有别人能完成这任务了。”

西玛尔开始以为是他父亲的又一次说教，听到这话才知道父亲要他做什么。他先是一惊，随即又显出惯常的冷漠神态，仿佛这一切都发生在别处。他父亲的话对他毫不重要。必须除掉玛丽，他被选来做这件事。就这么回事。没什么大不了的。说到底，人算什么？不过是个眨眼间就会死掉的动物。

当然，这事不能在村里干。“你立刻就会被抓起来关进监狱。”教长说，“把这小母狗带到伊斯坦布尔去，远远地在那儿结果了她，就像别人家的那几个女孩一样。你可以在亚库普家待上几天。在那个大城市把她做了，在那儿有那么多人，没人会注意到你。或者在公路上动手也行……但是别被抓住。”

西玛尔觉得父亲的计划细得烦人。这么简单的事有什么必要谈来谈去的？他为那女孩动了一分钟的怜悯之心，但是人人都知道习俗就是习俗，就应该遵守。玛丽没有生存的机会了，即便她父亲宽恕了她，即便教长也不干涉，她还是不可能活下来。即便全村镇的人都来为她求情，她也不能得救。更重要的是，带玛丽到伊斯坦布尔去，西玛尔就有机会见萨拉哈丁。

塔辛·阿格哈神情严峻，沉默不语，教长说话的时候，他一个字也没说。他没有说一句支持兄长的话，只是在沉默中忍受煎熬。家里的女人们也都默不作声。她们忙着干各自的家务活儿，其中一件是往一只袋子里塞进玛丽的几件东西。

第二天一大早，朵安走进了马厩。“起来吧。”她粗声粗气地说，把睡梦中的玛丽叫醒了，“你要上路了。你要去伊斯坦布尔。”

玛丽几乎要拥抱这个女人了，尽管这是她憎恨的人。她期待的奇迹终于发生了。“我什么时候去？”她问。

“马上就走。”

“让我去吻别我的父亲和姨妈，让他们给我祝福。”

“不行！”朵安厉声说，“你谁也不能见。我们走吧！你现在就走。”

朵安把一个包和几件旧毛线衫塞到玛丽手上。

玛丽没有注意听朵安的话，跑上台阶进了院子。明晃晃的日光晃得她一时睁不开眼睛，但她没有停下。她跑进了房子里，大声叫姨妈，但是所有的房间都锁了。她在一间紧闭的房门前跪下来，失声痛哭起来。“姨妈，开开门！让我吻你的手！给我祝福。”

玛丽的姨妈一直都像妈妈一样待她，关心她，教她如何生活、如何做事。玛丽开始上学后，姨妈教她认字读写。尽管姨妈不辞辛苦地关怀她，玛丽总感到姨妈的行为里含有一种冷漠，甚至是厌恶。这女人谨小慎微地履行自己的责任，但是每当玛丽困了，想把脑袋枕在姨妈腿上睡觉的时候，姨妈总会找个借口把外甥女推开。

此刻，姨妈的房门锁着，不管玛丽怎么请求，她也不开门。她必须面对一个事实，那就是这房门和这个家永远对她关闭了。她被逐出了她出生的这个家，没有任何人向她道别，祝她好运。

玛丽听见了朵安刺耳的腔调，就站起身走出了房子，把头巾系紧了点。西玛尔站在院子里，漫不经心地吸着一支烟。他不知怎么变样了，像个陌生人。他看上去个子更高了，好像比原来大多了，不再是和她一块儿滚铁环的那个小男孩了。“西玛尔大哥。”她小声喃喃地说。他没有答应，只管朝外走。玛丽跟在他身后，没说一句话。

春天来了。积雪已经开始融化，路面踩上去软乎乎的。玛丽每走一步，薄薄的塑料鞋就陷进泥里。她觉得太阳特别晃眼，因为她在黑暗中待得太久了。很难说两只眼睛是被晃得流泪呢，还是她的确在哭泣。

西玛尔和玛丽经过市场时，律师穆柯德看见了他俩。他正坐在他的事务所外面，一边舒舒服服地晒着太阳，一边和朋友们玩十五子棋。他看见西玛尔身后隔开两三步跟着玛丽，就和几个朋友一块儿站了起来，朝西玛尔走过来。“嘿，英雄，”他叫了一声，“你要去伊斯坦布尔吗？”

“是的。”西玛尔没好气地从牙缝里挤出两个字。

穆柯德又冲玛丽傻笑了一下。“好啊，好啊，你是个有福的女孩嘛。不是所有的人都有机会去那个城市游玩。”

他那帮朋友哄然大笑，笑声中露出了邪念。

玛丽恨不得找个地洞钻进去。市场上的每个人都停下了手上的活儿。大腹便便留着胡子的男人用眼睛上下打量着兄妹俩。他们拍拍西玛尔的背，对玛丽说她多么有福。“你大概会忘掉这个小村子。”有个人说，“你不会回来了——就像那几个女孩一样。为什么要回来呢？”

玛丽心里感到害怕了。从离开马厩的那一刻起，她心里就有了一种轻微的恐惧。在马厩里，她已经习惯了那种什么都不在乎的态度，但这时她又感到自己渺小脆弱。她这辈子还是头一回成了村里人注意的对象，被人这样注意让她感到羞愧。她恍惚中觉得狗都在吠叫着她的名字，猫都在叫着“玛丽”，鸟儿都在朝她吹口哨。

西玛尔和玛丽走在前面，背后跟着一群人。他们经过了布店、面包房、警察局、清真寺。快到学校的时候，卡佛朝他们跑过来。他咧歪了嘴巴，眼睛里露出一种怪异的神色。一群人都大笑起来。卡佛跑到玛丽跟前，盯着她的脸看了好一阵子，然后就呜呜地哭了。有几个村民捡起石子儿朝这傻子扔去。“滚开！”他们大喊，“你也该去伊斯坦布尔！”

卡佛尖叫着，像条挨了打的狗，赶紧溜走了。

玛丽看见了穆维黛和她女儿娜敏正和一群女人在路上走着。她们一定是去看望别人的，她心想。她紧跑几步上前去抓住穆维黛的手，压在自己嘴唇上。“我要去伊斯坦布尔。”她说，“求你为我祝福吧。”

穆维黛略一迟疑，随即搂住了玛丽。“我知道，好孩子。”她说，“每个人都知道你要去那儿。愿真主保佑你。”

玛丽也想拥抱娜敏，这是她小学的同学。娜敏飞快看了母亲一眼，然后亲吻了玛丽，小声说：“再见。”

别的女人都祝她一路平安，还跟她说能去伊斯坦布尔多么有福。“那儿的生活管保不错。”她们异口同声地说，“要是不好的话，那几个女孩就不会待在那儿不回来了。”尽管她们嘴上这样说，可是她们那种声调让她觉得她们像是在哄孩子。她们当中有几个人咯咯地笑了，旁边那些男人们也在笑。

玛丽渴望亲吻父亲的手，向他道别，就在人群中急切地寻找父亲，但是他不在人群里。她没有勇气问一声这是为什么。

远处的卡佛尖叫了一声，朝玛丽乱摆手。“别去！”他尖叫着，但是一阵石子儿扔过去，把他打跑了。

在马厩里过了这么久，玛丽对自己被这样注意实在感到害怕了。她希望离开村子前，有只手臂能给她安慰，有张脸孔能让她安心。她扭头向西玛尔恳求道：“我走以前想见见阿婆。要是我不跟她告别，她会不安的。”

西玛尔没有回答，径自朝着古力扎家的方向走去，他们后面跟着人群。

玛丽敲了敲门，但是没人应门。她感到心窝里一阵隐痛。也许老婆婆不愿意见她。她使劲敲打门扇，敲了三遍，阿婆总算开了门。阿婆的眼睛又红又肿。她看了一眼挤在门口的人群，张开双臂搂住了玛丽。

“我要去伊斯坦布尔，阿婆。”

“是啊，孩子。”老太太回答，声音有些嘶哑，“我知道。”

“也许你也可以去的……我是说以后。”

“也许吧，我的宝贝……”

接着发生了一件怪事。冷不丁地，阿婆突然大哭起来，她把玛丽搂得那么紧，玛丽感觉肋骨要断了。

平静下来后她抽噎着说：“请原谅我。”

玛丽惊呆了。她亲吻着老人那只瘦骨嶙峋、布满皱纹的手。“别哭，阿婆。”她说，“求你给我祝福吧。你为我做的太多了。”

“请原谅我。”阿婆答道，“原谅我这虚弱的老太婆。我努力了，可是不管用。”

接着她转身关上了门。

人群尾随西玛尔和玛丽来到了长途汽车站。公墓也在这儿，玛丽的母亲就埋葬在这里。只见公墓外面停着三辆破旧不堪的小面包车等着搭载乘客。“请让我去妈妈坟上看一下。”玛丽恳求西玛尔。

他略一迟疑，看了车上的乘客一眼，见面包车就要开了，厉声说：“上车。”

车上的乘客都跟西玛尔打招呼，却都对玛丽视而不见。汽车大吼一声开动了，人群朝汽车挥动手臂。“一路平安！”有人大笑着喊道。

面包车上了大路，向远处的山峦驶去。玛丽感到一阵晕眩。她过去只坐过一次这种车，是那次跟家人一块儿去公共浴室的时候，大家还带着大包小包吃的东西。那次坐车她就感到头晕恶心，这次的感觉一样。她把那只旧包紧紧捂在胸前，身体缩成一团，咬紧牙关，忍住晕车恶心的感觉。车到山顶就会好的。一到山顶，她就会看见伊斯坦布尔，旅途就结束了。

玛丽蜷缩在自己的座位上，心里想起了一个总也想不通的问题——去了伊斯坦布尔的那几个女孩怎么了？要说也不远，翻过山就到了，来去步行都用不了多久，她们怎么就连一次也没有回来看看呢？玛丽心想自己一定不会那样，等所有的麻烦都被遗忘掉以后，她就立刻步行回家来。心里这么一想，她感觉好了点儿，村镇渐渐消失在视线以外，她也不再难过了，心中充满了激动。自己就要真正去到这座美好的城市了，以前只有在梦中才到过那里。

他们快到山顶的时候，玛丽的心情越来越激动。她闭上了眼睛，准备突然睁开，看到梦中的城市展现在自己眼前。她睁开眼睛时，脸上陡然变色，梦幻般的微笑变作大惑不解的神情。他们已经翻过山头，但是没有看见什么城市，只看见眼前一望无际的平原，视线尽头是一道雾霭朦胧的紫色山脉。农田里的农民、拖拉机、村落一览无遗，农田里细细的小道像蛇一样蜿蜒其间。不时有面包车经过，窗玻璃一闪一闪地反射阳光，晃着玛丽的眼睛。她感到迷惑，但也没有勇气问西坞尔他们这是到了哪儿。她儿时的玩伴消失了，换成了一个陌生、吓人、年长的男人。

“难道是我搞错了？”玛丽暗自思忖，“说不定伊斯坦布尔其实是在远处那些紫色的山峰后面呢。”

第十三章　海上泛舟

这条帆船同伊凡和希达耶少年时期驾驶过的那条船相比，毫无共同之处。当年他们的那条船原本是一艘两米半长的破旧小船，他俩辛苦了好多天才把它改造成一条帆船的模样，将就装了一根桅杆，找了些零碎帆布片制作成一面船帆。那模样不大像是一条船，倒像个玩具。但是就在这条船上，他俩学会了航海的全部技术——如何掌舵，如何辨别风向，如何凭星相定位，如何观察海流。

他们自己摸索着学会了全部航海技术，好像孩子初学走路一样，一旦习以为常，就再也忘不掉了。

伊凡可以凭借几种方式辨别风向：脖子上的刺痛感，波浪的滚动，沿岸植物的起伏，海鸟的飞翔以及空气的味道。凭着自己少年时期获得的航海知识，他安全地航行着，感觉很舒服。这艘叫贝纳涛的帆船有三个舱室，配备了各种新技术设施，包括一个滑动龙骨，这使它行驶更便捷了。在艾瓦勒克的那家租赁公司巴不得把它最好的船租给这位贵客。教授准备在整个春天和夏天都租用这条船，使租赁公司大喜过望。

伊凡本可以在靠海更近的其他城市租船，但他还是选择了在艾瓦勒克租。他是想在希达耶多年前出海的地方开始自己的旅程。

船出发前还需要做最后的调整。要是他在这个城市住一晚上，他就有时间装载一些食物给养，再做些别的准备。可是，这时伊凡坚定无比，做出了立刻起锚的决定。当夜，他感觉自己的生命系于浩瀚的大海，一天都不能再耽搁了。

那天早上，他在母亲家里自己那张旧床上醒过来的时候，就知道那天的夜晚一定要在海上度过。一起床，他就本能地找自己的拖鞋。母亲常说不能光脚在石头地板上走。这么多年过去了，母亲的权威也渐渐缩减了，但是伊凡发现自己仍保持着母亲帮他养成的习惯。

伊凡发动了引擎，起了锚，驶离了港口。细碎的白浪花如点点繁星点缀着爱琴海。远处海面上有突出的几个海岛。伊凡升起船帆，关掉引擎，让船悠然顺风航行。偶尔可以听见绳索摩擦，风声如哨，海鸥啭鸣，此外听不到任何别的声响。随着岸上城市的喧嚣在他身后渐渐消失，他把自己的命运完全交给了大海。

尽管租船公司的小伙子们跑前跑后地帮他做准备，教授也只是在最后一分钟带了小伙子们给他弄来的两袋给养。伊凡相信在海上他可以解决任何问题。当年希达耶也是这么想的。他们的小船翻过好几次，帆布也常常撕破，但他们总是能够自救，从险境中的每一刻体会到快感。

伊凡认为希腊人往往对大海有着更强烈的感情，他们才是海上的行家里手。虽然土耳其人在小亚细亚半岛居住了一千年，他们依旧是游牧民族，从来没有学好航海术。不过色诺芬[1] 笔下的战士精神，一定给现居爱琴海岸的土耳其人留下了深刻印象。这些战士被波斯人打败

①色诺芬（公元前440年左右—前355），希腊军事家、历史学家，曾参加希腊雇佣军助小居鲁士（Kurush）争夺波斯王位。著有《远征记》《希腊史》以及《回忆苏格拉底》等。

后，一边大叫“塔拉萨，塔拉萨[1]！”，一边逃到黑海岸边。“塔拉萨”这个词代表了一种信念：我们来到海上了，我们熟悉海上的一切。一旦来到海上就安全了，我们肯定能找到自己的去路。

伊凡也有一种类似的信念，这让他感到安慰。处在磷光、盐、鱼、风、太阳以及诗人荷马所谓的如葡萄酒般深红的大海的包围之中，他能够解决所有的问题。谁要没见过爱琴海的各种情绪，就不会理解为什么荷马要把它说成是“酒红色的海”。伊凡此刻正在荷马如此描述过的海上全速航行，他肯定海面在午后的光照下真是深酒红色的。他现在正努力从思想上摆脱城市、文明及压迫他的所有规定，跟着自己的计划走，去寻找一个荒岛过夜。

实现教授桃源梦的这条船，在他眼里好像是条神话中的船似的，来自基克拉迪群岛的风鼓满了船的风帆，把这风送到海上的是众神之王宙斯，为的是拯救这条船上旅人的灵魂。

夜幕降临，风渐渐停了，海面平静下来。紫褐色的海水越来越暗。置身如此美丽的景色之中，伊凡心里充满了一种无法形容的满足感，他意识到距离自己想要过夜的海岛还很遥远。“谁在乎呢？”他心想，决定不妨就在船上过夜。

测深仪测出龙骨下面水深十九码。锚触到海底后，船开始打转，仔细看才会看出船是在表演华尔兹。伊凡降下船帆，开始享受他在爱琴海上的第一夜，或者不如说是新生活的第一夜。

天都很黑了伊凡才打开给养袋，取出一些奶酪、面包、番茄，外加一瓶白葡萄酒。他在船尾摆了一张桌子，摆得十分仔细。他还发现了几只红酒杯，尽管他根本就不需要。他宁愿直接抓着瓶子仰脖喝。

①希腊神话中的海洋女神。

他曾和希达耶就这样喝光了无数瓶廉价红酒，喝得接下来的几天一直躺在床上。

伊凡现在成了一个自由人了，用不着遵守任何人定的规矩。他抛弃了所有的人类行为方式，选择独处，使自己脱胎换骨。他为自己的所作所为感到自豪，因为那是每个人的梦想，但很少有人敢于这样做。如今他无比自由，就像在帆船上方盘旋的海鸥一样，独自一人在茫茫的爱琴海上举杯祝贺自己的新生，这将是充满冒险、充满未知数的新生。

教授终于改变了自己的生活。他不会倒在昂贵的扶手椅里或床上死去了，不会有救护车载着他穿过小区奔向医院。他摆脱了电脑化的生活，那种生活中充斥着银行账号、分类系统、税务记录、胆固醇测量、卡路里计算。过去为遵守社会规范，保持清醒有条理的头脑，压抑灵魂的风暴，他把自己人生中很大一部分浪费掉了，现在有时间好好弥补一下了。

他记得很久以前，他和希达耶在伊兹密尔的旧海关码头喝啤酒，他的朋友问他高中毕业后想干什么。

“当然是上大学。”伊凡回答说，“我考试通过了，还得了份全额奖学金。我要去伊斯坦布尔。”

“大学毕业后呢？”

“事业、爱情、财富——生活！”

“你正步你父亲的后尘。”

希达耶的话伤了伊凡。他父亲形容憔悴，烟不离口，棕色制服里的身躯一天天缩小，伊凡最不希望的就是和父亲一样。

“不，绝不会。”他反驳道，“我会有钱、有名、有权。”

“你自己的事自己清楚，船长。”

希达耶的语调显示了两人将分道扬镳。“我就要离开了。”他接着说，

"我唯一的愿望就是出海，而不想事先知道等在前面的是什么。"

靠在造船厂打工攒下的钱，希达耶弄到一条被遗弃的破船，用其他废船上的板材和木料修补一番，搞成一条七米长的帆船。帆船外观漂亮，航行完美。

伊凡此刻举起酒杯为希达耶、为爱琴海、为自己最近这个决定干了一杯。"我步你的后尘而来啦，我的朋友——终于来了，在三十年之后。"

黑沉沉的夜色包围了帆船。这是个没有月亮的夜晚，风停了，繁星满天，多少年没见过天上有这么多星星了。

伊凡尽量不去想阿赛尔、伊斯坦布尔、妻子的弟弟、大学或是自己的电视节目。在面对过去之前，他需要感觉自己完全成了另一个人。洗心革面，成为一个全新的人，这是必须首先进行的。

夜已经很深了，伊凡才把那瓶酒喝完。一时兴起，想高歌一曲，但是却浑身发抖，像片树叶。一阵莫名的恐惧突然攫住了他，那种曾经让他冷彻骨髓的强烈寒风又一次在他毫无防备的情况下刮了过来。

伊凡抱住桅杆哭了起来，心里并不明白自己为什么这样。帆船似乎变得很陌生，很异样，让他联想起棺材。在黑黝黝的海面上，在这样一条黑暗的帆船里，笼罩在伸手不见五指的暗夜之中，他感觉死亡的阴影正森森然在自己周围聚拢。他精神快要崩溃了。在茫茫大海这个死亡陷阱中，他能做什么？在这不可穿越的黑暗中心，谁也听不到他的呼救声，谁也不会来救他。

"打起精神来，伊凡！"他高声尖叫。他的尖叫声在黑暗中听上去并不高，却把自己吓了一跳。他关掉了所有的灯，因为开着灯更强化了周围的黑暗。他心惊胆战，哆哆嗦嗦找镇静药，在手上倒了几片，放在嘴里咽下去，猛喝了几口水，差点噎住。

“这是你想要的！”他对自己说，“这是你计划好的，是你想干的事！那么你有啥害怕的？”

“我不知道。”他自问自答。“我真的不知道。”

自问自答的游戏持续了几分钟，让他感觉好些了，帮他忘掉了对黑暗的恐惧。

他又把这个游戏往前推进了一步。他想象着他和自我分裂成了两个个性，二者之间论战不休。伊凡的论点全都源自书本而非生活。他受虚拟人物的影响大于真实的人物。

“你是个懦夫！”第一个声音高叫道。

“不是！”第二个声音答应道，“如果我把自己的全部生活都拿来做了赌注，有勇气彻底改变了自己的人生，就不能叫我懦夫。我所做的不是每一个人都能做到的。”

“你所做的只不过是逃避罢了。你的问题并没有解决。你应该留在伊斯坦布尔，面对那些问题。”

“在伊斯坦布尔没有什么可以面对的。我生活幸福，我成功而富有，没有什么让我困扰的事情——除了我内心的麻烦。”

“你撒谎，伊凡·库鲁达。”

“没有！”

“你撒谎。你这撒谎的懦夫。”

“没有，没有，没有！”

“我要能证明你撒了谎你怎么说？你把你在伊斯坦布尔的生活叫‘幸福’，这真是一派胡言。你觉得自己毫无价值，这倒是对的。你从来没有创造过任何有价值的东西。你只不过抓住了一些送上门的机会，爬上了上升的阶梯。作为一个学者，你毫无价值可言。人们尊敬你，可也改变不了这个事实。你拿出什么新思想了？你发表了什么有价值的文章？难道你参加国外学术会议时，不是经常感到难堪、无知、浅薄吗？你说呀，承认吧。”

“是的，是的，在一定程度上是这样的。”

“那是因为你不真诚。你是个稻草人。你无知、懦弱、偏执，躲在‘教授’称号背后。你的电视谈话节目平庸透顶。”

“你把这场论战变成了一场考试。”

“好，那我们谈谈别的事情。你不是个好教师，那么你是不是个好丈夫呢？”

“阿赛尔很幸福——非常幸福。”

“也许她是显得幸福，而实际上她把所有的麻烦都藏在自己心里了。你就是跟她做爱罢了，因为你觉得这是你的义务，难道实情不是这样吗？”

“这是谎言！”

“你愚弄不了我。我是你的另一个自我。你难道要否认你从来都不喜欢抚摸她，对她的身体就从来没有过欲望？你对她没兴趣，甚至在你年轻时也不例外。这难道不是她不忠的理由吗？”

“你又在撒谎了。阿赛尔从来没有不忠。就像你说的每一件事一样，这纯粹是编造。”

“记住，我是你。我知道你私下里的怀疑。你难道不知道她有规律地去玛斯卡的一所公寓去见赛利姆？”

“不知道。”

“不妨假设你知道。事实上你发现了事情的全过程，因为有一天你看见她进了那座楼房，可你假装没有看见。为什么你假装不知道？因为你不忌妒。你对你生活中的每一个人都不好。首先你抛弃了希达耶，接着是你的父母，你的姐姐，最后是你的妻子。你心胸狭窄，自私自利。

你的生活是做戏。你是按别人的标准来生活的，因为你没有足够的勇气做真实的自己。你在大学里的同事瞧不起你，因为他们看出你是个胆小鬼。因而你的敌人越来越多。”

“你这是在管我叫偏执狂。”

“你就是个偏执狂，但这并不能说明你没有敌人。”

“我不是你所说的那种人。”

“听着，教授，你连你是谁都不知道！”

“你要给我上一堂启蒙课吗？”

“是的，我有这打算。我要让你知道你是谁。这有什么问题吗？想想伊斯兰苏菲教派神秘主义大诗人鲁米怎么样？”

“谁说我说话像背书？现在是谁在这么做？”

“现在不是雅典娜和奥德赛在这条船上对话。你忘了吗？我是你，你的习惯就是我的习惯。我不能超越你的局限，不是吗？”

“那你究竟为什么要作弄我呢？”

“我想告诉你，你是个多么不幸的、胆怯的、没用的、撒谎的家伙。”

“可是，如果你是我，你也有这些毛病。”

“绝对是的。但我是你身上的现实部分。我以事物的本来面目看待一切事物，而不是拿幻想和谎话安慰自己。”

“这样做能给你带来什么好处呢？自怜吗？”

“难道你不明白停止存在的感觉会让人愉快？知道自己毁灭自己，让别人蔑视你，整个人沉沦到最深处，坠入了人生的深渊，这会产生一种独一无二的愉悦感。不要拒绝每个头脑清醒的人都奋力追求的全部价值。”

“你说起话来像个虚无主义者。”

“不要轻视虚无主义。如果你倾听自己的心声足够久，你就会发现虚无主义是距离你最近的哲学。记住你的性情，那就是喜欢离群索居，远离一切信念，嘲笑让这个国家陷入恐怖的各种思想，私下里瞧不起周围的人却又假装愿意和他们在一起。这就是你为什么从来都不合群的原因，你做学生的时候是这样，后来的生活中也是这样。你避开的人群绝对不会接受你。你想做个独立孤傲的知识分子，但是我知道你并不认真对待任何思想，仅对自己怪诞的梦想感兴趣。我揭穿你了，你承认吧。”

“我的梦想？”

“是的，你的梦想是你生活中最大的现实。只有在你的梦想中，你才称得上是一个人，才能真正做你自己。你的梦想是你存在的最真诚的时刻。”

“你夸张了。梦想不是生活中最真实的时刻。你很清楚我没有梦想。”

“你有，哪怕你不愿意承认。你穿在身上的那套坚硬的伪装——就连做爱的时候也不脱掉——在你的梦想中会裂成碎片。只有在这个时刻，真实的你才会浮出水面，你和你的个性才会重新结合。从你小时候到现在，你的梦想中一直有个意象，难道不是吗？它是唯一让你兴奋的东西——一个影子，一个朦胧隐约的生命，也许不是人……”

“住口！”

“既然你愿意面对，那现在不妨把这个话题展开来，你也就可以作为一个诚实的人开始新生活了。”

“闭嘴！我不想谈它。”

“你该开始用现实的眼光看看你自己了。”

“够了！”

“你在梦里看见了什么？”

“什么也没有！”

“看见谁了？”

“谁也没看见！”

“你确定？”

“是的！没错，我确定，见鬼！我没有看见任何东西和任何人。够了！闭嘴！”

教授又清醒过来了，见自己躺在柚木甲板上。夜露打湿了他的衣服，他的肌肉都僵了。眼前已经能看见破晓的曙光。帆船停在平静的水面上，纹丝不动。爱琴海沿岸特有的海风也许要到午后才会吹起，因为那时陆地才能升温。

伊凡觉得夜里的“危机”是酒精和各种镇静剂混合造成的，一定是头脑混乱了。不过这会儿在黎明蔚蓝的天空底下，一夜经历的心路历程似乎已经变得遥远而荒诞。幸好没人在场。多愁善感，反应过度，对文学的激情，酒精，服药丸——这一切都过头了，才导致了昨夜的麻烦。

伊凡的头很疼。他相信游泳有治头疼、清醒知觉的功效。这个季节海水还是有些冷的，但是他不在乎。他脱掉衣服，一头跳进了海水里。海水冰凉，他禁不住倒抽了口冷气。不过他很快就适应了。游泳时间越久，越感到浑身是劲，同时也更能保持警觉。昨夜以思考俄国小说开始，像一部俄国小说一样结束。大部分俄国小说里，某个不知什么级别的公务员某一天醒来会感到头疼。回想起昨夜在伏特加的作用下，头脑里冒出的那些恶心荒诞的念头，他就禁不住噘起嘴巴，发誓再也不许一滴酒沾湿他的嘴唇。

他的誓言仅维持到了当夜。

第十四章　黑色火车

在翻过村镇附近的那座山之后，并没有看见伊斯坦布尔，这让玛丽感到失望。但是看到远处那一道紫色的山脉，她的希望又重新燃起。然而那道山脉后面还是一望无际的原野。她努力安慰自己，心想也许下一道山峦背后，伊斯坦布尔就该露面了吧。后来她开始疑惑，是不是自己搞错了，实际上伊斯坦布尔还远着呢。

微型面包车在土路上颠簸行驶，玛丽一路上因为看到了从来没见过的景色而感到兴奋，离开家园的难过心情也就渐渐好转了。玛丽是能够很快适应新环境的。

另一方面，有西玛尔在场，玛丽总感到不安。她不知道怎么跟他接近，也不知道怎么对待他。过去那个男孩——她儿时的朋友和玩伴——已经不见了，现在的他完全是另一个人，沉默寡言，一直坐在那儿睡觉，健壮的身躯挤在窄窄的面包车座位上显得很滑稽。她用眼角余光打量着他那张被太阳晒黑的脸庞，交叉放在腿上的两只粗糙的大手，这两者都显示不出丝毫的柔情。壮汉腿上穿着牛仔裤，上身穿厚厚的旧夹克，粗脖颈上喉结突出，散布着一道道没被太阳晒着的白色纹路。他那胡子拉碴的面孔和寸头强化了他表情的严厉，让玛丽感到害怕。

玛丽打量了一下自己，感觉自己太可怜了，太悲惨了。自己穿着一身脏兮兮的破旧衣服，关在马厩里的几个星期里，她就一直穿着这身衣服——一条老式宽松裤，外面套一条不成形状、褪了色的蓝花布裙，外加朵安给她的那件旧绿毛衣。跟往常出门一样，她头上包得严严实实，脚上的黑塑料鞋鞋底子沾满泥土。

玛丽不明白为什么自己的童年过去得这么快，以至于让她感到沉闷和孤寂。她希望自己没有长大，照样和小伙伴们一块儿玩耍，在村子里和大家和谐相处。在青春期，隐秘的地方开始长毛，乳房也开始发育，那美好的童年时光就一去不返了。要是她说这么一句会怎么样："西玛尔，你还记得我们在磨坊主花园里一块儿玩耍的日子吗？我们一块儿捉他的母鸡，不知道谁开的头，反正咱俩一下子都把鸡扔得老高，把它们当飞机。它们摔在地上扑棱翅膀咯咯大叫，我们大笑不止。我们以为它们要飞上天空呢，就像真正的飞机一样。我到现在还能闻见它们的气味，看见它们的羽毛散落在我们周围，沾到我们衣服上。我们没有想到这些可怜的动物也会受伤。后来不知道什么人看见我们了，大声喊叫起来，磨坊主的老婆闻声冲出了屋子，见自己的母鸡摔断了腿在地上扑棱翅膀，立刻扯开嗓门尖叫起来。我们吓得沿着河床跑了，你记得吗？姨妈把我们俩揍了一顿，到后来，把你放过了——向来都是这样——把我关进了马厩。我被关进那个洞里无数次了！不管我做什么都不对：别大声笑，玛丽；别嘻嘻哈哈的，玛丽；你现在长大了，玛丽；别和男孩子玩！"

后来她伯父——村里这位满脸胡须的长老——下了命令，她刚上完一年级家里就不再送她上学了。他宣称一个女孩坐在男孩旁边，实在有伤风化。

玛丽透过面包车窗注视着外面掠过的景色。车经过路牌时那么快，她看不清上面的地名，只能看见些首字母。但是她能看出来，还是没有提到伊斯坦布尔——路牌上的地名没有以“伊斯”打头的。

玛丽的姨妈常说花了太大工夫照顾她。“把你养大不容易。”姨妈老把这句话挂在嘴上。“我给你洗过多少尿布！我指甲缝里这会儿还有你的屎。”这就是那个没给玛丽开门的姨妈说的话。这无情的女人坐在自己屋里等着可怜的女孩离开。玛丽还是不明白为什么要把自己送走。她姨妈和西玛尔都显出不想回答问题的样子。西玛尔跟姨妈一样，她心想。他很少开口说话，甚至还尽量不看她。

眼睛快要睁不开了。她几次打盹，但是头往前一垂，就突然醒过来。后来，自己也没意识到就沉睡过去了。

过了很久玛丽才醒来，此时天已经黑了。看到的不再是田野山峦，而是房子、行人、汽车。这里的房子、行人、汽车真多呀。

“总算到了伊斯坦布尔，”她想，“跟他们说的一样好！”

玛丽瞥了西玛尔一眼。他也醒了，正朝窗外张望。车流缓慢，他们的车停了几次。灯光明亮的商店里人们匆忙进出，街两边全是商店。

面包车来到一个挤满人和车的地方，司机停下车熄了火。乘客争相抓起自己的行李箱，纷纷下车。玛丽只觉得天旋地转。

西玛尔告诉玛丽跟着他。他们下了车，朝一排亮着灯的房屋走过去。西玛尔在一座房子前停下脚步。女人们和男人们分别在相对的两个门前排队。西玛尔朝她打了个手势，示意她排在女人那一队。

等到进去后，玛丽闻到一股扑鼻的尿臊味。她从角落上一个肮脏的镜子里看到了自己那张吓人的脸。在昏暗的灯光下，她看上去老了不少，但她那双绿眼睛依然如故。一个女人从她身边挤过去，走到水盆跟前洗手。玛丽等那女人洗完，上前问她："这是伊斯坦布尔吗？"

那女人看着她，大笑一声。"不是，亲爱的。从这儿去伊斯坦布尔还有两天的路程。"

玛丽茫然不解。她离开厕所后，见西玛尔在等她。他告诉玛丽跟他走。

街上到处是卖东西的小贩：有的在手推车上卖大米，里面掺着鹰嘴豆，车上装着拱形玻璃顶；有的卖煮熟的玉米、煮熟的肉丸。各种食物的味道让玛丽忽然觉得肚子很饿。西玛尔带她来到一个街边小贩跟前，这小贩有个小小的手推车，亮着一只照明灯泡。他买了两个肉饼，递给玛丽一个，里面夹着肉丸、番茄片、炸洋葱。两人来到一个人少的角落，狼吞虎咽地吃起来，玛丽觉得肉饼好吃得不可思议。仿佛事先商量好似的，祈祷召唤声突然在城里的每一个清真寺同时响起。

"这地方太好了。"玛丽心想。她想象不出伊斯坦布尔是个什么样子。她已经把她姨妈忘掉了，把离开村子前那奇怪而屈辱的离别也忘掉了。一种莫名的喜悦包围了她。在马厩里关了这么多个星期，她还曾经把绳子套上自己的脖颈，在这之后，生命对她而言就像个欢乐的节日，就连西玛尔的粗暴也没有扫她的兴。他们离开汽车终点站后，她顺从地跟着他的脚步，一块儿在街上走了很久。玛丽已经习惯了无论到哪儿都是走几分钟就到了，眼下这路却是没完没了。但是在这条长路的尽头,有个惊喜在等着她。玛丽平生头一回来到火车站。人群熙熙攘攘，火车冒出呛人的烟味，这些都令玛丽着迷。头一次看到了以前只是听说过的东西，她禁不住想要放声大笑大喊，就像过去那样。"天啦，西玛尔！"她对西玛尔由衷感激，是他把自己从马厩里救出来，带到了天堂的门口。

其间，一些军警拦住西玛尔粗声粗气地盘问了一阵，西玛尔回答了，还从兜里掏出一张纸给他们看。他们仔细看过后笑了笑就走开了。

玛丽注意到自己周围的女人们穿戴得各式各样。有的和她一样穿着乡下宽松裤，有的却穿着城市官员夫人穿的那种裙装。对比很鲜明。有的女人把头发罩起来，有的让头发自然垂落在肩头。瞧着这景象，看着人们互相之间的行为方式，同时努力理解这一切，这把玛丽的全部精力都占据了。

西玛尔带她来到一个拥挤的站台，和成百上千名旅客一块儿登上了一列火车。车上拥挤不堪，就连过道上都挤满了人，但西玛尔和玛丽居然找到了两个空座位，所处的位置在玛丽看来就是个“房间”。玛丽坐在靠窗的座位上，西玛尔坐在她旁边。对面坐着一个包着头巾的老太太，旁边是个女孩，没戴头巾。她们旁边是个老头儿，留着灰白的胡子，不停地咳嗽。坐在西玛尔旁边的是一对年轻男女，也许刚结婚。女孩没戴头巾，穿着短裙，露着两条腿。

玛丽努力把眼前的景象都记在心上，愉快地享受这次意外的体验。她看着那对年轻男女手牵手，看见他们手上戴着耀眼的结婚戒指。她又打量了一下对面那个女孩，女孩仪态矜持，端坐在父母之间，不过玛丽发觉她在悄悄地给车外月台上的一个小伙子递眼色。女孩的母亲眼神忧郁，凝视着前方，显然明白女儿和小伙子在暗中交流。月台上，小伙子在这节包厢旁来回踱步，不时偷眼瞧瞧女孩，女孩偶尔甩一下头，偶尔让自己的目光与他相遇，默默道别。玛丽感到挺有趣。尽管在车上才坐了几分钟，她就已经觉得很舒服了，仿佛她对这种旅行方式已经习以为常了。

玛丽一直喜欢看男孩和女孩之间的事，但只要一说这事就总是遭到呵斥。她记得在村里的诊所被骂过一回，因为她看到那些小气球就忍不住大笑起来。当时正在开公共卫生会议，一些护士正教村里的女人们节育措施，向她们展示了一些避孕套。她们也开开玩笑，把其中几个吹起气来。看到五颜六色的小气球在地板上弹起落下，玛丽一高兴就跑过去追赶气球，被她姨妈在脖子上打了一巴掌。

到了那天下午，家里的女人们聚在一块儿睡午觉，七嘴八舌地拿那些气球开玩笑。最逗乐的一个故事说的是村里的一个男人去诊所要避孕套。他不知道这东西叫什么，就跟护士说："你知道，就是那个东西……快乐气球！"女人们一阵哄堂大笑，乐得前仰后合。

玛丽心想，她姨妈是因为她也给这事逗乐而责骂她。让她们一辈子都在不愿向自己打开的门里传播闲话去好了，她再也不在乎了，再也不会想长着一双蛇眼的朵安了。仿佛她不是当天早上而是一个月前就已经离开那地方了。

突然，火车震动了一下，缓缓开动了，玛丽的心猛地一跳。包厢中间的小桌上有瓶水晃了几下，眼看要倒了，玛丽伸手扶了一把。玛丽对面的老太太对玛丽温和地笑了笑。车轮咔噔咔噔，汽笛长鸣，火车隆隆向前，让玛丽回忆起一首儿歌。她不禁哼唱起那首老曲子来："黑火车别开过来，黑火车别呜呜叫。"

要是西玛尔能笑一笑，举止像从前那样就好了。但是她并没有绝望，琢磨着这一路上要把情形扭转过来，让两人还像儿时那样。可怜的西玛尔，军队把他变成老头儿了。

"你要去哪儿？"对面那老太太问玛丽。当然啦，火车一路上要在许多车站停车。

"去伊斯坦布尔。"玛丽骄傲地回答，"我们到伊斯坦布尔去。"

玛丽瞥了一眼西玛尔。自己说得太多了吗？

"这小伙子是个军人吗？"老太太问。

"他刚退伍。"玛丽说。

“他是你未婚夫吗？”

“不是。”玛丽哈哈一笑。“他是我堂哥。”

她很感谢老太太打破了自离开村子以来就一直包围着她的沉默壁垒，心想也许这能让西玛尔开口跟她说话。“你到哪儿下车？”玛丽问，好像她知道火车去伊斯坦布尔的路上要停的每一站似的。

“在安卡拉下。”老太太回答，“这是我女儿赛荷。我们要去那儿看她哥哥……要是能及时赶到的话……”

说着，老太太眼睛里溢满了泪水，垂下了头。

玛丽感觉到了老太太的痛苦，扭头向窗外望去。玻璃窗反射出了包厢里发生的一切。那对新婚夫妇彼此紧挨在一起，好像睡着了。老头儿在抽烟，老太太在默默地哭泣，擦拭着眼睛。赛荷陷入了沉思。西玛尔坐在那里纹丝不动，像个雕塑。“是的。”玛丽心想，“他不是个人，是块石头。”

第十五章　诺亚方舟

哒哒哒——哒哒哒——哒哒哒——哒哒哒!

一挺机关枪正在开火，但是西玛尔觉得枪声有些异样，因为它不停地在响。响声太有规律了，没有间歇，就像火车声。他从床铺上坐起来，看见所有的战友都死了，尸体上盖着白被单，他们的面部都被打烂了，鲜血沾满了被单。机关枪继续着它均匀的节奏。他心想，要是自己不离开这里，也要死了。

他翻身下床，匍匐挪动到门口。正要出去，看见门外有水。水比门还高，甚至比房子还高。蓝蓝的水怎么会像水帘似的挂在那儿，而不流进房子里来呢?

机关枪继续吼叫着。

西玛尔意识到他唯一的逃生之路就是跳进水里。很奇怪，水里并不冷，还挺热乎，比他每年夏天游泳的湖水里还要暖和。他向上方的光亮处游去。游到水面后，他把头露出水面大口喘气。哨所不见了，山峰和山谷也统统不见了。一切都被淹没了，西玛尔发现自己处在一片汪洋大海之中。

突然，他听见一个声音。一个长着一双黑色大眼睛的男孩划着一条小船朝他过来。“过来，要不你会淹死的。”他喊道。

西玛尔认出了他就是那个放羊的小男孩。“我以为你死了！”他惊讶道。

男孩大笑起来。

“我看见你的脑袋被G3子弹打烂了。”西玛尔接着说。

“它还在原来的地方。”男孩说，“上船吧。”

“出什么事了？”西玛尔一边问，一边爬进船里。

“大洪水。”男孩答道，“这是诺亚方舟。”

“你要去哪儿？”

“去古迪山……诺亚那里。”

男孩的五官渐渐变化成了米摩的五官，这时西玛尔惊醒了。

列车员进了包厢挨个儿查票。那单调的哐当声是火车轧过轨道时发出的。

西玛尔从衣兜里掏出车票，心想长途汽车要比这快多了，也舒服多了，不过票价太贵。父亲给他的路费只够到伊斯坦布尔。一是因为太穷了，二是对村子以外的世界不了解。那点路费不够买两张长途汽车票，火车票便宜多了。

西玛尔对面坐着一个黑发女孩，坐在女孩旁边的一定是她父母。坐在他旁边的男人搂着一个女人，显然是他老婆。西玛尔扭头看了一眼玛丽，只见她静静地坐着，凝视着窗外。

“我怎么处理这女孩？”他一想起这个问题就没主意。一路上他一直回忆军队里的时光，为的是回避这个问题。

他不能违抗父亲的意志，不顾自己的家庭。把她杀死很容易，在他记忆里她不过是个小丫头。但是和埃敏在杨树林里见过面谈过话后，疑虑渐渐在他脑子里产生了。

“全村都知道你要去干什么。”她说，“那可怜的女孩要被送到伊斯坦布尔去，跟前面那几个女孩一样。都什么年代了，还会出这种事？你家真是疯了。起码你不能谋害她！那个可怜的孩子做什么了？”随后她又进一步把话说到了点子上：“我等了你两年才把你从军队等回来，我不打算再等你从监狱回来了。”

西玛尔没胆量跟父亲说自己已经和埃敏深深相爱，要娶她为妻。埃敏的话给了他重重一击。他知道她拒绝过不少追求者，要是他进了监狱，他们会争相来代替他，而且埃敏又当面对他说她不想再等下去了。

“让别人去做好了。”她说。

“家里没别人能做。”

“那就放了她。”

要是真这么做，叫他怎么跟父亲解释呢？在父亲面前他压根儿就没胆量张嘴说话。多年来他一直和埃敏秘密见面，就连埃敏的手都没敢碰一下，他为此感到很苦恼，他太害怕在家里可能因此发生的事情了。他抱着希望想，如果他按父亲的意愿去做，就能有机会向父亲说出和埃敏的事。他在部队服役期间总会想起埃敏，不过从来都没有像想天真新娘那样去想她。埃敏是他的未婚妻。天真新娘不一样，即便从来没见过她的面，但想起她来总能让他梦遗。

无论西玛尔多么想忘掉玛丽，她毕竟还是真实地坐在他身旁。不管付出多大的代价，他都必须完成任务。埃敏说得都对，但是这事不在他的掌控之中。他别无选择。

也许他可以在当夜趁人们熟睡后带玛丽去车尾，在那掐死她，然后抛尸荒野。两分钟后火车就会把那地方远远地抛在后面。第二天也许有人会发现她，但是那又能证明什么？也许更好的办法是过桥的时候把她推下火车。即便她的尸体在山谷里被发现，谁又会去关心一个穿着宽松裤死去的女孩呢？

西玛尔当兵时对死亡已经司空见惯了，实际的生活中没有死亡反倒奇怪了。他从没忘记训练时上尉说的话："这个国家是无数先烈抛头颅洒热血建立起来的，他们为土耳其献出生命，那些叛徒妄图毁掉我们的民族，分裂我们的国家，你们要去惩罚那些叛徒。保护共和国和民族的统一是你们光荣的责任。为国家而死，直接进天堂。就地杀死恐怖分子，孩子们——记住，是他们在残杀你们的朋友。"

上尉还告诉他们，根本没有库尔德语，那些把自己叫库尔德人的人实际是山地土耳其人，他们和所有的土耳其人一样，是从中亚来到安纳托利亚的。

西玛尔不明白这话的意义，不过他知道库尔德人说一种不同的语言，他自己也能多少说一点儿他们的话。那个地区连狗都懂库尔德语，却不懂土耳其语，如果士兵用土耳其语招呼这些狗，它们就会发起攻击。

西玛尔站起身走出包厢去上厕所，顺便去观察过道尽头的门。地板上有个生病的女人躺在一堆报纸上。她在呻吟着，旁边有个男人和两个孩子在看着她。

西玛尔回到包厢后，发现里面一片骚乱，每个人都在说话。他坐了下来。赛荷和坐在他身边的年轻男子吵起架来，其他人都想劝解他们。

玛丽蜷缩在自己的座位上，默默地看着。争吵是因她而起的。她刚才趁西玛尔不在，想跟老太太聊天，问她刚才为啥说到"要是来得及"就哭了。

老太太说她的儿子是个大学生，被投进了监狱，在监狱里跟几个人一起抗议那儿的生活条件，进行绝食斗争。在过去的七十天里，他们没有吃其他东西，只喝一点儿糖水。他们头上缠着一条红带子，躺在那儿等死。他们的身体状况一天天恶化，首先是眼睛看不见了，接着又失去了记忆。几天前，她在电视上看见了儿子，几乎都认不出他来了。把麦克风放在他嘴边，他什么也不说，他就用呆滞的眼神茫然地看着摄像机镜头。抗议者的领袖发誓说他们要绝食到死。老太太在安卡拉的大女儿去过监狱想看望弟弟，但没被允许。大部分一块儿绝食的人或者已经死了，或者是奄奄一息。老太太去安卡拉就是想看看儿子，求他放弃绝食。作为母亲，她还能做什么！

老太太说完后，对面那个小伙子说他能理解做母亲的痛苦，但是那些恐怖主义分子是在用这种方式进行政治宣传。这一下可就炸了锅了——这时西玛尔正好回到包厢。

“你是什么人呀？”赛荷朝那青年吼道，“成百上千名年轻人正在死去。见死不救还不算，你还对一位母亲说她儿子是恐怖主义分子！你有什么权利这么说？”

“难道你哥哥不是依据反恐法案被逮捕的吗？”年轻人平静地说。

“我的哥哥不是恐怖主义分子。他从来没有参加过他们的任何行动。”

“那他是为什么被抓的？难道不是由于涉及恐怖主义？”

年轻人是个争强好胜的主，他老婆怎么劝也没用。

“我哥哥边读书边为一个学生组织工作，”赛荷反驳说，“就这些。”

“但是这部法律只惩罚恐怖主义分子。”

“那部法律把上万人投进了监狱。”赛荷高声说，“里面有九千人是因为在墙上写了口号，看了某些书，或者组建了学生组织！你这人真冷血。”

赛荷的母亲劝她冷静。“别发火。”她说，“保持冷静。”

赛荷的父亲闷头抽烟，没吭气，目光避开所有人。

“学生组织？”年轻男子轻蔑地说，“我知道他们是什么样的学生！”

“你知道什么？”赛荷勃然大怒，“你见过我哥哥吗？”

“没有，没见过你哥哥，可我见过和他一样的。我跟他们战斗过，知道他们是些什么人。”

赛荷的母亲忽然伸手捂住了女儿的嘴。显然，这人不是警察就是秘密机构的工作人员，要不就是特种部队成员。她不想再惹麻烦了。

但是赛荷忍受不了这种侮辱。她哥哥处在死亡边缘，父母的心都碎了。她哭着朝西玛尔转过来说：“大哥，那个女孩说你是军人。对一个心碎了的母亲说这些侮辱的话对不对？我哥哥是个好人。他连枪都没见过，更不用说用枪了。”

西玛尔不知道该说什么，在这种场合他从来都说不上话。

“你是在哪儿服役的？”年轻男子忽然问道。西玛尔告诉了他，他又问：“参加了很多战斗吗？”西玛尔点点头。

年轻人伸出手来。“我叫埃克莱姆，在紧急状态部工作。这是我太太苏赫拉。”

埃克莱姆等着对方回应，但是西玛尔既没有伸出手来，也没有说一个字。

唯一能听见的声音是火车的轰鸣声。

刚才在争吵过程中，那老头儿始终坐在那里一言不发，此刻他却突然朝埃克莱姆脸上吐了一口唾沫。

所有人都惊呆了。

埃克莱姆怒不可遏，一跃而起。一只手抓住老头儿，另一只手好像要掏手枪。老头没理会他的手势，脸上还浮现出一个淡淡的微笑。

“求求你，别伤害他，先生！”老头的老婆抓住埃克莱姆的胳膊，替老伴儿求情。“他有病。他不知道他在做什么……他疯了！看看这个，这是医生证明！”

埃克莱姆犹豫了一下。老太太抓住了他的另一条胳膊。“你没看见他是个病人吗？”她用请求的口吻说，“不值得和他争高低。”

埃克莱姆把老头儿扔回到座位上，打开包厢门，走了出去。赛荷脸上露出一个愉悦的微笑，就连她妈妈也显出愉快的神色。她爸爸虽然可怜，但毕竟报复了对方。“国家蛀虫！”她咒骂着，“是我们纳税养活了他！”

“你最好闭上嘴。”埃克莱姆的太太警告说，“你们运气不错，我把他拦住了。他能叫你们吃不了兜着走。”

“他能怎么样！”赛荷没好气地说。

“我告诉你，你最好什么也别说了。”

过了几分钟，埃克莱姆带着一个列车员回来了。“起来。”他说，眼睛盯着赛荷和她父母。“外面有个女人病了，需要把你们的座位给她用。”

他指了指过道，病女人的丈夫正扶着她的头，好奇地往包厢里张望。

“这位先生说得没错。”列车员说，“需要你们把座位让出来。”

“为什么是我们的座位？”赛荷抗议道，“那边的座位不行吗？”

“这边有两家人，”埃克莱姆带着一丝冷笑说道，“一共是四个人，我太太也不舒服。到时候我们可以换着坐。”

“好吧。”赛荷的妈妈说，“我们走。别和这些人争了。”

他们从行李架上取下自己的行李，离开了包厢。病女人被抬进来，小心翼翼地放在绿皮座位上。她是安纳托利亚乡下女人，岁数不好说，说三十也像，说五十也像，头上裹着一块布。显然她非常难受。他丈夫和两个孩子跪坐在座位旁边。

“真主保佑你！”那人对埃克莱姆说。

但埃克莱姆没理会，他的气还没消。“别信他们的鬼话，兄弟。”他对西玛尔说，“他们都是不折不扣的共产主义者。他们不懂什么是‘家庭’。跟那个女巫婆一样的女人根本不能算作母亲……他们都是库尔德反叛者！这块土地属于土耳其人。谁把自己叫作库尔德人，阿拉维派[①]教徒，或者左派，就趁早见鬼去！”

埃克莱姆点了根烟，递给西玛尔一根。

病女人的丈夫打开身边的篮子，取出一些面包和奶酪。“来点吧。”他请大家吃。

谁也没有要吃的意思，他自己拿了一块奶酪卷在面包里吃了起来。他看也没看他那不断呻吟老婆。

“你不给你老婆吃点儿吗？”苏赫拉问他。

“不。她无法吞咽。我带她去安卡拉做手术。她兄弟在那里的一家医院里工作。”

他刚咽下最后一口面包，就睡着了，还打起了呼噜，声音很大。火车轰隆轰隆驶进了夜幕。

玛丽的腿麻了。她想站起来走一走，但又怕惊醒在她身旁睡觉的西玛尔。自从上路后，他除了睡觉什么也没做。

玛丽鼓起所有的勇气，慢慢站起来，踮起脚尖朝门口走去。才走了两步，西玛尔就开口问她：“要去哪儿？”

“就去过道。”

见他没有反对，玛丽推开门出去了。

过道空无一人。赛荷和她爸妈肯定是到别的车厢找座位去了，不想让埃克莱姆看见他们坐在过道地板上而幸灾乐祸。

---

①阿拉维教派是成立于九世纪的伊斯兰教分支，被归类于伊斯兰教什叶派。阿拉维的含义是“阿里的崇拜者”，其被逊尼派和十二伊玛目派视为异端。

她一进过道就感觉火车速度极快。车厢吱呀作响，噪音震耳。玛丽扶着车厢壁走到过道头，找到了卫生间。她一进去就照了照镜子，把自己跟赛荷比较了一下。赛荷眼睛上涂着眼影，没有裹头巾，头发自然垂落在肩头，是个漂亮女孩。那个官员的老婆用了好几种化妆品修饰眼睛和两颊，看上去也很美，她的头发也没有包起来。

玛丽解开头巾，让头发垂落下来，可是头发都纠缠在一起，黏在一块儿，因为阿婆给她洗头已经是很久之前的事了。

她突然弯腰在水池里洗起头发来了，就用水池边上放着的一小块肥皂。她尽量用水管里流出的一股细细的水把头发全部洗过一遍，然后用头巾把湿头发包起来。离开卫生间之前，她把自己的两颊拧到发红。但是玛丽也明白，不管她怎么做，只要这套可怕的行头在身上，她就不会像别的女孩那样。她注意到了她们身上的所有细节：精心保养的双手、修过的指甲、油亮的头发、闪亮的项链、让手腕显得那么纤细的大手表。她想象着自己也像苏赫拉一样穿紧身黑裙。这念头令她激动，她不知道自己在伊斯坦布尔能不能这样穿戴，能不能像苏赫拉和赛荷那样漂亮。玛丽想起了祖母的话：“眼睛比太阳更明亮。”是的，她的眼睛很特别，但光是眼睛好看还不够，谁也不会去注意一块难看的头巾下面的眼睛是不是明亮。

玛丽开门走出了卫生间。她看见西玛尔站在过道静悄悄地抽烟，眉头紧锁。她该什么也不说，从他身边悄悄走过去吗？不这样还能怎么样？她上前去从他身边走过，心里默默希望自己不会引起他的特别注意。“站住。”他突然说，接着转身面对她，一把抓住了她的胳膊。

玛丽吃了一惊，也松了口气。西玛尔终于开始和她说话了。她不在乎他说什么，哪怕他生气骂她。她就想叫他开口说话。

火车猛地抖动了一下，玛丽伸手抓住了窗子前的栏杆。

“瞧，女孩。”西玛尔说，“这是火车门。”

“是的，我知道。”玛丽脱口而出，“昨天就是从那儿上的车。”她发现西玛尔好像更不高兴了。

突然间，西玛尔猛地拉开了门，一股风伴着震耳欲聋的火车噪音忽地卷进来。西玛尔弯腰探出去刚要看看，立刻就缩回头来，都喘不上气了。他命令玛丽：“到这儿来，看一眼。”

玛丽不知道这是不是个游戏，就像他们小时候玩的那种。她不敢探出身去，但是她感到自己别无选择。

她紧紧抓住门边，往外一点一点地挪，慢慢探出头去。疾风抽打着她的脸，火车的汽笛尖利地鸣叫，把她吓坏了。她感到眼睛里进了什么东西，就猛地缩回来，害怕黑暗中有什么东西把她脑袋撞碎。

西玛尔站在那儿不吭气，眼睛看着别处，仿佛为了什么事而羞愧。

“我眼睛里进了东西，西玛尔。”玛丽悄悄说，眼睛里流出了泪水。“好疼……你能给我看看吗？”

西玛尔一句话也没说，转身走开了。

第十六章　空中岛屿

在海上过了好多天之后，伊凡有一天早上睁开眼睛时，看见了一个奇迹——只见他眼前的一座锥形岛屿冉冉上升，升到了空中。岛屿远离海水，而且浮在了海面上空，仿佛有种神奇的力量在支撑着它。只有在勒内·马格里特[①] 的画里才会出现这种情形，不过那是由艺术家的天才和想象所创造：突破重力规则而改变物体的维度和形状。

教授从来没有见过岛屿浮在空中，哪怕是在梦里也没见过。在朦胧迷雾中，布满树丛的巨大岩石悬在了海空之间。

“我一定是神志不清了。”他心想，但也不害怕。他起了锚，向那岛屿驶去。他想在那个仙境岛屿上登陆，但是真可惜，在初生的旭日照耀下，那岛屿还原成了一座普通的岛屿。与海面衔接的部分原先被迷雾笼罩，雾渐渐散去，原来不过是爱琴海上数千座岛屿之一。这种外形的变化并没有影响伊凡看到岛屿悬浮在海天之间时的喜悦心情，那是他在奇幻的破晓霞光下目睹的奇观。

①勒内·马格里特 (1898—1967)，比利时超现实主义画家，作品多从令人难以置信的角度来描述普通事物。

他心想，神话只有在这种情景下才能创造出来。爱琴海充满了奇迹：变化莫测的海水颜色，傍晚从云里射出的奇幻光线，令人心醉神迷的味道……那种香味鼓舞着人去做各种狂放异常的事情，让人觉得活着就是幸福。

伊凡已经不知道日期了，因为他没有去数日子。他与陆地的唯一联系就是偶或在一些小小的滨海城镇停靠，补充食物和水。仿佛一切时空维度都消失了。他逐浪随波跟着风向走。过去他总把这种说法当修辞，现在真是这样了。

风多半还是对他有利的，但偶尔也需要发动引擎避开面临的危险，每逢这时他总是极不情愿。使用引擎对一个真正的水手来说实在是个耻辱。有时他也必须在出现不利情况的时候使用风帆，因为几天过后，他就发现爱琴海上并非没有风险。这片海域也是战争的舞台，上演着土耳其和希腊互相角力的剧目。一些希腊岛屿离土耳其海岸极近，很难判断那块地属于哪一方。希腊人禁止船只驶入其海岸三英里以内的水域，如果教授无意中超过了界限，一条希腊攻击艇就会从米蒂利尼或者萨默斯岛朝他飞扑过来。反过来，要是他朝大陆走得太快，土耳其海岸警卫队又会产生怀疑。

在一些地方，土耳其海岸与希腊岛屿之间的距离还不足半英里。比如游泳从萨摩斯岛游到库萨达斯附近的海岬是很容易的。伊凡轻松通过了那个海峡，没有遭到追赶。也许在这些地方，地理状况让条例规定无能为力了。

他不时能看到土耳其海军舰队在移动。这些军舰排成一行，森然逼近希腊岛屿，导弹一触即发。如果伊凡离军舰太近，舰上的官兵水手就会用冰冷的眼神瞪着他，让他不寒而栗。他的船在微风中缓缓漂移的时候，船下静静的海水有时也会被头顶上飞过的土耳其和希腊喷气式战斗机震耳欲聋的巨吼声或者一架来自陆地方向的飞机击碎，它会突然玩个海上俯冲，一头冲向海面，在最后一刻猛地拉起。有时也会是一架褐色直升飞机在天空巡逻，发出巨大的噪声。

伊凡厌烦了那些攻击艇、战舰、战机以及那种剑拔弩张的敌对气氛。他觉得自己既不是土耳其人，也不是希腊人。他就是个人，就想享受大海。相邻国家之间炫耀武力的游戏搅扰了他的宁静，就像搅扰了附近海岸上吃草的山羊那样。

伊凡知道如果其他土耳其人知道了他想什么，会把他抓起来烧死在火刑柱上。“一个土耳其民族之子怎么会这样想？”他们会这样质问，“难道你不爱自己的国家？难道你血管里有希腊的血液？这个国家生养了你，教育了你，现在你却恩将仇报，用刀子戳它的心。”

“我干吗生在这样一个国家？”伊凡常常纳闷。他对爱国主义、宗教、意识形态并没有强烈的感情。他把某种东西视为“价值”还是很久以前的事了。

伴随着二十年代的国民革命以及奥斯曼帝国的垮台，世俗新政府从学校教育体系中排除了宗教教育。在凯末尔[①]时代受教育的那代人大部分对宗教不感兴趣，但是他们的国家意识却根深蒂固。由于某些原因，伊凡不属于这两种倾向中的任何一种。

读高中的时候，左翼运动很时髦。1968年，年轻一代影响了世界。学生占领了大学校园，成立了学生会，后来变成了左翼组织。伊凡对任何事情都缺少信念，因而也就没有成为一个左翼分子，尽管在那些年月不参加左翼是非常特别的。游行、抗议、宣言、与警察发生冲突，这些都是那个年代的家常便饭。他逼着自己在这种运动中找个位置，

①穆斯塔法·凯末尔（1881—1938），土耳其共和国缔造者，第一任总统兼武装力量总司令（1923—1938）。

但什么也没找到。他发现无论是左翼、右翼还是宗教党派的支持者，全都一样疯狂。

很久之后，他在大学教课时有个女学生站起来问了他一个问题："1968 年，你们那一代人……"

伊凡立刻打断她，回答说："我更有兴趣的是 69[①] 而不是 68 年。"

全班哄堂大笑，他也笑，那女学生羞红了脸，难为情地坐下了。

伊凡对伊斯兰教的感觉和对土耳其爱国主义的感觉不相上下。在国家节日里，人们朗诵的诗篇里会有这样的开头："你有一双绿眼睛，中尉！"每逢这时他就会溜出去吸烟。他从来没有朗诵过伊斯兰正式祷文，也从来没有在斋月斋戒过。

一次，他和希达耶决定在古尔邦节的第一天早上朗诵伊斯兰正式祷文，唯一的目的是找点乐子。诵祷文的时间定在早上六点过三分，伊凡想到那天清真寺一定会非常拥挤，于是头天夜里就去了。他们脱了鞋走进寺里，坐在最前面。除了他俩，只有几个专心致志朝拜的老人。伊凡和希达耶开始悄悄聊起天来。时间慢慢过去，进来的朝拜者越来越多，前面的地方都占满了，接着后面也占满了，直到整个地方塞了个满满当当，足有数百之众。

戴黑头巾、穿黑袍的伊玛目起身向全体致辞，拖着腔调讲道德、教义、先知、阿塔图尔克[②]、英勇的土耳其军队等等。在那儿坐了几个钟头的小伙子们渐渐没兴趣了。希望快点儿开始诵祷文，结束了他们好离开。

最后，伊玛目来到自己位置上带领众人诵祷文，这时伊凡和希达

①这是一种做爱姿势的暗语。

②阿塔图尔克（Atatürk），意即"土耳其人之父"。1934 年土耳其国会向凯末尔赐予"阿塔图尔克"一姓，所以可以以"阿塔图尔克"代指凯末尔。

耶才发现自己正坐在他背后。由宣礼员召唤虔诚会众一块儿祈祷，接下来伊玛目就开始了诵念仪式。“真主万能。”他大声说，两手放在耳后。伊凡和希达耶学着他的样子做。

来清真寺之前，他们就问过朋友关于规矩和仪式的问题。对方告诉他们伊玛目第二遍唱诵“真主万能”的时候，他们必须低头，把手掌放在膝盖上，第三遍唱诵“真主万能”时，他们就要匍匐在地。

但是古尔邦节第一天早上的礼拜仪式不一样。

伊凡和希达耶第二次听到“真主万能”就低下头，可是发现伊玛目和其他会众都没有这么做。数百个礼拜会众当中，只有他俩弯下了腰。他俩忍俊不禁，差点笑出来。安静庄严的气氛外加一夜没睡让他们神经格外紧张，需要格外努力才能控制自己。

听到第三遍“真主万能”，两人就扑通一声趴倒在地。额头一碰着地，他俩就把眼睛闭上了。可他们有一种异样的感觉，觉得做错了什么。睁开眼睛再看时，只见清真寺里每个人都站起来了。他们也立刻站起身来，这会儿两人更是忍俊不禁了。

当伊玛目再一次高诵“真主万能”之时，伊凡和希达耶认为他们应该站着不动，不料众人却都屈膝跪下，唯有他俩还站着。这下怎么也克制不住，非笑不可了，于是两人夺路朝出口跑去，一路上被正要趴倒的礼拜者绊了好几回，有几个人被他俩撞得失去平衡摔倒了，没明白出什么事了。伊凡和希达耶终于冲出了门，抓起了鞋子，跑到了街上，大笑一通，差点笑岔了气儿。

这是伊凡的头一次也是最后一次宗教体验。他属于凯末尔主义共和党人圈子，在这个圈子里，避开宗教活动是很正常的。在这个世俗共和国里，伊玛目和宣礼员在宗教礼拜场地以外的地方被禁止穿戴宗教服装，学校不教宗教，因而伊凡从来没有那种宗教的虔诚感。

也许这就是他在国外学术会议上感到不自在的原因。遇到别的学者时，他并不根据对方是信基督教还是信犹太教去区分他们，但他很快就意识到他们把自己当成伊斯兰教徒——作为一种集体身份——即便实际上并非如此。在土耳其共和国，除非有人是犹太人、亚美尼亚人、希腊人，否则身份证上宗教栏里就自动标注了“穆斯林”字样，尽管很多人并不会意识到这事。

七岁那年，伊凡和希达耶一块儿经历了可怕的割礼。身上穿着白色的节日盛装，安慰的话听了千百遍后，看到自己的阴茎包皮被揪出来，用一把锋利的刀片割掉，真吓得人魂不附体，但还远远不能跟后来敷伤口的疼痛相提并论。现代方法简化了这个程序，但他还是个孩子的时候，行了割礼后的器官要用纱布包起来。过一阵子，纱布上的血就干了，换纱布往伤口上撒青霉素药粉的时候，疼痛无比，尖叫连连。伊凡看到自己的阴茎受伤、流血、发青，心想自己以后永远也不能把它拿出来让任何人看了。

大部分土耳其人认为割礼有好处，有助于清洁，但伊凡对此有不同的看法。他觉得以土耳其男人为代表的一类人有个窘境，那就是对女性既崇拜又敌视，其原因就是他们小时候经历的割礼仪式对他们的身心造成的损害。

许多土耳其人相信割礼可以保护他们不受艾滋病的侵害。和众多最初来到黑海沿岸城镇的俄罗斯女孩睡过的男人中很少有采取防护措施的，一些怪诞的说法流传开来。例如，黑海男人有时跟俄罗斯女孩做爱前，会在她们两腿间挤一些柠檬汁消毒，柠檬汁能杀死艾滋病毒，只要有柠檬，就不需要采取其他措施。这些地区的男人不害怕性病。

当电力最初引进到安纳托利亚的乡村时，许多男人都被警告说带电的电线有危险，但他们不屑一顾地说：“男人天不怕地不怕，还怕几根电线不成？”他们抓起带电的电线，勇敢地让电流通过他们的身体，结果牙齿咬得嘎嘣响，浑身抖动如筛糠，最后一命呜呼，由于愚蠢而白白送了性命。同样，如果对艾滋病表现出丝毫胆怯，就不符合他们心目中自身的形象。

苏联建立后，大批白俄罗斯人涌进了伊斯坦布尔；苏联解体后，皮肤雪白的俄罗斯女孩涌向土耳其。革命后，男士们都喜欢到佩拉区的瑞煎丝饭店喝黄色伏特加酒，吃俄式鸡胸，身边还要有穿着毛皮领上衣的时髦女士陪同。晚餐后他们会去这个区一家有品位的音乐厅听钢琴演奏，然后才结束这个夜晚。最新的移民是那些俄罗斯和乌克兰的金发女郎，她们身材苗条，两腿修长，皮肤好像是透明的，她们固定在城里的某些区做生意，偶尔也作为性伴侣陪土耳其商人去爱琴海岸或地中海岸跑一趟。在黑海地区，女孩在自己两腿之间挤柠檬汁，但是去了地中海就会受到度假胜地的豪华招待。她们运气更好，至少用不着跟长一身黑毛的矮胖男人上床。

有些俄罗斯人渐渐进入了更富裕、更高雅的社会圈子，伊凡有个朋友给他讲了个有趣的故事。故事说的是有些商人常带着全家去保德拉姆和特拉克布库的豪华酒店度假，他们创造了一种娱乐方式。只要他们其中一人和家人在海滩上晒太阳，他的几个只穿泳装的好朋友就会驾着快艇来到岸边，邀请他去海湾兜风。这男人就会心安理得地把妻子儿女留在海滩，自己离开。还有什么能比和几个仅穿泳裤的朋友一块儿坐快艇兜风更令人放心的呢？

不过实际上可不只是去海湾兜风，快艇会径直开往一艘停泊在附近一个小岛背面的大游艇。游艇上有从伊斯坦布尔精挑细选后带来的俄罗斯和乌克兰美少女，可以现金交易。伊凡的朋友说女孩的皮肤是透明的，吹弹可破。“她们咽下一颗樱桃的时候，喉咙外面能看出红色。”喜欢让这些女孩陪的男人们更愿意使用安全套而不是柠檬汁。一个小时左右的“兜风”结束后，几个愉快的朋友回到海滩，商人再回到家人中间——不用说，他会接着梦想明天将要享受的快活。

在一夫多妻制的奥斯曼帝国时代过去之后，土耳其共和国成立以来的五六十年间，向一夫一妻制转变并不容易。二十世纪二十年代后，土耳其人被迫寻求别的选择，多亏有割礼和柠檬汁，艾滋病没有吓住他们。尽管如此，他们还是有点担心，因为西方记者报道说行过割礼的男人得这种病的可能性只是略小一点儿，这是不是说他们并不是刀枪不入呢？

伊凡遇上了顺风，便全速向南航行。他知道土耳其人和希腊人在海岸的冲突到了南边水域就微弱了。北部局势很紧张，不过南边在双方看来都是个休战之地。那正是他要去的地方。

一个安宁静谧的下午，伊凡抛锚泊船欣赏反射着阳光的水面。他凝视着远处覆盖着千年柏树林的海岸，海岛上依稀可见东正教的白色教堂，而在土耳其这一边，一座座小清真寺那细小的尖塔刺向天空。他不禁想起了大作家卡赞扎基斯笔下的祈祷词：“敬爱的上帝啊，莫使这和谐遭劫。舍此之外，我别无他求。莫使这和谐遭毁。”

这和伊凡内心希冀的一模一样。

日子一天天过去，他知道改变自己的人生是对的。他能感到自己变成了一个自由自在的人，一个完全不同的人，内心涌起了无限喜悦。那一夜内省的危机已经渐渐淡去。他依旧服药，但他坚信自己睡得更安稳了。在夜晚的黑暗中，帆船不再像是一口棺材了——至少不像个盖上盖子的棺材。

一天，伊凡买了一个大纸箱，切成两半，在一半上，他用英语把自己所崇拜的罗伯特·弗罗斯特[1] 的一首诗改写成自由诗：

要是从死亡那里
学到的东西
令我不满意
我会回来

在另一半纸箱上，他用红色毡尖笔写下一节鲁米的诗："形即是你，你即是形！"

伊凡有些日子没刮胡子了。他的灰白胡子原来只覆盖住下巴，现在已经在整个脸上蔓延开来。浓密杂乱的头发、壮硕的体格，让他感觉自己仿佛就是神话里的一个神。他越多地摆脱束缚，就越感到轻松，他的心脏也放慢了跳动的速度。

如果白天过得顺利，再加上一条个头挺大的地中海竹荚鱼或鲷鱼咬了他的鱼饵，伊凡就成了世界上最幸福的人。他会立即把钓上来的鱼收拾干净，往上面淋一些橄榄油和柠檬汁，直接生吃掉。吃的时候播放的背景音乐，从来都是同一首乐曲。让-皮埃尔·朗帕尔的长笛伴着海鸥的叫声，构成了一曲新的乐章。

①罗伯特·弗罗斯特（1874—1963），美国诗人，曾四次获得普利策奖。其诗作多写人和自然的复杂关系，语言质朴、清新。

第十七章　你见过奇迹吗？

西玛尔脱下军装，交回子弹带、战刀及野战通讯器材后，一种恐惧和气愤混合的情感控制了他。不过，在他穿上轻飘飘的便装后，这种令他困惑的情感逐渐淡化了。如果在火车上那场争吵发生在他复员后的最初那几天，他说不定会把谁提起来扔出窗外。现在，一切都似乎是场毫无意义的游戏，他没有心思参与进来。他退到场外冷眼旁观生活舞台上的表演，脑子里唯一想的就是该怎么样处置身旁这个女孩，然后回到村里，回到埃敏身边。他和埃敏先是因为他去服兵役而分开的，现在又因这个女孩分开，这会儿她正缩成一团靠窗坐着，还使劲吸着鼻子。

"她看上去挺可怜的。"西玛尔暗想。前一天夜里她好像还挺好，但是到了早上，火车行驶到了一望无际的安纳托利亚大草原上，他就看出她病了。他真该趁黑把她扔出车外，要是那样，这会儿他就自由了，伊斯坦布尔之旅也就可以结束了。他对埃敏的那种热烈渴望超过了见萨拉哈丁的愿望。西玛尔以后任何时间都可以去伊斯坦布尔，但是他失去埃敏的危险却近在眼前。如果他完成了任务，他就可以在下一站下车，尽快赶回村里。现在每过一分钟，他就离埃敏更远一些。

西玛尔感到纳闷，为什么自己没抓住玛丽那细瘦的脖子把她推下火车？也许是因为他没有下手的欲望，接着他又觉得是自己惧怕包厢里那个官员。那人可能跟警察有联系，要是玛丽消失了，可能会引起他的怀疑；如果西玛尔自己也消失了，情形就会更糟。所以他必须等那人到安卡拉下车后再说。从安卡拉到伊斯坦布尔的路上西玛尔就可以自由行动了。

他很奇怪，杀掉一个女孩这么一件简单的事，居然会弄到这么麻烦的地步。在山上作战的时候，谁也不会对发生的死亡负责，可惜平民的生命不一样。西玛尔不得不重视埃敏的劝告了，要小心谨慎，不能被抓到。

到了早上，玛丽醒来后头疼得要命。浑身都痛，喉咙也疼，没法咽东西。她记得头天晚上洗了头以后，她把脑袋伸出车外被刺骨的冷风吹着了。难怪病了呢。西玛尔从来也不跟她说话，为什么那时却非要叫她往车门外看呢？

玛丽睡着前，把她在火车上看到的每一个女人都在脑子里过了一遍，把她观察到的每个人和每一个细节都细细琢磨一遍：她们那染过的指甲、那戒指、那紧身裤、侧开的裙子，露出雪白的大腿，她们那无拘无束的行为、甩头发的动作……赛荷对那男的真够勇猛的，那男的侮辱了她的父母，她的行为给玛丽留下了深刻的印象。赛荷敢当着她父母的面大骂那个陌生男人，玛丽对此吃惊不小。那男人听了赛荷的话也和她对骂，并没有动手，也没有打算把她摔倒在地板上。哪怕那老头儿唾了他一脸，也没有打起来！这是多么奇怪的一个世界啊！

在村子里，女人不允许在男人面前说话，也不允许跟男人一块儿吃饭。她们必须隐藏自己的天然需求，怀了孕也要隐藏起来。新娘怀了孕会保密，尽管婆婆会猜出来，因为她会变得爱吃泡菜、爱喝石榴汁。女孩要一直劳作到临产前最后一天，不敢哭也不敢抱怨。阵痛开始后，接生婆被叫来接生，尽量不声张。如果像赛荷这样的女孩怀孕了，她很可能会自豪地宣布并受到全家的呵护。

玛丽不能说她的所见所闻对自己产生了什么不良影响。在汽车总站，她平生头一回跟西玛尔和别的男人一块儿吃东西。在他们面前张嘴吃东西，刚开始有点儿不好意思，但是饥饿驱除了羞涩，她只管跟着感觉走，自然而然地吃了夹肉饼，喝了牛奶。在火车上喝茶就轻松多了，感觉也愉快。要是她能拿掉头巾，换掉宽松裤和沾着泥巴的塑料鞋，那该有多好，她就会感到自在得多。运气好的话，等到了伊斯坦布尔，她就会像赛荷那样穿戴。赛荷穿的那种衣服肯定很贵，玛丽没钱，但是她希望找到一种办法，让自己看起来像她。

她的头和喉咙更疼了，浑身关节也都疼，好像挨了一顿暴打似的。她需要去趟卫生间，但是连站起来的精神和力气也没有。突然，她感觉到了两腿之间那种熟悉的湿润，一阵恐惧和窘迫感涌遍了全身。她原来以为肚子疼是因为受了凉，但实际上是来了月经，是阿婆为她做流产后的第一次。她害怕得要命。在这么多人中间，她可怎么办？如果她站起来转身出去，他们会看到她裙子上的血吗？她真恨不得跳下火车，免遭羞辱。如果是在她睡着的时候发生的，她的裙子可能已经被弄脏了。除了站起来，也没法确定。

即便是去了卫生间，她也没有东西止住流血。以前姨妈拿旧背心上剪下来的棉布片给她用，她就垫在两腿之间。一用完就必须马上用冷水洗干净，否则就会生虫子。如果用热水洗或者用肥皂洗，血迹就永远洗不掉了。这会儿要是有几块这种布条就好了。临行前，长着一双蛇眼的朵安匆匆给她包里塞了点儿东西。但是肯定没有把布条放进去，就是她能想到也不会这么做的。

玛丽害怕极了，甚至都忘掉了疼痛。西玛尔坐在她旁边闭着眼睛；那个男官员和他太太都睡着了；躺在对面座位上的病女人一点动静也没有，活像一具僵尸，她丈夫睡在地板上，鼾声如雷。

玛丽决定站起来，从行李架上的包里取出一件内衣，拿到卫生间撕成布条。如果有人看见她，也许会注意到衣服上的血渍，但是她必须冒这个险。“真主，帮帮我。”她暗暗祈祷着站起身来。她背对着病女人，举手去拿包，但是没有勇气直接打开包取内衣。她把包挡在背后，还是觉得血渍肯定能被人看见，然后踮起脚尖走出了包厢。如果西玛尔醒过来看见了她，他一定会注意到那血渍。玛丽想起来阿婆曾经抱怨过做女人的麻烦，她觉得阿婆说得对。从儿时到现在，就是身体上这个罪孽的部分老给玛丽惹麻烦。

玛丽关上包厢门，朝过道那头的卫生间走去。她用手摸裙子后面，看看是不是湿了，但她摸不出来。

玛丽哭出来了，感觉脑袋好像要裂成两半似的。她一边在卫生间门口等候，一边从包里掏出一件汗衫。动手撕成布条的时候，玛丽发现有人在注视她。她忘了车厢之间的门是玻璃门，赛荷正站在门那边边抽烟边看着她。她的心扑通扑通地跳起来。赛荷打开另一边的门，进了两个车厢之间连接处。赛荷接着打开玛丽这边的门，隆隆火车声立即传进来，玛丽的头也疼得更厉害了。

“你病了。”赛荷说着伸手在她额头上摸了一下。

玛丽的病痛很明显，一副可怜兮兮的样子，赛荷见状心里很同情。年轻女孩的一双绿眼睛在惨白的面孔上显得很醒目，就像荒原上的两朵奇葩。见她用力撕扯背心，赛荷心里明白了。“你叫什么名字？”她问。

玛丽说出自己的名字时声音低得几乎听不见。

“别害羞，”赛荷温和地说，“就当我是你姐姐。在这儿等着，我马上就过来。”

玛丽感到羞愧难当，但还是在过道找了一个折叠座坐下等候。

过了一会儿，赛荷过来了，递给玛丽些东西。“拿着，去卫生间，放在两腿中间。”她说，“别担心，血不会漏出来的。”

玛丽挺难为情，用怀疑的目光看着手里的小盒子。

“相信我，我们都用这东西。是从药店买来的。”赛荷一边说，一边指了指盒子上的图片。

玛丽进了卫生间，锁上门。她把自己清洗干净，把那小小的垫子放在两腿中间。犹豫了片刻，她又添了一块从背心上撕下来的布条。她把宽松裤脱下来，放在包里，走出了卫生间，来到了赛荷站着的地方。

“挺好。”赛荷说，“现在你就舒服些了。看看还有什么能帮上你的。到我们的包厢来，有人下车了，有空座位。”

玛丽不知道西玛尔是不是允许她这么做，但是她感觉太虚弱了，需要有人照顾，不能拒绝这种好心的帮助，就跟着赛荷向过道那边走去。

被撵出包厢后，赛荷和父母在过道坐了很久，后来在另一节车厢里找到了座位。一路上不断有人下车，火车上的人越来越少了。

玛丽和赛荷进了包厢，里面只有赛荷的父母，她父亲脸上还带着一个怪怪的微笑。两个女孩挨着坐下，赛荷给了玛丽一片阿司匹林泡腾片，又给她喝热茶。连喝三杯后，玛丽感觉好些了，自己也完全信赖这一家人了。赛荷的妈妈温和地抚摸着她包着头巾的头，嘴里还轻喃着什么。

后来赛荷让玛丽躺在旁边的两个空座位上。玛丽弯曲膝盖躺进两个座位里，把头枕在绿色硬皮坐垫上，感觉有人在她身上盖了些东西。随着火车行进的节奏——这节奏像摇篮曲——玛丽感觉迷迷糊糊的，车厢就像晃动的摇篮。玛丽快睡着了，心里还一直对赛荷和她母亲充满感激，不过也感到忐忑不安，不知道血液是不是浸透了她的裙子。很快她就睡熟了，睡得那么安宁纯真，深深地引起了赛荷和她母亲的怜悯之心。这可怜的孩子，悲惨，虚弱，穿着褪了色的裙子，绿毛衣的胳膊肘处都磨破了。

赛荷又到包厢外面去抽了根烟，她从来不当着父亲的面抽烟。她对玛丽和那个跟她一起旅行的军人之间的关系很好奇。玛丽说过他们是堂兄妹，但是两人一句话也没说过。那个军人一直在睡觉，在辗转反侧，在说梦话，醒着的时候就瞪着一双眼睛，什么也不看。他从来没有注意过玛丽，而玛丽对他怕得要命。他一定是吓唬她了。即便是不动声色，他也能散发出一种能量，就像一只猛禽，哪怕动作很慢，也会让猎物感到它随时会闪电般地俯冲过来。“也许他杀过很多人。”赛荷心想，“不过他没有那个官员那么阴险。他很吓人，但并不狡诈。”

赛荷的哥哥阿里·利扎和他的朋友们正在因那些政府官员而牺牲自己。她不赞成绝食斗争，因为她不希望她哥哥死去，而他的敌人却很得意。当一个青年在监狱的高墙里自杀后，埃克莱姆这种人就会因为又少了一个障碍而幸灾乐祸。难道有可能通过损害自己而达到惩罚敌人的目的吗？

在会见日——那时她哥哥还能说话——赛荷想让他明白自己的观点。她恳求他停止绝食。“他们想叫你死，而你却杀死自己帮他们的忙。”

不幸的是，阿里·利扎和他的朋友们相信他们是在进行一场通向胜利的战斗。“我们牺牲了生命，却为人民争取了民主，”他回答，“我们一个接一个死去，在这些高墙外面的人才会向政府施加压力。这是政治斗争。我们以毁灭身体进行战斗。我们付出的代价与人民付出的相比，是不足挂齿的。”

“哦，阿里·利扎。”赛荷哭了，“公众对你们一点儿都不在乎！在这些高墙外面，人们愉快欢笑，过着他们的日子。他们唯一感兴趣的是电视节目上说谁和谁怎么了，哪个模特儿和哪个足球明星出现在哪个酒吧了。”

赛荷本来想再多说些话，但是她不想让哥哥失望。她不忍心对他说：“你不读报纸，不看电视吗？报上尽是些裸露乳房的模特儿的照片，易装癖歌手的照片，还有那些笑容可掬的妓女在滑水板上摆姿势的照片。‘你们这些人’不是个体，而是一群被奴役的牛羊，一群没有一点个性、荣誉感和美德的牛羊。”

赛荷的哥哥和他的朋友们相信，他们的逐渐消逝会通过媒体产生一种影响。但是实际上并非如此，其实很少有人知道他们。这是一场荒诞而血腥的游戏，但是赛荷没有办法拿这个道理说服哥哥。他陷入了另一个世界，仿佛被魔法控制了。母亲正在路上，打算去说服哥哥放弃绝食，但是赛荷敢肯定阿里·利扎不会放弃。如果在这个关键时刻还是调解不成，阿里·利扎就会变成一具活尸，没有记忆，不会走，看不见，不能照顾自己。社会并不把这个事件看作是场悲剧。有些人——比如政府官员——对这起事件抱有敌视态度，另一些人像正在包厢里睡觉的这个女孩一样，对正在发生的事情浑然不知。

赛荷理解了为什么阿拉维派教徒不相信任何人，为什么他们通婚的范围仅限于教派内部。这种态度并不是出于无知，而是数百年来屠杀压迫的结果。现在，像阿里·利扎这样的阿拉维教派的青年信徒宁愿头缠红带杀身成仁。

少年时代，赛荷和阿里·利扎常常参加西马舞表演。男女老少身穿红红绿绿的服装，踏着萨斯节拍，一块儿迈着舞步转圈儿，就像吊车一样转呀转呀转。西马仪式中最好的部分就是那些大人们跪在地上，向祭司或教长忏悔自己的罪恶，接受对他们的处罚。

有个仪式赛荷永远也忘不了：一只羊被染成红色，被捆着一条腿牵到了祭司跟前，准备用来献祭，它的肉会被分给穷人。祭司表演萨斯舞蹈，为那只羊唱三首歌。三首歌都是在请求羊的宽恕，赞美它的恩德。祭司唱完就下令解开绳索，羊就在被献祭之前自由地走在人群中间。谁也不许打搅它。地上放了几盘食物，它走过去嗅一嗅，偶尔竖起耳朵听一听音乐。

阿里·利扎被拿来做了献祭，但是都没人说声抱歉。他被视为一个可恨的政治激进分子。被不公正地对待了十几个世纪的那种感情像毒蛇一样盘踞在阿拉维派教徒心中，难道是这种感情促使阿里·利扎在大学加入了一个非法组织？这些组织有像阿里·利扎这样的同情者，只知道散发传单，而不知道有其他活动。多数情况下，这些年轻人才是真正的替罪羊。阿里·利扎心地非常善良，连杀鸡都不敢看，他怎么会是恐怖分子？

阿拉维教派的村子里没有清真寺，女人们也不把自己包裹起来，所以许多穆斯林不接受阿拉维派教徒为真正的信仰者。对这些穆斯林而言，阿拉维派教徒习惯喝酒或者祈祷时放音乐，这都是不能接受的。赛荷曾经为此哭过好多回，因为她的朋友指责她在斋月不斋戒。她因为身为阿拉维派教徒备受歧视，心里烦透了。

一个女人，一个阿拉维派教徒，而且还是穷人——还有比这更糟糕的吗？仿佛她的问题还不够多似的，如今又雪上加霜，哥哥成了“恐怖主义分子”。她感到前途渺茫，既找不到好工作，也不可能嫁给本教派以外的人。

“哦，阿里[①]，仁慈的阿里。”她心里说，“你怎么就不能厉害点儿？为什么要被人谋杀？你是真主的勇士，先知穆罕默德的女婿，你忍受了太多的苦难，让你的儿女遭受遗弃。千百年之后，我们依旧因你而受难。”

她责备阿里的勇气来自听到的古老民歌。在阿拉维教派的谚语中，阿里被捧上了天，但是在老歌里，他和先知穆罕默德甚至真主本人，都难逃非议。

一次，赛荷在学校背了首诗，作者是十五世纪诗人凯古苏兹·阿卜达尔。其中有这一段：

> 真主，无限崇高
> 真主，像黑夜甚于白天
> 你有名无形
> 真主，你是虚无

她的朋友们一听都惊呼“真主不容”，纷纷就跑开了。后来她们把这事报告了校领导。赛荷很快就因为这事受到了影响，受到学校的纪律处分还不算什么，让她最难受的是她的朋友们纷纷疏远了她。而通过这事她明白了，千百年来一代一代口耳相传的诗歌必须秘密地记在心里，不能公开。阿拉维教派的孩子们常常感到迷惑不解，家里在宗教上的宽容与外界逊尼教派施加的压力之间怎么会有那么大的悬殊。

---

①即阿里·本·阿比·塔利卜，伊斯兰教第四任哈里发（656—661 年）。是先知穆罕默德的堂弟及女婿。穆斯林社会因对阿里继承人身份的问题发生分歧而分成逊尼及什叶两派，其于 661 年遇刺身亡。

睡在这包厢里的可怜女孩显然不属于阿拉维教徒。她用头巾包头，在男人面前不自在。赛荷心想，她一定是遇到了不少麻烦。玛丽是千百万到老都没有好好享受生活的女孩之一。她们没有机会改变自己的命运。要是赛荷告诉玛丽她的名字在老话里被提到过——那是千百年前神秘诗人的话，他们认为自己和上帝连为一体——会怎样？即使到了二十世纪末，这些诗歌还是不能公开朗诵。

那时亚当和夏娃还没有诞生
我们忠于真主，这秘密不可思议
我们是玛丽圣体内的一夜过客
我们是先知耶稣真正的父亲

要是睡在这间包厢里的女孩听到了这个，也许就再也不会跟赛荷说话了。

赛荷回到包厢里后，玛丽突然睁开了眼睛，问道："你见过奇迹吗？"

没等回答，她就又昏睡过去了。她是什么意思？她为什么在睡梦中问了这么一个问题？"奇怪的女孩。"赛荷心想，"也许她需要一个奇迹。"

西玛尔醒来时火车正停在一个车站。他知道还有很长的路要走，就没有在意车站的名字。他伸了个懒腰，四处看了看。玛丽不见了！他想她一定是去卫生间了。

西玛尔打开包厢的门朝过道看了一眼。埃克莱姆猜他在找女孩，就说："她走了，当时你在睡觉。她拿着包走了。"

西玛尔大吃一惊。玛丽逃走了？不，这不可能。她能去哪儿？她没有钱，也不知道自己在哪儿。

西玛尔跑步来到过道头，开门下到站台上。他急切地在小贩、车站工人和上下车的旅客中间跑步寻找。每个地方他都找遍了，但是玛丽消失得无影无踪。这可怎么跟父亲交代？怎么再面对父亲呢？他宁愿死也不想承认他把女孩丢了。

列车员给了开车信号，火车头缓缓挪动。西玛尔不能在站台上多待了，就跳上了车。气愤和绝望的感觉犹如五雷轰顶。火车驶离那个车站时，他仍怀着一线希望扫视站台，想看到她的身影。突然，埃克莱姆出现在他身边。“别担心。”他说，“女孩在车上。”

西玛尔真想拥抱这男人。

“我在周围看了看。”埃克莱姆接着说，“和我怀疑的一样，那些混账共产主义分子让她到他们的包厢去了。也许他们想给她洗脑，让她成为他们的一员，因为她有这么一位英雄亲戚。”

“她在哪儿？”西玛尔咆哮道。

埃克莱姆带着西玛尔来到另一节车厢，指了指赛荷所在的包厢。

西玛尔推门冲了进去，一把抓起玛丽，猛地摇晃。每个人都吓呆了，包括赛荷，谁都没有去制止他。“真见鬼，你在这儿干吗？”他叫道。

玛丽睡得头晕眼花，看到西玛尔，一下清醒了，吓得要命，想找个借口，但是还没等西玛尔动手打她，赛荷的父亲就抓住了西玛尔的胳膊。西玛尔转身看着他，不相信这虚弱的老家伙怎么敢阻拦他？难道这疯子也要唾他一脸不成？这时西玛尔注意到老人眼睛里的神色，仿佛在恳求他手下留情。西玛尔一把就把他推回到他的座位上去了。

赛荷站起来护住玛丽。“你没见她病了吗？”她对西玛尔大声说，“我在过道看见她的时候，她快晕过去了。我给了她点儿药，带她来这儿休息！”

"是的，没错。"赛荷的母亲急着说，"女孩从那会儿一直睡到现在。"

西玛尔看看玛丽，见她眼睛和鼻子发红，脸色苍白。她真的病了。"跟我走！"他大叫一声。

他们回到了自己那个包厢，埃克莱姆打开了话匣子："土耳其人的敌人毁了我们的帝国，现在又要夺取我们最后的一块土地。"照他的话，共产主义分子并不重要，他们已经失败了，剩下不多的几个在监狱里自杀了。真正的战斗是土耳其人对库尔德人和伊斯兰教教法支持者的战斗。应该把这些敌人斩尽杀绝，因为在历史上就是他们威胁土耳其的国家安全。他最后又说了一句："谁要认为自己不是土耳其人，应该马上离开这个神圣的国家。"

埃克莱姆说的话，西玛尔几乎一句也没听进去，他正心急火燎地琢磨着怎么把这女孩处置掉。周围人这么多，白天是不可能在火车上下手了。路上的景色变了，大山和丘陵渐渐被荒凉的原野代替，一棵树也看不见。如果把女孩推下火车，他的行动在数公里之外都能被看见。不管他愿不愿意，他都必须等到了伊斯坦布尔再下手。

列车员通知火车下一站到达安卡拉。埃克莱姆和他太太准备下车了。那个红脸农民推了病老婆一把，老婆像僵尸一样睡了一路，这会儿浑身轻轻抖了一下。

火车换了一条轨道进了车站，缓缓停下来。玛丽朝站台上看了一眼，发现在安卡拉人们穿得更时髦。尽管人群里有农民，但没人穿宽松裤或是紧紧地包着头巾。大部分女人都是让头发自然垂落，还有不少金色头发的。

这时赛荷进了包厢，递给玛丽一个小塑料盒。"药。"她就说了一个字，在玛丽脸颊上亲了一下。"我们要在这站下车了。"接着她转身离去，没有看西玛尔一眼。埃克莱姆夫妇跟了出去，那农民把老婆揪起来背在背上，也出去了。玛丽看到站台上有人在等他们，其中一个可能是病女人的兄弟，和他在一起的有他妻子和两个孩子。他们一块儿把病女人抬放在他们带来的一个手推车上，就好像她是一袋水泥似的。他们一边走，一边兴高采烈地聊着天。

两个人在站台上跟埃克莱姆夫妇打招呼。埃克莱姆对他们说了句什么,朝已经走远的赛荷和她父母指了指。其中一个便去跟踪那一家人。

玛丽看见西玛尔下车去吸烟。她独自一个在车上。她打开那个塑料盒看了一眼赛荷送给她的药：一些泡腾片，几片阿司匹林，还有一个小盒，上面写着“ORKID”，就像她在过道里给她看过的一样。她突然意识到自己两腿之间的那块小垫是多么神奇，她都没有感觉到潮湿。实际上，她已经把这事忘干净了，但是她知道现在该去换一块了。

第十八章　新的旅客

在安卡拉，火车又上满了人。一对年轻夫妇带着个十岁的儿子坐了玛丽和西玛尔对面的座位，旁边坐了一个年轻女人和一个身穿白外套的黄头发男人。为了不显得粗鲁，旅客们都互相暗暗打量，琢磨着这长长的旅途中身边的旅伴是些什么人。

玛丽的头疼好些了，她也不再为裙子上的血渍担心了。她很感谢赛荷，也很高兴自己冒险走出包厢到了过道上。很明显，赛荷不信仰真主，而且说话不像穆斯林，在穆斯林中那可是罪孽的说话方式。但是她真够仗义的，玛丽对此感到了困惑。

没过多久，她又流起了鼻涕，喉咙也又疼起来了。西玛尔从车站快餐店买来了芝麻卷和牛奶，她刚吃了一点儿，疼痛就加剧了。即便这样，她也觉得比原来好多了，而且她一心想好好观察眼前这个全新的世界，就仔细打量坐在对面的女人。

这女人身材苗条，穿着紧紧贴在腿上的紧身长裤和一双蓝白相间的运动鞋。腰上系着一条宽腰带，上面饰有 D 和 G 两个字母。薄薄的白色套头衫很紧身，乳房轮廓十分明显。一款鲜艳的方巾系在脖子上，真怪，她的淡黄色头发在发根处呈现出更深的颜色。

她从手袋里掏出一本用亮光纸印刷的杂志看了起来。玛丽看到杂志封皮上是个裸体女人的照片，她的乳房、长腿和屁股一览无余，正向前倾斜着身子，往噘起的嘴上涂抹唇膏，目光直视玛丽。玛丽不禁浑身一颤。这女人怎么能看这种杂志？

她旁边的座位上坐着她丈夫，短头发戴眼镜，穿蓝色套头衫，正在看报。他好像一点儿都不在乎他太太的阅读选择。

他们的儿子嘴里连说带唱，手上玩着一个小黑匣子。他按一下按钮，匣子就发出奇怪的声音。他穿的鞋跟他妈妈的一样，但是一只鞋的鞋带松开了。

坐在西玛尔身旁的那个黄头发男人在和同伴用玛丽听不懂的语言说话。玛丽懂土耳其语，懂一点儿库尔德语，但是这对夫妇的语言她还从来没听到过。

她看了一眼西玛尔，见他两眼紧盯着杂志的封面。他不时抬起眼睛看看天花板，但是目光忍不住又会回到裸体女人身上。玛丽注意到他躁动不安，这让她感到满意了些。他们上路以后，西玛尔冷漠坚硬的外壳头一次破裂了。实际上，他的手已经在抖了。

玛丽向窗外望去，映入眼帘的不再是寸草不生、荒无人烟的地带了，代之而来的是一座座房屋和工厂。迎面驶来的火车呼啸而过，发出排山倒海的噪音，吓得她魂飞魄散。

她又看看坐在对面的那一家人，见那孩子盯着她看，好像在研究她，眼睛来回打量她的裙子、毛袜子和沾着泥巴的鞋子。

他忽然伸出拿玩具的手问玛丽：“你会玩吗？”

玛丽吃了一惊，摇了摇头。

“为什么不会？”

“我不知道。”玛丽说。

男孩不放弃。“我家有汽车，但是我妈妈出了车祸，所以我们就坐火车去伊斯坦布尔的爷爷奶奶家。我妈妈害怕坐飞机。”

玛丽倾听着男孩说话，不时点点头。

他又哼唱起来，玩着那个怪模怪样的玩具。接着他把鞋带开了的那只鞋朝玛丽伸过来说：“系上鞋带！”

玛丽立刻弯下腰，但男孩的母亲看了一眼说：“真不知羞，儿子！你能这样跟长辈说话吗？你是个大孩子，你可以自己系鞋带。”

“可她不是个保姆吗？”男孩问。

“不，她不是。”

“可她看上去和咱家保姆一样。”

那女人对玛丽笑了笑说：“请原谅，别跟他一般见识。”

“没什么。”玛丽说，“我可以替他系鞋带。”

不过她不大情愿在别人面前这么做，因为她不会打蝴蝶结。她犹豫了一下，发现男孩已经一边气呼呼地喘气一边自己动手系鞋带了。

玛丽意识到平生头一回有人礼貌地对自己说话。对她而言这简直就是个奇迹——一个女人在大庭广众之下看封面印有裸体女人的杂志，另一个跟男人吵架的女人把自己当人对待。

与此同时，坐在西玛尔旁边的年轻女人说：“旅途愉快。”不清楚她在跟谁说话，但是她对面的那个男人说：“你也是。”每个人都点了点头。

“这是彼得·凯普，美国记者。”年轻女人接着说，把身旁的男人介绍给大家，“他来土耳其为一篇文章做访谈。他想跟各种人谈话。我是他的翻译。”

她从自己包里拿出两张名片，递给西玛尔一张，男孩的爸爸一张。“我叫莱拉。如果大家不介意，彼得想问几个问题。”

“当然不介意。”坐在对面的那个短头发男人立刻答道。随后他跟那个美国人用玛丽刚才听到过的外国语言说话。他说得有点吃力，不过他很愿意跟记者交流。

“我们走访了土耳其的许多地方。”莱拉说，“我们去过东部，去过西部，去过黑海地区，还去过地中海地区。我们坐过卡车，骑着毛驴上过山村。现在我们坐上了火车。彼得希望结识各种背景的人。”

美国人掏出一个小笔记本，问了对面那个男人一个问题。莱拉做了翻译。

“他问你是做什么工作的。”

“我是泌尿科医师。我太太在一家银行工作。”

“你住在安卡拉吗？”

“是的。”

“我们访谈过的一些土耳其人说，在土耳其，右翼支持者和左翼支持者的冲突已经结束了。目前土耳其有‘三极’：土耳其民族主义、库尔德民族主义、伊斯兰主义——你同意这种说法吗？”

“不同意。”他并不遮掩自己的惊讶和不满，强调道，“我绝不会接受土耳其共和国以任何形式分裂。”

他皱起了眉头，抬起了下巴，仿佛觉得再多说什么就会被视为是叛徒在向外国特务提供情报。

莱拉没有跟彼得商量就接着说：“请不要误解。他不是说土耳其分裂了。他说的是有极端分化的现象，在这个国家有三个惹人关注的中心点。”

那人似乎有点不明白，保持着沉默，想把她的意思弄清楚。那女人趁她丈夫在沉默，也加入了谈话。

“没有这种分化。”她说，“一方面，有现代的、世俗的凯末尔主义共和国。另一方面，有库尔德人和伊斯兰主义者想推翻共和国。”

莱拉把这段话翻译给记者听。

“你害怕这种局势吗？”彼得问。

“是的，的确有点儿。”她回答，“因为人人都知道库尔德人做了什么，杀了多少人。”

她停顿了一下，接着以谴责的口气说：“他们是在西方国家的援助和支持下这么做的。”

“这有什么可怕的吗？”彼得问。

“伊斯兰主义者想把国家变成另一个伊朗。他们想把所有女人的面孔都蒙上面纱，让她们把自己从头到脚用黑布包裹得严严实实。如果可以的话，他们会逼迫我们全都立刻蒙上面纱。”

“对大学里有关伊斯兰头巾的骚乱，你怎么看？”

“那些行动都是受一些核心指挥机构操纵的。他们戴着的不是头巾，而是政治符号。在伊朗最初就是这么开始的——他们计划先在大学里培养成千上万戴头巾的女生，然后是政府部门，再往后他们想重新使用阿拉伯字母，或者要求星期五为官方假日。最后，他们要建立一个塔利班式的国家政权。”

“但是你不认为学生有权利按自己的意愿穿戴吗？”

“如果她们的目的是支持一种政治政策的话就不可以。我们的祖母也都包头巾，但是这些女人包头巾的意义不同。对她们来说，头巾不是普通头巾，而是一种政治符号，一种标志。”

“你的意思是……？”

那女人费力地解释着。接着，她突然指着玛丽。“看看她，”她说，“这女孩包着头巾，但和她们不一样。这是传统的安纳托利亚女人包头巾的方式，和那些怪人不一样。”

玛丽感到很窘迫。包厢里每个人都在打量她那块脏兮兮的头巾，甚至非穆斯林的外国人都在看她。

“你从哪儿来？”莱拉问。

“凡湖边。哦，是从苏鲁卡来的。”玛丽结结巴巴地说。

彼得又问了些问题，莱拉一一翻译过来。

“你是库尔德人还是土耳其人？”

玛丽看了西玛尔一眼，看他是不是反对自己说话。他好像不在乎，于是她小声说：“赞美真主，我是穆斯林。”

“他没问这个。”莱拉说，“他问你是土耳其人还是库尔德人。”

“我们那个地方土耳其人和库尔德人是混居的，”西玛尔插了一句，“互相之间一直通婚。不过我们家库尔德血统少，土耳其血统多。”

从西玛尔的外表上，莱拉判断他是个军人，就告诉了彼得这一点。

记者就对这个年轻人产生了兴趣，又问了几个问题后，他们得知西玛尔是个在山区打过仗的突击队员。彼得想知道他服役期间遇到过什么情况。库尔德人的村庄真的被夷为平地了吗？村里的卫兵是不是恐吓当地居民？西玛尔的朋友有没有战死的？他自己杀死过多少游击队员？他对自己参与的行动有什么想法？他有没有越过边界进入伊拉克北部？他受过伤没有？

西玛尔很快就感觉不自在了。他害怕自己说得太多会泄露军事秘密，这是对那些为国家利益而死的战友的一种背叛。战友之间的关系是受一种不成文的规定所约束的，这种谈话应该尽可能避免。

向他提问的陌生人从来没有去过山区。他没有经历过子弹在头上呼啸的场面，他没有过生怕踩上地雷的那种寒彻骨髓的恐惧，他没有穿着湿衣服一连几天几夜在外面度过。西玛尔无法跟他解释这些，所以他闪烁其词：“我知道的不多。我在后勤部队，不参加战斗。”

彼得终于意识到西玛尔不会给他任何信息。

“告诉记者在这个国家库尔德人是受到平等的对待的。”那个医生突然说，“他不应该继续搅动局面。谁是土耳其共和国的公民，谁就是土耳其人。这和美国类似。美国有很多不同族群：黑人、白人、西班牙人……难道他们不是美国人？所以我们不都是土耳其人吗？我们不能容忍任何人分裂我们的国家。”

彼得·凯普礼貌地听着。“但是在美国，”他说，“人们想说哪种语言就说哪种语言，想穿什么衣服就穿什么衣服。库尔德语教育和库尔德语电视台在这里是被禁止的，不是吗？而且上学戴穆斯林头巾是违法的。我要问的就是这个。”

一个多月以来，彼得在这个冲突四起的非凡国家到处游历。他还从来没有到过一个充斥着如此多的不同生活习惯的国度。就是在这个小小的火车包厢里，要说大家都是一个国家的人都很困难，而这只是让他感到惊奇的许多事情之一呢。在东南部，库尔德工人党游击队和土耳其军队打了十五年，成千上万人死于战火，但是并没有影响土耳其人和库尔德人生活在一起并互相通婚。这是怎样一种矛盾的状况啊！

尽管目前阿拉维派和逊尼派之间没有争端，但他们还是不允许互相通婚，如果发生这种事，就会引发流血事件。另一方面，在深山里，土耳其人和库尔德人互相杀伐。客观地看，千百万人迁移到城市之后，很多大城市里库尔德人口占了不少的比例，然而在城市界内并没有土库之争的迹象。

土耳其是个穆斯林国家，但是土耳其人似乎很讨厌阿拉伯人和伊朗人。很明显，土耳其人认为自己是西方人，是欧洲人。他们崇拜西方模仿西方，然而，他们对西方的不信任又是根深蒂固的。

彼得对在大众文化中所出现的大量裸体展示感到惊奇。一方面，警察禁止女学生戴伊斯兰头巾进入大学校园，另一方面，媒体上充斥着色情信息，即便是在斋月期间也不例外。对此他很难理解。

在一个分裂的国家里，彼得常常看到那种偏执狂的症状，它把人变成暴躁的民族主义者。和对面坐着的这位医生一样，只要土耳其人听到“亚美尼亚”“库尔德”“头巾”等字眼，就会感到不安，而一说起土耳其共和国的缔造者——黄头发蓝眼睛的阿塔图尔克——他就会口若悬河、滔滔不绝。他的肖像和雕像在全国无处不在，没有哪个广场或政府办公室不悬挂他的画像。

彼得初到土耳其的时候，去了一个非常寒冷的东北部城市，在那儿的法院前面看到了一个很怪的场景。当时冷得厉害——华氏零下80度[①]，似乎地狱里也可能会上冻——但是一些男人穿着五颜六色的奥斯曼民族服装，拿着乐器冒着严寒等候在法院外面。莱拉告诉他说这支乐队代表一个象征性的苏丹[②]近卫军或奥斯曼军乐队。“现在，每个城市都有这样一支乐队。”她加了一句。

“他们为什么冒着严寒站在外面呢？”

“有一位该市人士被任命为政府部长，他们在等候他呢。”

“他什么时候到？”

“谁也不知道。”

彼得·凯普待在自己的车里感觉很暖和，他决定把部长抵达的情景拍下来。他等了很久，看到乐师们感觉越来越冷。他们的胡子冻硬了，手都冻紫了，可他们都没有离开。

莱拉告诉他，这个城市以寒冷的天气著称。十七世纪著名的奥斯

---

①约摄氏零下62度。

②“苏丹”在伊斯兰教历史上是类似于总督的官职，经过演变后成为对特殊统治者的称号，等同国君之意。

曼旅游家埃维利亚·喜来碧在自己的一部书里提到自己走在一条窄路上，看到一只猫从一个屋顶跳到另一个屋顶，结果因为天气太冷，可怜的猫跳到一半的时候就被冻僵了。

“我能理解猫为什么冻僵了，但是为什么它没有掉下来呢？”彼得问。

莱拉告诉他埃维利亚·喜来碧的故事都是这样，很夸张。

现在这能把猫冻僵的寒冷天气，把那个军乐队变成了一尊尊冰雕。他们就这样等了一个多小时。终于，车队在远处出现了，是一支黑色奔驰组成的车队，由警车开道护送，一辆一辆鱼贯而来。部长是个矮胖子，看上去和当地农民一样，刚下车就被一群随行人员前呼后拥。他没有注意那支军乐队，直接进了大楼。那些不幸的乐师们想演奏一支进行曲，但是手指全冻僵了，只弄出几声很弱的音响，不成旋律，鼓手敲打时鼓身破裂了。部长和簇拥在周围的人都没有听见任何音乐声，但是乐队尽到了自己的责任，以得体的方式欢迎了部长。

彼得感觉仿佛回到了古代。他问莱拉部长是谁，她告诉他部长原来是个商人，一个食品批发商，后来他加入了一个比较保守的党派。那个党派在选举中获胜后，他先是当了副部长，后来成了正部长。

“他运气真好。”彼得·凯普笑道。

“这些当官的大部分跟他一样。”莱拉添了一句，语气略带愤慨，“许多乡下商人或者是那些找不到好工作的人，或是寻求政治庇护以免遭迫害的人，才会去入党，然后就会让人在华氏零下80度的冷天站在室外等候。”

这位部长从国家预算中获得了资金，在他家乡投资。他这次是来参加本市一个体育中心和一个公园的奠基礼，体育中心是以他的名字命名的，公园是以他已故父亲的名字命名的。一个并不太受爱戴的食品批发商可以受到古代苏丹似的欢迎，原因就在于此。

彼得·凯普在这个国家看到许多怪事。他看到了一些受压抑的黑暗的安纳托利亚的城市，到处是咖啡馆，里面聚满了两颊凹陷、满脸胡子、烟不离口的男人。街道狭窄，贫穷程度惊人，大批饥民在树上上吊，年轻人从博斯普鲁斯海峡大桥上跳下自杀，抢包的盗贼几乎能把被抢女人的胳膊扯断。彼得看到出租车和四驱切诺基、林肯车并驾齐驱，微型面包车和豪华轿车比肩行驶。五星酒店林立在博斯普鲁斯海峡沿岸，一片歌舞升平，派对此起彼伏，其奢侈程度胜过了《一千零一夜》中的描述。有烟火表演，有穿阿富汗服装的人在街上行走，有裸体模特，有重金属音乐迷聚集在贝犹古鲁酒吧，有撒旦崇拜者、摇滚歌星、头发染成红色或绿色戴着体环的年轻人。这是个很难定义的国家，也几乎不可理解。

彼得陷入了沉思，莱拉趁机站起来，没等大家反应过来就把西玛尔和玛丽还有对面那一家人拍了下来。

西玛尔感到窒息。他站起来，走出了包厢，一到了过道，就迫不及待地点了根烟抽。窗外树木飞一样掠过，他看得一阵眼晕。那个外国人的问题让他恼火，一直笼罩着他的宁静被他们打破了。另外，他害怕莱拉拍下了他和玛丽——他打算杀死的女孩。那男人是个记者，要是照片发表在美国报纸上，随后又出现在土耳其报纸上，那可怎么办？他想过要不要夺过莱拉的照相机摔碎，但是这么做肯定意味着要面对警察。

过了一会儿，西玛尔意识到，他的紧张多半是因杂志封面上的裸体女人而起的。他的肉体至今还没有受过女人的爱抚，很容易感到冲动。他父亲灌输给他的那种恐惧阻止了他和女人在一起，他甚至也没有自慰过，因为这是被真主所禁止的。他的有些朋友用那种方式满足自己，直至感到头晕目眩。但是西玛尔从来没有忘记父亲的话："手淫是一种重罪。"

西玛尔甚至也没有抚摸过埃敏，虽然他受到了强烈的欲望的诱惑，想要冲破一切障碍去抚摸她的身体。他认为在退役之后他就会实现自己的愿望，但是半路又杀出这么个造孽的女孩，挡在了他们两人之间。

在军队，同伴们给他看的杂志也总叫他难受。显然叫作女人的动物是由魔鬼创造的，生来就是为引诱男人犯罪的。

"我该怎么办？"西玛尔绝望地想，"我怎么才能杀死这女孩？"

他必须完成自己的使命，所以努力同她保持着距离，并且从自己的记忆中擦掉从前对她的所有记忆。对他来说，玛丽必须像是个陌生人。

她堕落、下流、肮脏。她有罪。

第十九章　新的男女众神

教授希望约瑟夫·坎贝尔[①]还活着坐在他对面。那个聪明人认为人类需要新的神话，他一定愿意和自己共饮一杯红酒，一块儿严肃地讨论神话这一话题，而不在乎海浪溅起的飞沫打湿他银白色的头发。

也许伊凡此刻就正在追寻一个神话。他出海航行是为了从远距离之外——也许和在月球上一样——思考世界，观察国家之间差异的消失。但是伊凡不在月亮上，而是在海上。也许他能够创造出与古老的神话相似的新的神话。

在温暖而慵懒的海面上，他回想起了在波士顿的时光。那是个白色的城市，寒冷、干净，管理得井井有条，充满了智慧，洋溢着欧洲的贵族气息。他在哈佛的第一年，记住了剑桥公园里的每一块铺路石，每一个角落，每一座纪念碑，每一座房屋。他从大学的书店里买了杯子、T 恤衫、汗衫，还有印着哈佛标志图的帽子。作为出身于一个在伊兹密尔靠救济生活的家庭的孩子，能够拿奖学金在哈佛留学，这着实让

①约瑟夫·坎贝尔（1904—1987），美国神话作者，作品包括《千面英雄》《上帝的面纱》等。

他感到自豪。一次他受邀到教师俱乐部见一位教授，那建筑像是颗宝石，镶嵌在一个精心管护的花园里。大厅在楼的一层，空间很大，有一个巨大的壁炉，摆设着各种红木家具以及有印花布罩的扶手椅。厅里洋溢着一种宁静的氛围。教授们在读报，非常安宁，令人肃然起敬，偶尔有炉火的噼啪声、报纸的翻动声打破宁静。

教室里有一排排固定在地板上的座位，每当伊凡坐下来的时候，他就会感到这种愉悦将对他一生产生重大影响。多年以后，他作为访客旧地重游，去当年上过课的那些教室看了看。他注意到每排座位之间的空间很小，心想也许是过了这么多年自己发福了，禁不住笑了笑。在还是大学生的时候，他瘦得像根竹竿。

上大学那会儿，伊凡把自己的生活看成一条直线。他想一直待在波士顿，拿到硕士学位，再拿博士学位，然后就一辈子在哈佛当教授，往来于宏伟的图书馆与教师俱乐部之间。

伊凡一直怀着这样的梦想，后来遇到了阿赛尔。她不但魅力十足而且十分富有，把伊凡迷住了。伊凡自己倒是捉襟见肘，无论是和父母住在一起的时候还是在上大学期间都是这样。阿赛尔坐着专职司机开的林肯轿车去购物，穿着欧洲最时尚的设计师设计的时装，在波士顿最豪华的饭店吃饭，出手阔绰地用小费换取侍者至尊的服务。

刚开始，穿着考究的土耳其人在美国受到的尊敬让伊凡大为吃惊，不过等他跟阿赛尔结了婚以后，他才发现原因。某些公司和个人愿意引导富人进入美国上流社会。通过代理人，申请人向一个慈善机构捐助一大笔资金后，会被邀请参加上流人士出席的慈善活动。伊凡后来了解到，阿赛尔向伊凡娜·特朗普基金会捐了两万美元，此举保证了她在最好的那些饭店里总能随时订到一张桌子。在这些饭店里，土耳其富人常常会不期而遇。

尽管土耳其这个国家得到的尊敬几乎为零，但是土耳其富人在国外却受到极大的尊敬。一次在伦敦，伊凡和阿赛尔受邀去皮卡迪利大街一家私人俱乐部。只有会员或受邀请人士才允许进入，而且必须在前台登记护照号，还要求男士穿正装，女士穿礼服裙装。一个女服务员引导他们走上铺着红地毯的大理石楼梯，上面的水晶枝形吊灯璀璨夺目。楼梯侧面墙上有一个挨一个的壁龛，里面展示着稀世艺术珍品，墙上还悬挂着一幅幅华美的油画。宽敞的餐厅富丽堂皇，却也够俗的，每个角落都有镀金叶片闪烁。名厨料理的菜肴兼有泰国风味、意大利风味以及黎巴嫩风味。侍者不停地给他们端上各种食物让他们品尝，好像他们是贵宾似的。俱乐部里满是穿阿玛尼西装打范思哲领带的阿拉伯和土耳其富人。珠光宝气的女士们穿香奈儿晚礼服,戴着天价珠宝。伊凡猜测这家俱乐部的会员费比英国首相的年薪还高，一次晚餐的费用也许比斯隆广场一家书店的收银员三个月的薪水还要多。

这种耀眼的奢华迷住了伊凡，他沉湎于伊斯坦布尔富人的虚幻生活方式当中,把自己做哈佛教授的梦想置之脑后。在最初的那些日子里，他对那种炫耀夸张的生活还感到有些不好意思。比方说，约翰·劳勃牌的鞋子是必不可少的，该公司的职员每年专程从伦敦来一次，给客户量尺寸，以便制作让客户满意的优雅漂亮的鞋子。

伊凡是在大学里的最后一年遇到阿赛尔的，在那之后他努力取得了学位。后来，他来到伊斯坦布尔大学追求自己的学术生涯。

一个人的生活方式决定一切，甚至包括人的思维。伊凡没有成为一个满足于简单生活并且有创见的思想家，相反，他变成了一个来自欠发达国家的纨绔子弟。他没有创造出任何有价值的东西，因为他认为自己缺乏有价值的思想和感情。

教授感到自己需要一种新的神话才能继续生活。自从出海以来，他已经理解了自己在伊斯坦布尔感受到的恐惧和危机。让他产生改变自己生活的那种欲望的原因，并非直接来自对于死亡的恐惧，而是来自对没有创造任何有意义的东西、没有留下能表明自己存在过的哪怕最微小的痕迹便死亡的恐惧。

伊凡自从出海以后还没有想过阿赛尔。他很爱她，不想伤害她，但是，他一定给她带来了巨大的悲伤。

离开了她，他内心里感到更愉快了些。过去常常为一些鸡毛蒜皮的事伤脑筋，天天如此，极其心烦。比如，他看电视的时候，阿赛尔非要蜷缩在他身边睡觉，好像偌大的起居室里就没有别的地方了。当阿赛尔干枯的、散发着合成染料气味的黄头发碰在他脸颊上，他就会大为光火但他不能说“别让你的头发蹭着我的脸，扎得我难受”，他只能默默地忍受这种不适感。阿赛尔一连几个钟头蜷缩在他身边，他的腿会被压得麻木，脖子也会发僵，可还不能推开她。后来他发明了一种办法——去卫生间或者厨房取什么东西，但是就算他有借口，她还是会问他要去哪儿。如果他回答说要拿一瓶啤酒，她就会立刻说：“亲爱的，叫佣人去拿好了，省得你自己去。”

伊凡无法总是轻易对佣人吆三喝四。他不好意思把她们叫来叫去，就为给自己取一瓶啤酒，而自己却翘着脚坐在那儿不动。阿赛尔动不动就使唤或者责骂佣人，而她们对她比对教授尊敬得多。

不管伊凡是在讲笑话还是讲故事，阿赛尔总会在别人面前打断伊凡的话，自己接下话茬，这让伊凡非常恼火。不过恼火归恼火，他还是会克制住自己说：“你说吧，宝贝。你讲得更好。”

阿赛尔喜欢纠正一些并不重要的细枝末节。比方说，要是伊凡说：“我们到杂货店去买一磅苹果。”阿赛尔十有八九会立刻纠正他说：“不，买两磅，再买些橘子。”

伊凡没有勇气说“这跟我说的有什么不一样？”他只能用一个微笑掩饰自己的不快。

夜里，他在船舱里或甲板上舒舒服服地睡觉，再不担心阿赛尔的头发剐蹭他的面孔或者用腿钩住他了。

他常常思索自己和阿赛尔的关系，先想自己多么爱她，但一旦思索得略久，他就会意识到自己是多么恨她，就会立刻停止思索。

约瑟夫·坎贝尔的著作《上帝的面纱》与《神话的力量》是伊凡随身携带的不多的几本书里的两本。那天早上他在《神话的力量》里读到了这些文字：“神话规定天下万事。比如神话说人到一定的年龄为成人。这个年龄是个平均年龄——实际上，个人和个人之间的差别很大。有些人成熟得晚，相对稍大的年龄才到达某一个阶段。人要对自己所处的位置有所了解，一个人只能活一次。”

在这本书的另一部分，坎贝尔写道：“我们深陷于追求外在价值的活动之中，以至于忘记了内在价值。与活着相关联的那种欣悦才是真正的价值所在。”

这些话引发了教授的沉思，他觉得自己近来成熟了，长大成人了。他一直感到自己过去在伊斯坦布尔的生活缺少内在价值，但是直到离开那个城市之后，他才体会到这个道理。他的朋友们只对周末的报纸增刊感兴趣，因为上面会报道足球运动员和模特儿或歌星的风流韵事，还有那些内部秘密。电视的各个频道充满了这种故事。也许这就是坎贝尔所说的缺少神话。

伊凡相信一神教不如众神构成的宗教那么令人激动，后者已经流传了数千年。后来，地中海居民突然被推向一种枯燥而没有色彩的对唯一真实的神的信仰系统。不再有众神安慰人、吸引人、取悦人。居住在奥林匹斯山上的古代男女众神会陷入情网，感到忌妒，劫持处女，制造战争与和平，强奸并受处罚，进行各种冒险，他们一个比一个怪，而这是非常像人类的。地中海人会反复讲述这些故事，但是那些新的一神教极其枯燥，甚至说不清楚唯一的神究竟是男性还是女性。上帝无形，不做任何冒险的事。人类必须创造新的男女众神，以保留过去的习性。新的众神成员是男女演员、足球明星、模特儿、政客、斗牛士、职业网球运动员。无数报纸杂志和大量的电视节目时间都贡献给了这些神祇，描述他们的生活起居和风流韵事，唯一不同的就是奥林匹斯山如今降低为奥林波斯迪斯科舞厅了。

新的男女众神都来自伊斯坦布尔贫困区，但他们的行为却受到伊斯坦布尔精英的追捧。像章鱼的触须一样不断向市区周围蔓延的城郊聚集着众多穷困的家庭，这些家庭生养了不少身材苗条、两腿修长的女儿，父母便把她们“卖给”了电视频道。一开始，这些女孩很胆怯，不修边幅，身体也偏瘦。但随着时间推移，她们逐渐习惯了这份新职业，在美发师的剪刀和整容医生的手术刀的共同作用下，她们旧貌换新颜，硅胶植入术使她们的嘴唇和乳房更为丰满。一次，一个专栏作家说这些女孩“两腿修长、嘴唇浑厚”，伊凡哑然失笑。女孩们的裙子吊带常从肩头滑落，露出乳头，她们会用一种受了惊吓的夸张口气问周围的记者：“走光了吗？”然后这些女神就会哄然大笑，露出一口略显过大、向外微突的崭新的烤瓷牙。

至于那些新的男性众神，一概是矮粗黝黑，胸脯上长毛，胡子茂密，说话带有东部口音。

在那些状况悲惨的棚屋里，数以百万计的穷人在电视上看着这些男女众神的经历。他们挤坐在烧煤的火炉周围，每当西风太猛，烟筒倒烟的时候，就会有人因煤气中毒而死。他们指望能从虚拟现实中得到些慰藉。一响起民间舞曲的音乐，他们就会拍手跳跃，好像他们是世上最幸福的人。这现象教授是能理解的，他无法理解的是为什么自称社会精英的群体居然也和他们趣味一致。土耳其的各个社会阶层之间有着深深的隔阂，但是工厂老板和他的工人，高官和他的司机，一家控股公司的创始人和一个乞丐，全都在电视机前联系起来了。所有的人都追随同一批男女众神，看他们的照片，看他们的表演。这个国家有财富，但在文化和品味方面没有什么精英。

伊凡回想起了他自己写的那些专栏文章，他的疾呼招致了许多人的敌视。他在文章中说土耳其的资产阶级不是真正的资产阶级，因为他们没有贵族榜样可以追随，无从学习文化和高雅。十九世纪欧洲小说常常提到那些不文雅的新贵，他们忌妒贵族，仿效贵族，也在房屋里摆放了钢琴、绘画，组织读书会，邀请著名作家诗人到他们家里做客，聘请家庭教师教他们的子女学拉丁文、文学、音乐。

在土耳其赚了大钱的农民没有变成资产阶级，而是采取了无产阶级的生活方式。有句俄罗斯谚语说："俄罗斯人擦一擦，原来是个鞑靼！"把土耳其富人擦洗一下，农民底子就暴露无遗了。

伊凡知道奥斯曼帝国六百年的统治期间，始终小心翼翼地防止出现贵族阶层，因为只有一个家族统治整个国家。这个家族的名字叫奥斯曼，自然也就成了国家的名称。为了保持家族王朝的霸权，历代苏丹一律不娶土耳其女人为妻，而是从有匈牙利、俄罗斯或意大利血统的女人中选择新娘。如果其他家族露出些许培植势力的端倪，苏丹就会灭掉这个家族。处死家族首领还不够，必须斩草除根，全家老小一个不留，还要查抄全部家产，这种行为甚至得到了宗教领袖的认可。结果，土耳其共和国没有从奥斯曼帝国得到贵族社会阶层的遗产，而一个自称“伊斯坦布尔精英”的奇怪群体却渐渐显形，这是一个有钱而没文化的群体。

这种“精英”家的子弟都去美国学商业管理，到了夏天就一股脑儿地回到伊斯坦布尔，在酒吧里和结婚庆典上狂欢劲舞，足可与埃及肚皮舞娘媲美。年轻男子跳舞有点女性化，面对面弓着腰，臀碰臀，不顾满身大汗互相拥抱甚至接吻。

教授厌恶伊斯坦布尔。

第二十章　魔幻城市

玛丽和西玛尔在伊斯坦布尔的海达帕萨车站下了车，和几个世纪以来到这儿来的人感觉一样。麦加拉[1] 人、海盗、十字军以及许许多多各色人等来了这儿都有一种共同的感觉，那就是惊奇和赞美。他们都感到这个城市与过去和现在的任何城市都不一样。

在这段旅程的最后一个钟头，火车沿着马尔马拉海走了一段，然后穿过伊斯坦布尔亚洲一侧的郊区。火车快速驶过时，玛丽看到市郊车站月台上站着的大片人群，惊奇得瞪大了眼睛。很快，火车上的每一个人都急匆匆地把自己的行李物品收拾在一起，慌慌张张地穿上外套，排队聚在车门口，很不耐烦地等候下车。

海达帕萨车站满是不断进站出站的火车，到处是熙熙攘攘的人群。玛丽这辈子还没见过这么拥挤的地方。扩音器里不停地传来站台的钟声和通知。玛丽和西玛尔简直不会思考了。嘈杂的人群从他们身边来来往往，根本不在乎碰了谁的肩膀，踩了谁的脚。西玛尔把上衣的纽

①古代希腊城市。

扣一直扣到领子上。他从小就听说伊斯坦布尔小偷遍地，生怕装在上衣内兜不多的几个里拉被偷走。他小心翼翼，眼睛左右转动，高度戒备——人群里任何人都有可能是贼。

玛丽盯着周围的人。有些在拥抱刚到的人，有些在挥手道别。她惊讶地看见年轻人互相亲吻嘴唇，而不管拥吻了多久，周围的人似乎根本不去注意，也不停下来看一眼。

西玛尔和玛丽感到无所适从。他们从人群中挤过去，来到车站前的浮船码头，船在起了浪的海面上晃悠着。白色的渡船边上挂着巨大的旧卡车轮胎，缓缓撞向码头，码头吱吱呀呀晃悠起来，轮船汽笛震天作响，震得他们耳朵都快聋了。船上漆黑的烟囱跟漆成白色的船体形成鲜明的对比。

西玛尔知道亚库普家的方向，要去那里，他们需要乘坐这种渡船到市区欧洲那一侧，然后再换乘两次公交车。路线说明写在一块皱巴巴的纸片上，西玛尔拿出来让一个戴毡帽的白胡子老年人看了一下，老人向一条渡船指了指。西玛尔对伊斯坦布尔人有一种本能的怀疑，就又问了另外两个人，见他们说的和第一个人一样，这才放了心，确定就是那条渡船。

西玛尔和玛丽排队买了渡船卡，刷卡过了闸门，一阵紧走，刚好赶上那条渡船，这时拴船索解开了，船就要离开码头，螺旋桨把蓝色的海水搅成一片白浪沫。船上喧哗声四起，拥挤不堪，要站稳都很难。有几个面色憔悴的男人，身上穿着过时的衣服，在人群中穿行，拼命叫卖着梳子、彩色铅笔、音乐磁带、剃须刀以及其他杂货。有一个上了年纪的小贩——看上去仿佛在船上过了一辈子——正在向人们解释他手里拿着的工具如何治好了他的背痛。“瞧我，还活得好好的，背也不疼了！”他吹嘘着，不在乎有的乘客听得笑出了声。

从发动机上冒出来的燃烧过的汽油味混杂着滚滚海浪中的醉人香气。暮色四合，博斯普鲁斯海峡美丽的夜色让玛丽看呆了。城市的璀璨灯光，亮如白昼的宫殿，宏伟的清真寺在蓝色海水里投下倒影，恍如童话里的情景。她盯着连接欧亚大陆的一座座大桥看。地平线附近苏莱曼大清真寺和蓝色清真寺那美轮美奂的圆顶映衬在地平线的晚霞中；索菲亚教堂、托普卡帕皇宫以及远处的多玛巴切皇宫和拉冈皇宫，还有海峡两岸的许多别的宏伟建筑，一一勾勒出华美壮观的轮廓。“哦真主，亲爱的真主！”她充满敬畏，自言自语。眼前这美景，这辉煌的建筑，仿佛刺绣在红色天鹅绒上的图画一样，在黑色夜空的映衬下，那么真实生动，令她激动得热泪盈眶。

从他们旁边驶过的那些游艇上面，满是衣着漂亮的男人女人，他们悠闲地坐着喝饮料。从黑海驶来的俄罗斯巨型货船后面尾随着黑压压的一片海鸥，一边飞一边尖叫。从陆上吹来一阵疾风，带着茴香味和鱼腥味，让玛丽一时喘不过气来。

渡船停靠在了海峡对岸的码头，玛丽看见沿岸边停满了小船，船上的渔民在煎鱼。“鱼肉三明治，好吃的鱼肉三明治！”他们在高声叫卖。

“我的真主，这是个怎样的世界啊，有这么多的奇迹。”她禁不住又自言自语起来。在她去过塞可巴巴的陵墓，受了这么长时间的惩罚过后，难道真主终于饶恕了她？她所有的罪过都免除了？现在真主又爱她了？

这些景象多么有趣啊，海水、人、轮船、海鸥、清真寺、华丽的夜景和嘈杂的声音让人应接不暇。沿海岸像河一样流动的汽车亮着红灯黄灯，宛如闪亮的彗星，让她眼花缭乱。

渡船停靠在欧洲一侧的码头，乘客蜂拥而出，像一群蚂蚁，和摆渡站等着上船的人混杂在一起。他们走得快，说话快，跳下船直奔各自的目的地。他们没有一个人对别人有丝毫的兴趣。他们像一大群羊似的，前后紧跟着下了船。西玛尔抓着玛丽的手腕，生怕她在人群里走丢了，或许是因为抓住她能给自己一点儿支持，不好说究竟是为了什么。

西玛尔拦住几个人问了去他们的目的地该坐什么车，然后就拉着玛丽在亮起红灯时快步穿过马路，从无数辆停在红绿灯前的汽车前面经过，接着把她推上了一辆拥挤的红色公共汽车。他们紧紧抓着行李包，慢慢地往后挪，过程中没放过每一个脏兮兮的直立铁扶手。路上车水马龙，司机不断踩刹车，刹车后又猛地往前冲，弄得西玛尔和玛丽前仰后合，他们拼命保持平衡，避免撞上别人。玛丽奇怪车上这些人怎么会是伊斯坦布尔的人，他们跟她在火车站和渡船上看到的大部分人都不一样。男人都像是农民，年老的女人都包着头。她欣慰地看到还有几个年轻女人穿戴得比较随意。

西玛尔尽量克制那种漫无目的的感觉，这种感觉让他和玛丽都感到恐惧，他于是把念头转到了他哥哥身上。他哥哥亚库普让他又是忌妒又是害怕，他就是住在这么美丽的一座城市里。亚库普自从带着全家搬到伊斯坦布尔以后，就再也没有回过村子里一次。说不定他连故乡叫什么名字也忘了。他住在伊斯坦布尔，活像个苏丹，而那些留在村子里的人仿佛是他的奴隶似的，一点都不值得他去注意。西玛尔在军队出生入死地战斗，在山上一连几天忍受野外的风雪严寒、冻雨浇身，被折磨得尿血，而他哥哥却在这儿逍遥自在，作威作福。他写给父亲的那些信和让休假的士兵捎来的消息带着一股自以为是的口气，满是对家乡的轻视，好像他住在一个新环境中就有多了不起似的。他这种态度让村里人很好奇，搞得他们既妒忌又羡慕。

玛丽又累又激动，快要支持不住了。她和西玛尔乘坐的渡船从亚洲来到了欧洲。她不时回忆起自己原来那么可笑，还以为伊斯坦布尔就在村子背后呢。的确，谁也没有教过她什么。她生来不幸，遭人厌弃。她头脑里有的就是老女人们讲的那些故事和迷信。但是，在离开村子后这短短的时间里，她就学到了这么多新东西。

大街上车辆川流不息，公共汽车在车流中行驶，在路口改道，停了很多次，后来上了一条离开市中心的大路。车上就剩了不多的几个乘客，玛丽和西玛尔这才有机会坐下来。玛丽精疲力竭，巴士晃来晃去弄得她脑袋一点儿一点儿耷拉下来，不久就睡着了。

她醒来时，只见汽车停在了一个车站。这里的伊斯坦布尔仿佛是另一个城市。终点站周围散布着一片灰暗的房子，一派凄凉景象。在这儿他们需要再换乘另一路汽车，上车后，西玛尔向司机问清了方向。

这次上的车把他们带到离这座辉煌城市更远的地方了，穿过黑暗的土地，两边满是破旧的房屋。每次停在一个车站，就离那座魔幻城市更远了些，玛丽的希望和梦想就消失掉一些。她感觉自己又回到了安纳托利亚东部。好像走了漫长的两天而毫无变化，又回到了原地。汽车停在一个荒凉的地方，四周一片漆黑。司机扭头对西玛尔说："你去你说的那个地方应该在拉曼里下，就是这个车站。"

他们下了车，一眨眼车就消失了，只在路上留下一股废气，把他们孤零零地抛在了漆黑的夜幕之中。空气中能闻得出庄稼的气味，粪味，烧柴火味。一开始那种辨不清方向的感觉很快消失了，西玛尔身上那个突击队战士又活跃了起来。"我们走那边，"他说，"走吧。"

他们沿着一条泥路穿过那块地。玛丽的塑料鞋陷进了黏糊糊的泥土里，这让她想起了走在村里市场那泥地上的感觉。她仿佛听到了村里人的声音。"哈哈，闺女，恭喜你了，你要去伊斯坦布尔了，"他们说，"祝你好运。伊斯坦布尔是个大城市，跟这地方可不一样。"

玛丽心想，村里人应该来伊斯坦布尔亲眼看看它这模样，特别是亚库普住的这个地方。比起亚库普住的地方，她自己家简直就是宫殿了。她不知道他们会走到哪里去。

走了一段时间后，西玛尔注意到不远处站着两个男人，那种熟悉的危险感觉笼罩了他。“嘿！”他喊了一声表示警告，因为他担心万一对方是士兵，没准会朝他俩开枪。他听见了熟悉的举枪声音。

“站住！”对方朝他们喊话，“是谁在那儿？”

“我也是军人！”西玛尔也朝他们喊道。

“别动！”

那两个人亮起了手电照着西玛尔和玛丽，走上前来。

西玛尔不敢相信眼前的情形。他觉得自己好像是在伽巴尔山上遇上了哨兵，他们要来问口令，如果答错了就会开枪。

等那两个人走近，西玛尔看出他们是宪兵。这意味着西玛尔和玛丽已经出了警察的管辖范围，换句话说，已经出了伊斯坦布尔。

宪兵没有垂下枪和手电筒，他们要查西玛尔和玛丽的身份证。西玛尔用家乡方言说了几句玩笑话，为的是缓和一下气氛，但是对方并没有笑。当西玛尔把自己的复员证和身份证递给他们后，场面显得很怪异。“这么说你是个突击队员。”他们带着对一个老战士的敬意说道。一名前突击队员深更半夜带个小女孩来这荒郊野岭做什么？

西玛尔告诉他们，他和玛丽是来拉曼里找他哥哥的。

“好。”宪兵说，“拉曼里在山顶上，不过你们来得不是时候。”

那天上午，宪兵在拉曼里进行搜查，发现了真主党的“墓室”，现在那一带都宵禁了。

西玛尔不理解宪兵说的“墓室”是什么意思，但他没有再问。这地方被军队包围了，而且夜里很危险，两个宪兵决定护送西玛尔和玛丽去亚库普家。宪兵咔叽军装的味道和摩擦声让西玛尔感觉不自在，觉得自己又像是第一天复员似的全身赤裸、毫无用处。曾经的战友、战斗、食堂的饭、枪架、埋伏、在掩体下吸烟甚至顺着脖子流到军装里的雨水，所有这些都一股脑儿涌到了他脑海里。他感到自己很怀念过去的生活，甚至感到了一丝忌妒。

玛丽跟在宪兵后面，深一脚浅一脚地走在泥泞的路上，心里十分惊讶。这城市究竟是个什么地方呀？万一他们迷了路可怎么办？

他们经过一个哨卡，爬上山，来到一个大村庄模样的地方，里面到处是宪兵哨岗。玛丽心想，这个村子也太荒凉了。所有的房屋都是平房，一片衰败模样，有的墙上连泥皮都没有，就钉了一层铁皮，多数房子旁边都有个鸡笼。电视天线从窗户伸出来或架在房顶上。纠缠扭结的电线束牵拉在房屋之间。这整个荒凉的地方全靠街灯照明。肮脏的野狗四处奔跑，村里没有哪块地方像是个广场。他们穿过的一片开阔地上满满的都是泥巴。

“这不是伊斯坦布尔，不会是。”玛丽郁闷地琢磨着。她感到受了欺骗。显然，真主并没有饶恕她，真主不喜欢她，而且，真主还又一次地惩罚了她。真主先给她看了一眼那座神奇的城市伊斯坦布尔，激起了她的美好希望，接着却又让她来了这么个令人伤心失望的黑暗、泥泞、肮脏的地方。

亚库普打开门，看到了西玛尔和玛丽以及他们旁边站着的宪兵，他一时吃惊得说不出话了。他脸色大变，活像挨了当头一棒。他的老婆纳兹克随即露面打岔，转移宪兵的注意，不想让他们怀疑亚库普究竟是不是认识这两个陌生人。

亚库普的房屋很难算是一个家。里面有一个小房间，房间角落堆放着薄薄的褥子，一个金属床架吊在天花板上，中间吊下一根弯曲的电线，下面连着一只灯泡。亚库普的三个孩子坐在地板上，眼睛不离电视，这个家和别的家唯一相同的地方就是这个电视了。孩子们全神贯注地看电视，没有站起来迎接西玛尔叔叔。播音员的声音大得震耳。玛丽心想，家里的马厩都好过这里，起码比这儿干净得多。

亚库普感到很尴尬，心里想着别的事，嘴上随意问候了一声弟弟和家人的健康。

玛丽跟着纳兹克来到房间后面，这边就算厨房了。纳兹克在做汤，玛丽立刻动手帮忙切面包。色彩鲜艳的塑料桶塑料盆排放在泥土地面上。塑料罐排列在一面墙根下，说明房子里没有自来水。

"哟，你长这么大了……你该结婚了。"纳兹克惊喜地说，"你干吗到这儿来呢？"

"纳兹克，这儿是伊斯坦布尔吗？"玛丽没回答，却问了一句。

"去他的伊斯坦布尔。"纳兹克气愤地说。

"可是这里不是伊斯坦布尔吗？"玛丽又问。

"我们是在郊区。伊斯坦布尔太大了，说不清从哪儿开始到哪儿为止。这儿是贫民区。富人住在市中心，可是我们哪有钱住在那儿？我们就连在这儿都很难立足。"

纳兹克开始询问村里亲友的情况以及近期有什么消息。她想家，但是她丈夫把他们在伊斯坦布尔的生活吹得天花乱坠，不愿意夹着尾巴回村里。

房子随着电视机的声音震颤。西玛尔当年在村里见过侄儿伊斯麦和侄女泽利哈，第三个孩子是在伊斯坦布尔出生的。孩子们回答叔叔的问题时，眼睛不离电视。他们说是的，他们上学了，但步行到学校要半个多小时，不管雨天、晴天、下雪天他们都去。不管这地方叫村庄、村镇还是城市的一部分，反正在拉曼里连一所学校都没有。

亚库普给弟弟讲他在这个地区的生活，顺便提到宪兵有一天袭击了附近的一座房屋。

“瞧！”伊斯麦冷不丁叫了一声，“咱们这一带上电视了！”

随着摄影师镜头的转动，拉曼里的泥淖脏乱闪过了电视屏幕：群狗追咬人的脚跟，人们扭着脸和身体拼命凑近镜头。伊斯麦和泽利哈激动地看着屏幕上的人，希望能看到他们自己。

电视播音员几次提到在拉曼里的行动中找到了一所属于真主党的房子，他们租来房子，把受害人的尸体埋在地下室。那天上午，市政府要员来到拉曼里，铲除一座违章建筑物。实际上，这一带所有的房屋都是违章建筑物。谁想盖房子，只要找当地黑手党达成协议，想在哪儿盖就在哪儿盖。市政府隔三岔五就会决定拆除几所棚屋，而大部分留着不动。西玛尔后来才知道，伊斯坦布尔百分之七十五的房屋，也就是将近一千四百万人口的住房，都是违章建筑。

每当官员来清除一座违章建筑的时候，住户就会抵抗。女人们就会呐喊尖叫，用锅碗瓢盆和棍棒攻击官员。有时候他们为了保护自己的住屋往往不计后果，绝望的父亲会抱起他的一个孩子爬到屋顶上去，在自己和孩子身上浇上汽油，手上拿着打火机，威胁说谁要再靠近，他就点火自焚。官员会劝说他停止抵抗，与此同时，电视摄像机不停拍摄，不会错过悲剧情节的每一秒钟。

那天上午，计划要拆除的房屋住户做出了奇怪的反应。官员通知那个留着大胡子穿肥裤子的男人要把房子拆掉，他冷静地回答说：“好吧，不过里面还有人在睡觉。给我们半个钟头，我们收拾一下东西。”

负责官员听了这种不同凡响的意外回答，感觉十分吃惊，立刻警觉起来，报告了上级。他的报告转给了宪兵，宪兵对拆房过程中出现的这种情况从来都十分警觉。过了一会儿，一名军士带着两个宪兵来到这所房屋，检查住户的身份证件。他敲了门，然后向里面的人喊话说，数三下开门，不然就把门撞开。刚开始里面没反应。突然，里面隔着门向外开枪，打伤了门口的军士。人群吓得四散而逃，两名宪兵找到掩体后开枪还击。从那房屋里传出了奇怪的叫声，还齐声高喊“真主伟大”。在吵闹声中，可以分辨出有女人的声音。

增援部队立马赶到，经过一个钟头的枪战，有几个宪兵受了伤，从那房子里拖出三个男人和一个受伤的女人。后来才发现，那房子里的人是真主党的战斗人员。随后地下室被挖开检查，因为真主党总是把地下室当成受害者的坟场。

在地下室发现了三具尸体，其中一个是个中年妇女。和被真主党杀害的其他受害者一样，他们可能先是被绑架，在壁柜里或者是箱子里锁一段时间，接着被审问拷打，最后在摄像机镜头前被用钢丝勒死。尸体被发现时捆绑得结结实实，这是所谓的“打捆”，他们被摞起来掩埋，这样可以节省地方。

媒体报道说真主党最初是一个伊斯兰 / 库尔德组织，是用来代替库尔德工人党游击队的，最初曾受到国家保护。后来要么是国家失去了对这个组织的控制，要么是不再需要它的帮助了，所以真主党成员常常受到攻击，它的武装人员经常被杀。

突然，泽利哈在电视上看到了自己，她高兴得像个小鸟似的，挥动着小胳膊尖声叫唤。她仅仅出现了几秒钟，可是那就足够让伊斯麦忌妒的了，特别是他在这一带的朋友这时也在屏幕上露脸了，正在兴奋地述说着发生的事呢。

“你要不是个军人，他们绝不会让你过来。”亚库普说，“这个区都戒严了，连我们自己进出都很麻烦。”从他的手势上看，他显然巴不得他们被挡了驾才好呢。

那天晚上，女人和孩子睡在房间的一个角落，兄弟两人睡在另一个角落。那堆叠着的褥子铺开在地面上，被子放在上面。玛丽很快就进入了梦乡。

亚库普和西玛尔睡觉前先抽了会儿烟，说了会儿话。

“刚来伊斯坦布尔的人先住在拉曼里。”亚库普讲述着，“来自安纳托利亚地区不同城市的移民都住在这地方。”

他稍停了一下，突然说：“现在你看到我们在这儿过的是什么腌臜日子了。”

“哥哥，”西玛尔说，“那你还待在这做什么？你在村里比这儿强多了。你有你的房子、你的土地、你的工作……你的孩子也用不着受罪。你为什么要到这儿来？”

“我是来追逐我的梦想的，我想过好日子。‘伊斯坦布尔用黄金铺路’，你知道这说法，但是根本不是那么回事。首先，城里人瞧不起我们这些新来的，想方设法羞辱我们。”

“为什么你不回村里？”

“我不能回去，我没有退路了。我不能让任何人嘲笑我打了退堂鼓。别在意我们现在的生活状况。过几年，事情可能就彻底改变了。起码对孩子们来说会更好些。”

亚库普深深地吸进一口烟，然后开始给西玛尔讲述自己在这个大城市生活的梦想。新移民刚开始没法在城里生活，于是就先在城外找个地方住下来，不管多远，只要靠近一条公共车路线就行。虽说土地归国家所有，但真正掌控土地和售卖土地的是当地的黑手党。亚库普花光了积蓄才买到一块地，靠土耳其东部同一地区来的其他移民帮忙，盖起了这座小房子。为了接通电源，他私自从临近的动力电缆上接了一条线。这条电线连接着天花板上吊着的那个金属床架，一旦电流把金属烧成红色，整个房子里就会暖和得像个土耳其浴室。

他要成为这份产业的合法拥有者，所需要的就是一点耐心。在每次大选前，掌权的政府通常会对拉曼里这类贫民区发布一次特赦，卖给他们正式的产权证。拿到产权证一两年后，业主一般会把它卖给一个建筑承包商，换取新建楼房里的几套公寓。最后，他们可以住进自己的一套漂亮的公寓里，其他几套还可以租出去收取租金。等资金多了以后，他们可以开一家烤肉馆或者比萨店，要不就买辆出租车。一旦解决了住房问题，其他就好说了。

几年前，亚库普的孩子们上学的地方还是个贫民区，现在那里全是新楼房和购物中心，有交通信号灯，汽车川流不息。那里的住户在获得了产权证以后，都变富有了。毫无疑问，同样的事情将来也会在拉曼里发生。新来伊斯坦布尔的人就得去城市外边更远的地方搭棚屋了。要是亚库普能坚持下来，伊斯麦、泽利哈以及他们的小妹妹赛文思就能成为伊斯坦布尔的市民，过上好日子了。这就是他们目前在这儿含辛茹苦，忍受这悲惨生活的煎熬的理由。

亚库普无法把一切解释给村里人听，他们冥顽不灵的脑瓜没法理解这种计划。实际上，他暗自发誓，他永远也不会回到村里那些无知的人中间去了——他们对自己那个小村镇以外的生活一无所知。

西玛尔感到茫然不解。亚库普怎么会把他们的家乡说得这么一钱不值？“哥，”他说，“我知道你不是这个意思，特别是咱爸兴许会听到这话。你要多加小心才是。”

“快别提咱爸了！”亚库普大声说道，同时用严厉的目光瞪了西玛尔一眼。

西玛尔不理解亚库普的意思，但是他感到他的兄长对过去憋着一肚子气。他没再追问哥哥。

轮到亚库普问西玛尔了。西玛尔来这儿做什么？为什么他带着玛丽不顾路途遥远到这里来？

西玛尔简要地告诉他，自己在军队服役期间，玛丽被人玷污了。她必须被除掉，才能保住家族的荣誉，西玛尔就是受了委托执行这个任务的。

“就像其他那几个可怜的女孩一样，是吧？”亚库普说，“我知道，你生活在村里会觉得做这事没错，甚至在这儿这事也发生过。”

他并没有显出悲哀、惊讶、愤怒的感情。很明显，他所希望的就是这场灾难赶紧消失。他不在乎家乡、玛丽、西玛尔怎么样，甚至也不在乎他父亲怎么样。他就是希望他们不要进入自己的生活。

亚库普已经从记忆里把家乡涂抹掉了。他不会再回去了，而且要保证让他的孩子忘掉自己来自苏鲁卡。无论如何，他打算把孩子们的户口从村子里拿出来，给他们在伊斯坦布尔上户口。一想到泽利哈也会遭受和玛丽一样的命运，他就毛骨悚然。

“我说，西玛尔，你当然是在执行咱爸的命令，我知道你把咱爸当真主一样敬畏，让你改变主意肯定没用。不过你要办这事，就要赶快动手。”

接着，亚库普告诉了西玛尔几个废弃的公路高架桥的位置，走到那里要三十分钟。伊斯坦布尔移民在那地方进行这类秘密处决。有好多女孩被人从高架桥上扔下去摔死了，媒体还报道过几例。

后来，在黑暗中，西玛尔躺在薄薄的褥子上制定了个计划。这事要赶紧办。经过这一番长途跋涉，他们旅行的终点不幸停在了这个受宪兵监视的地方。在这儿待得越久，这里的居民和官员就会越熟悉他们。如果玛丽突然消失，会引起人们的怀疑。最好的办法是一大早带玛丽去那个高架桥完成他的任务。如果出去是两个人，回来少了一个，就会受到怀疑。所以他不回亚库普家了——他哥哥对父亲和家乡的不敬使他反感。他要去看望一下萨拉哈丁，然后立即坐火车回凡湖。他会尽早赶回去和埃敏在一起，并且带回家族的荣誉。

他哥哥的话好像有道理，尤其是这类事情在高架桥上常发生。事情要办得看上去像是女孩失足从高处坠落的事故。

西玛尔做出这个决定后，心里涌起一阵轻松感，不久便进入了安宁的梦乡。

第二十一章　真主孤一

教授有一天醒来时头疼得要命，上甲板前，先吃了两片止痛片。海面一片死寂。在布满阴云的天空底下，海水变得灰暗浑浊，毫无动静，如混凝土一般。一直到两天前，大海始终很友善，令人惬意，可是现在大海变了脸色，看上去像乌龟壳一样坚硬，冷酷无情，几乎带有敌意。

伊凡从小就熟悉大海，任凭它广袤无边、诡谲暴戾，他都毫不在乎，但是两天前，他与死神擦肩而过，还是着实让他后怕不已。当时海平线附近电闪雷鸣，风暴临头，为了躲避，他向最近的一个港口驶去。风帆鼓得不能再鼓，狂风随时都可能把帆撕成碎片。伊凡历经艰险终于进入港口时，发现海港里风也一样狂暴，他的船全速向岸边扑去。码头上满满当当都是船，船上的人一见伊凡的船以这般速度冲过来，就赶紧摆手叫喊，发出警告。伊凡自己也完全明白这样入港无疑是一场灾难。

就在这时，他注意到身后有一艘巨船，是从港口另一侧进来的，正准备停靠。伊凡的帆船忽然出现，那艘巨船立即鸣汽笛，拉警报，震耳欲聋，码头上的人惊恐万状。近在眼前的巨船山一样压向伊凡，吓得他一时不知所措。他必须降下风帆，发动引擎，慢慢驶向他的泊船位，但是他无法独自完成这些动作，因为滑轮卡住了。如果他松开舵，去管风帆，船就会失去控制；如果继续掌舵，就无法降下风帆，船就要被帆推着飞快往前冲。一个人驾船就这点不好。再有一个人的话，事情就好办多了。伊凡明白他必须立即做出决定，因为再犹豫几秒钟，一切就太晚了。

伊凡鼓足勇气，松开了船舵，拼命奔向船帆。他以闪电般的速度解开升降索，忽然感到膝盖一阵刺痛。一定是撞了一下。帆降下来了，可是伊凡喘不上气了。他常听人说“舌头粘在上腭了”，他原来一直以为这不过是个比喻，但是此刻，这居然就发生在他身上了，不管他怎么想使劲张开嘴把空气吸进已经疼痛的肺里，他都无法做到。后来他吊在一侧船舷，喝了几捧港口的脏水。他深深地吸了几口气。他这辈子还没有经受过如此剧烈的恐惧。

船停靠在码头上，当夜他在船上度过，和别的水手聊天打发时间。他们得知他是一个人航海的时候，都称赞他干得不错，靠自己正确的操作，克服了巨大的危险。他们说他是个好水手，不过人不能和大海开玩笑。独自一个人驾驶这么大一条船是不行的。

游艇上的人邀请伊凡喝一杯。尽管他们大部分人都须发灰白，但他们个个健康结实，能看得出是长期运动的人。他们自己花时间修船，互相交流经验，经常组织赛船。伊凡注意到他们除了大海以外，什么都不谈。他们一整夜都没有谈到任何别的话题，仿佛陆地对于他们来说是不存在的。他们的手和工人的手一样，长满了老茧。这人说他新买了个 GPS，那人详细叙述他怎样修好了他的校准仪。他们对陌生人不感兴趣，所以自然也就没有认出这个五大三粗、不修边幅的男人，不知道他是否就是他们可能在电视上看到过的那个教授。这些人不是土耳其共和国的公民，而是海洋共和国的公民——这个共和国的边界是模糊的，但是有明确的法律。找到风向以便让旗帜迎风招展对他们来说没有困难。他们一生中大部分时间都和水手朋友们在一起，看他们那气派，你会发现这是一群没有老婆、没有父母、没有孩子、自由自在、天马行空的男人。

那天夜里伊凡认识到，大海对他来说意味着孤独。他已经独自航行了许多天，最初的那种去海上的热情被一种特别的忧郁所取代。晚上，他找到一处荒凉的海湾停靠过夜，那里满目荒凉，他禁不住想万一自己摔倒跌断了腿、心脏病突发或是中风，那可怎么办？他独自坐在煤油灯旁时，总会感觉到一种死寂包围着他。如果真的出了大问题，他可是无计可施，只能坚持活下来，直到有人发现他，而在茫茫大海上发现他并不是那么容易。

海上危机四伏，那天他遇到的事就是个例子。他记起了那句老话——真主是孤一的。他觉得千百年前安纳托利亚的先贤说的话真是有道理。

一开始，他远离海岸航行，选择最荒凉的海湾过夜，但是现在，一种神秘的力量驱使他到海边的村镇，停靠在摇摇晃晃的小码头边过夜。在这样的地方，他总是能找到理由去小杂货店一趟，在那儿买面包、香肠、啤酒。

他的生活改变了吗？难道所谓改变，就是在一个游客都没有的爱琴海的小小的度假地区上的老式杂货店里买东西的自由？而他本可以在伊斯坦布尔精美的副食品店里买这些东西。这些旅游地在这个季节连一个游客也没有。难道改变思想意识就是白天黑夜都懒洋洋地躺在甲板上，一边看着飞鱼从绿宝石色的水下跳出水面，吓得小鱼群四散奔逃，一边听着让-皮埃尔·朗帕尔吹奏的长笛乐曲？

那天夜里，伊凡出海以来第一次想到回家。实际上，他并没有想这事——不能说这是想——不妨说他是听到了内心的一个几乎听不到的强烈折磨着他的声音。他没有让这个声音消失掉，他想面对它，因为它悄悄对他说：“你能回去吗？你能再回到过去的生活、过去的家和大学里，回到阿赛尔、你的朋友们和你那个聪明成功的万事通内弟身边吗？傻教授，伊斯坦布尔是你生命的归宿吗？”

“不！我不能回去。”他告诫自己，“我不想回，即使我想回，他们也会一起上来杀死我。”

伊凡知道阿赛尔是如何对付惹她生气的人的。如果他回到伊斯坦布尔，他的每一个亲友，特别是阿赛尔和她哥哥，就会把他看成是个魔鬼，会把他撕成碎片，让他死无葬身之地。

伊凡想起了在一家舒适的酒店房间和阿赛尔在一起的情景，那是一个下午，十分舒适的床上铺着浆洗得雪白挺括的床单，床头摆着刺绣华美的枕头。他们非常愉快，仿佛没有一对夫妇像他们那样疯狂地相爱过。那天，做爱快到高潮之际，阿赛尔把他从自己温暖苗条的娇躯上推开了，哭喊着说：“走开！别管我！”他一时懵了，不知道该怎么办，听着阿赛尔尖叫，不知道自己错在哪里。

当时他们在苏格兰，住在特百利高尔夫酒店，酒店的外形就像个巨大的生日蛋糕，坐落在潮湿肥沃的原野上，一望无际的高尔夫绿地直通大海。上午他们散步到灯塔，下午打高尔夫，然后去爱德华酒吧，坐在壁炉前对饮，看着壁炉里橡木柴烧起的火焰，品着拉格瓦林威士忌。

那天之前一切都不错。当天打过高尔夫后，甚至还没洗澡，阿赛尔就把伊凡拉到床上，把自己苗条的身体紧紧压在他身上，就像一只发情的蛤蜊。后来，就在做爱做到疯癫状态之际，阿赛尔推开了他。他感到自己像个被罚单脚站在门外的学生。

由于已经习惯了阿赛尔的这种行为，伊凡很快洗了个澡，离开了房间。他下楼来到酒吧，里面的红木家具、摩洛哥羊皮和盾形纹彰显出高贵气质。他点了杯酒，几分钟后阿赛尔也来了，在他身旁的绿皮沙发上坐下来。“对不起。”她说。她平静了，但是眼睛里还有泪，又道了一次歉。伊凡已经对她这做法习以为常了。如果他回应，她会更加疯狂，如果他保持沉默，离开她，任她侮辱而不理睬，她就会平静下来，过来道歉。

他无法理解她的愤怒，一边呷着威士忌，一边搜索枯肠：打高尔夫球时开了不该开的玩笑？在酒店表现粗鲁？一句话？一个眼神？他想不起任何足以导致这般发作的原因。“你不必道歉，宝贝。”伊凡说，“我们应该彼此原谅。但是我的确不理解，你怎么了？一切不是都非常好吗？”

阿赛尔无可奈何地瞟了他一眼。“很难解释，”她说，“有时候你和我做爱是在尽义务。你是个强壮、干净、健康的男人，但是你并不喜欢和我做爱。即便是到了最欢乐的那一刻，我也能明确地看出来，你并不喜欢。”

伊凡想反驳，但是阿赛尔没让他说话。“我不是责备你，”她说，“但是女人能感受到。你做爱好像是在打高尔夫。”接着她发出一阵清脆的笑声，仿佛要活跃一下气氛似的，随即要他给她点一杯酒。

这个话题被封存起来了。他们继续做爱，尽管次数减少了。阿赛尔感觉自己面对的是一个严重的问题，根本无法改变，她为此感到害怕，像个小姑娘在大森林里迷了路。

在海上度过了这么多星期之后，船对伊凡就意味着孤独，那是一种永恒的寂寞。一个人一生追求幸福和成功，结果突然意识到他早已失去了机会，他不知道此人做何感想。他梦想的大厦会倒塌吗？是的，当然！也许这就是为什么有时他的心由于充满了这种病态的感觉而变得如此沉重。

他常常思考自己的空虚生活。尽管他这个来自伊兹密尔的穷学生居然有幸到哈佛大学留学，但是他没有创造出任何有价值的东西。他的人生虚度了。他死了以后，什么也留不下来，人们不会说“这是伊凡·库鲁达的著作”，他的全部成就不过是那本为评上教授而写的浅薄的书。

伊凡一直在琢磨着一个有趣的题目，想写成一本书。多年来，他始终在研究，等待着适当的时机开始写作。他知道，自己绝不会找到比在这条船上更好的地点来开始这个计划了。

他的书是关于波格米勒派的，这是十一世纪的一个相信直觉的基督教派，最初出现在安纳托利亚东部的萨摩萨塔，也就是伟大的古希腊哲人琉善的故乡。正统教会对波格米勒派的教义深感不安，于是迫使信徒离开萨摩萨塔，移居爱琴海地区的阿拉斯伊尔。他们在那儿也无法立足，于是继续迁移，经由马赛来到了法国南部，在那儿建了蒙特赛格城堡。他们被称为卡特里骑士，后来经过著名的蒙特赛格城堡之围，最终被法国军队驱逐。波果米尔人四处逃亡，有些逃到了意大利，有些逃到了巴尔干半岛。根据一些历史学家的说法，巴尔干半岛的波斯尼亚人是波格米勒派信徒的后代。他们皈依了伊斯兰教，为的是逃避基督教会的暴虐统治。

如果这个理论成立，就意味着波格米勒派信徒真是命运多舛。作为基督教中的异教徒，数百年间，他们一直在安纳托利亚东部受苦受难，后来在抵达巴尔干半岛以后，最终皈依伊斯兰教。接着在波斯尼亚，他们又因穆斯林的身份而惨遭米洛舍维奇军队的迫害残杀。他们在错误的时间、错误的地点信仰错误的宗教，还把这个错误一直延续了一千年。他们演绎了一个九百年的故事，始于萨摩萨塔，在各个时代不断发展壮大，直到波斯尼亚战争。写这个故事是个艰巨的任务，要是伊凡能开始写就好了。

一天，船在著名的旅游城市库萨达西停靠后，伊凡买了许多有关这个题材的书，但是他无法集中精神看这些书，也无法拿起笔来开始写作。

也许他只要身在爱琴海，就不可能进入故事情节。如果他去东安纳托利亚，跟那里的人交谈，研究他们的脸型、习性、传统，那么他也许就能一头扎入自己的写作计划。

伊凡知道他这些想法是没有用的，因为一场血腥的战争正在东部进行，他没把握能在那里待上许多年。尽管他去过那么多国家，但是在自己的国家，他也许还没有到达东部，就已经死掉了。最好是放任自己沉湎于甜蜜的海风，看这酒红色的海面，尽情做有关那部关于波格米勒派的书的白日梦。也许在未来的日子里，书里的第一句话将会被写出来，其余的也会接踵而至。

他在一个镇子上买了些食品，碰巧看见了一个单坡屋顶茶馆隐没在一片悬铃树的浓荫之下。他在茶馆坐下后，老板上前来用英语问他："你好！茶？咖啡？"

伊凡的身高和长长的胡子老让人误以为他是个外国人。伊凡眼皮也没眨一下，只用英语回答："土耳其咖啡——加一点儿糖。"

那人能听懂"咖啡"这个词，其他没听懂。他努力想弄明白："糖？"

"只要一点点。"伊凡回答。

那人认为伊凡不想在咖啡里加糖，为了证实，又问了一遍。"不要糖？"他的眉毛往上挑着。

伊凡摇了摇头。

老板觉得还是叫个懂英语的人来问清楚的好，就招呼他儿子过来。

“过来。”他喊了一声。

伊凡觉得挺有趣。显然这人就像其他那些店主一样，只学会了几个英文单词，像茶啦，咖啡啦，别的就一概不懂了。

一个瘦削的年轻人出现了。

“欢迎！”他跟伊凡打了个招呼，伊凡又把自己要的东西说了一遍。年轻人对父亲说：“他要土耳其咖啡，加一点儿糖。”

那人骂了一句。“你倒是说呀，狗崽子！”他很肥，汗珠从脸上滚落下来。

“父亲，他说了他要的东西。”男孩说。

“住口，别显摆了，不就学了几个英文词吗！”那人咆哮起来。

几分钟后，他把伊凡的咖啡端来了。

“来旅游？”他问伊凡。

“是的，来旅游。”

“美国人？”

“美国人。”教授回答。

店主的脸上放出光彩。

“过来！”他又招呼儿子过来，“问问他愿不愿意在这儿买块地。”

年轻人犹豫了一下。“他来这儿就为喝杯咖啡。为啥问他这个？”

“你别管。”那人骂他儿子，“去年夏天，有个美国人来这儿付了现钱，买了纳夫扎的无花果园。这些人到这儿来是要买地的。要不到这儿来做什么？”

小伙子铆足了劲说：“你想……你想……”

伊凡明白年轻人的英语表达能力有限，不知道怎么说“土地”，但是为了不让他在父亲面难堪，也顺便逗逗他，就问他：“你今晚是否寂寞[1]？”

他敢肯定小伙子知道埃尔维斯[2]的这首名曲。

年轻人看着伊凡，一脸茫然。他父亲不断地问：“他说什么？”

年轻人撒了个谎：“他对土地不感兴趣。他说他喝完咖啡就走人。”

“海边有块挺好的地。”店主坚持道，“问问他愿不愿意去看一眼。”

年轻人费了很大的力气，才说：“她爱你，是吧，是吧！”

伊凡忍不住要笑出来了。他猜得对，年轻人大概没上过语言学校，就是在旅游酒吧一带混时间，为的是认识几个外国女孩。所以当然没有他不知道的歌名。

“机不可失，时不再来。”伊凡说。然后他觉得就一句话太短了，就又添了一句：“明天太晚！”[3]

年轻人扭头看着他父亲说：“他说他就是来这儿旅游的，他不感兴趣。我走了。”

“你给我站住！”他父亲命令道，“我花了那么多钱送你去学英文。问他有没有朋友要买地。”

年轻人不敢正视伊凡的眼睛，只说：“一，二，三，玛丽亚！[4]奇基奇基，巴姆巴姆！”

伊凡差点放声大笑——年轻人用英语对付了一阵子，现在又来西班牙语了。

伊凡把游戏再推进一步，认真地说：“辛迪·克劳馥，琳达·伊万格

---

①《你今晚是否寂寞》（*Are You Lonesome Tonight*），创作于1926年的歌曲，有众多歌手演唱过，其中猫王演唱的版本最为有名。

②埃尔维斯·普雷斯利（Elvis Presley），美国摇滚巨星，绰号“猫王”。

③《机不可失，时不再来》（*It's now or never*），猫王名曲。“明天太晚”（Tomorrow will be too late）是其中的一句歌词。

④原文为西班牙文（Un,dos,tres,Maria!）

丽斯塔，伊娃·赫兹高娃，利蒂希娅·卡斯塔。”

年轻人用更认真的口吻回答：“莎朗·斯通，克劳迪娅·希弗，麦当娜。”①

年轻人的父亲认真地听着对话，似乎挺长的。没准像纳夫扎似的，他也会喜从天降呢。他父亲留给他的那块地毫无用处，要是这个外国人买下来，他可就发横财了。

年轻人说完了，父亲问他：“他说什么？”

“他说他来这儿就为旅游观光，咱们问得人家烦了。他说让他独自待着，要是你再问下去，他就要投诉。”

胖子老板咕哝着：“……操你个异教徒。想在我的国家投诉我吗？他现在就是求我，我也不卖地给他了。叫他喝了咖啡快滚！”

“好。”

男孩扭头对伊凡说：“西西奥丽娜，拜拜！”然后跟他父亲走了。

伊凡觉得太好玩了。

伊凡喝完了咖啡，买了单，站起来准备走，此时他用土耳其语说了一句：“谢谢，不用找了。”

茶馆老板的眼珠子差点掉出来，他儿子的脸红了，两眼盯着地板，恨不得有个地洞钻进去。

伊凡回到船上后，独自大笑了一通，这几分钟发生的事情，叫他高兴得不亦乐乎。

①均为世界著名模特、演员或歌手。

第二十二章　这就是死亡？

从未竣工的烂尾高架桥上放眼望去，伊斯坦布尔的景象是满目疮痍、绵延扩展，一片凄凉，活像被一只败退的军队遗弃的废墟。它像个受伤的巨人，延伸到很远的地方，不成比例，不成形状。

在伊斯坦布尔的这个角落，看不到绚丽的帕拉奥勒格斯神殿，那是多么漂亮的长方形大厅与圆形拱顶的结合；看不到有着三个突出阳台的奥斯曼清真寺的尖塔；看不到斋月的节日喜庆气氛，节日里清真寺的尖塔之间连接起一道一道的装饰灯是多么美丽的光景；看不到天主教和东正教的教堂；看不到四十排划桨的皇家大帆船；看不到斑岩石柱林立的恢宏皇宫，那辉煌的景象使博斯普鲁斯海峡为之改观。

这是个被移民扭曲的城市，它的躯体浮肿，关节脱臼。在阴天灰蒙蒙的天空下面，霏霏细雨和黄色雾霭遮盖了水泥块搭建的豆腐渣房屋贫民区，遮盖了因军事地带或公墓而幸存的绿地，也遮盖了远处的摩天大楼。

在伊斯坦布尔这个阴湿压抑的日子里，两个人影站在那个建了一半的高高的立交桥上，并没有注意眼前这一片城市，没有注意那霏霏细雨，也没有注意偶尔出现的电闪雷鸣把眼前那阴郁的景象瞬间照亮。这是伊斯坦布尔很多没完工的道路桥梁之一，钱一赚到手工程就搁置下来，因为贪婪的建筑公司和几个胆大的官僚沆瀣一气，已经通过非法交易和偷工减料赚够了钱。

玛丽往下看了一眼，见下面空旷的土地铺展开来，一直延伸到岩石地带。这情景让她想起了她的那个梦境中的悬崖，曾使她内心深处颤抖不已，只能寻求庇护以抵御沿海的大风。这一次，不是那只巨鸟在空中飞，而是西玛尔无声地站在她身后，像一条毒蛇，令她血液凝固。

那天早上，玛丽被突然叫醒，然后被匆匆忙忙带出了门。他们一大早连个像样的道别也没说就离开了亚库普家，出门时亚库普也不在场。纳兹克脸上恐惧的表情和西玛尔冷漠的态度，都在暗示她长久以来一直不在乎的厄运就要降临了。

就在他们走过那段被雨水淋湿的路，接着又穿过烂泥地的时候，玛丽意识到自己的大限已到。西玛尔带着自己的包，却把玛丽的包留在了亚库普家，这意味着玛丽不再需要那个破布包了，也不需要里面那几块破布条了。她到现在才明白他们匆忙上路来伊斯坦布尔的真正原因。

现在，她来到了这里，在这悬崖边上发抖，等着被扔下去，像扔一块废纸一样。她回忆起了村里的女人们那一张张油光光的扁脸，她们曾祝愿她在伊斯坦布尔好运。她回忆起了她和西玛尔扔到半空的那些母鸡，扔上去让它们像飞机一样飞。仿佛在这一瞬间，她把自己短暂一生的每一个细节都回忆了一遍。她记起了那些母鸡的腿和翅膀怎样摔伤。“很抱歉。”她心想，“西玛尔，你也抱歉吗？你想过那些母鸡没有？它们落下来的高度并不大。这里高得多——好高啊。伊斯坦布尔总是这么荒凉，看不见人影吗？我很冷，西玛尔。我的衣服湿了。

我的后背结冰了。实际上，不是寒冷让我发抖，而是恐惧。你感受过这样的恐惧吗，西玛尔？我不像那里飞翔的乌鸦似的，我不能像它们那样一边飞一边往下面看，我的心脏会停止跳动的。真主，你为什么不爱我？为什么自从我生下来那一天你就一直惩罚我？西玛尔，真主不爱我。他爱你。他为什么不爱我？宽恕我吧，塞可巴巴。我不是故意犯罪的。我姨妈是铁石心肠，把我关在门外，也不告诉我真相。要是真主能爱我一丁点儿，那该多好啊……”

玛丽不知道自己是在脑子里想那些话呢，还是大声说出来了。她每往下面悬空处看一眼，就觉得头晕目眩，腹部痉挛，肚子一阵阵绞痛。

突然她听到西玛尔说："祈祷吧，表示你信仰真主。"

他的口气听起来不像是生气，而是令人吃惊地温柔。他语调里的温存让玛丽不禁回过头来看他，但是西玛尔抓住了她的肩膀，强迫她面对深渊。

"表示你信仰真主。"他又说一遍，"犯了这么多罪，至少在到他面前之前，把你的祈祷说出来吧。"

玛丽把伊斯兰教信仰声明大声吟诵了三遍："天下万物，安拉至尊，安拉的使者是穆罕默德。"吟诵完毕后，突然一切变得无比宁静，静得让玛丽心如死灰。这下她就再也没有什么可以做的了。真主从来没有爱过她，这是要给她最后一次惩罚。现在她正站在这个令人胆寒的断壁边缘，西玛尔只是个工具，是个不幸的杀手，被派来执行真主的旨意，惩罚玛丽。

"西玛尔，"玛丽说，她声音里含有勇气和决心，把自己也吓了一跳，"西玛尔，看在咱俩小时候一起玩过的份上，帮我最后一个忙吧。请把我的眼睛蒙上。我往下掉的时候不想看见那些岩石。求你了，蒙上我的眼睛吧。"她说到这儿哽咽了一下，接着她泣不成声。

西玛尔没有回答，但是她听到他踩在碎石上的脚步声越来越近了，然后他解下了她的头巾，紧紧蒙在她眼睛上，在脑后打了个结。她感觉到西玛尔温暖的气息吹拂在她赤裸的脖颈上，不禁浑身一阵战栗。虽然头巾弄疼了她的眼睛，但是看不见周围的世界，让她感觉稍好一些。她打了个趔趄，前后摇晃了一下，仿佛就要坠落了。

玛丽几分钟前和西玛尔说话的时候，心里非常平静，这时心却狂跳不已，耳鸣剧烈。她的呼吸变成了喘息，血液涌上了脑门，恐惧像只鸟儿在她胸膛里扑棱翅膀。她能听到的声音就剩耳鸣了，整个伊斯坦布尔都沉浸在寂静之中。

玛丽使劲去想自己一生中遇到的所有好人，想看到妈妈的面容，但只能想象出一个模糊的白色身影，手里拿着一盏灯，站在家里楼房顶层她的卧室门口。她从来没有想象出妈妈的其他形象。

接下来，她又想阿婆。她记起了这位老奶奶悲伤的眼神，记起了她请求原谅的情景。

玛丽意识到，想那些从来没有伤害过自己的人，反而加剧了自己的恐惧，倒是一想起朵拉或者是她姨妈，她就义愤填膺。她不禁又想起了躺在地上的母鸡，它们摔断了腿，翅膀上鲜血淋漓。

正当玛丽沉浸在自己的回忆中时，西玛尔也在准备着把她从边上推下去。就在这时，他看见了一颗晶莹透亮的汗珠从她纤细的脖颈上滚落，仿佛她对死亡的恐惧浓缩在了一滴汗里。“她怕死。”他心想。那颗晶莹剔透的汗珠像个雨滴。女孩的脖颈多嫩啊。他看到几缕赤褐色的头发在微风中飘动。接着他发现，玛丽已经不能控制自己的呼吸了，她的胸脯和肩膀不由自主地剧烈起伏。

那天早上离开亚库普家，穿过那片田野的时候，西玛尔仿佛感到后面有库尔德工人党游击队的恐怖分子在追杀他。他的鞋深深地踩进泥里，走得飞快，跟当年在军队里的训练一样。他能以这种速度一口气走几个钟头，一天一夜不休息也不成问题。可是他很快就发现，跟在身后的女孩已经上气不接下气了。尽管她已经在小跑了，两人之间的距离还是越拉越大。他听见她绊倒的声音，她跌倒了好几次，不过她一直坚持跟着他。后来他放慢了脚步。

从旅途一开始，西玛尔就感到自己绝不能跟这女孩有什么感情上的瓜葛。这倒不是出于残忍，而是出于一个终结者的态度。他的本能告诉他，玛丽对于他，必须始终是个陌生人，于是他尽量克制儿时的回忆。此刻，女孩背对着他站在前面，他听到了女孩哽咽的呼吸，看到了她脖颈上起了鸡皮疙瘩。风从她那边吹过来，此时他闻到了一种肉桂和干玫瑰的混合香气。

西玛尔的决心开始动摇了。他忍不住想起了小时候一块儿玩游戏时她那稚嫩的笑声，想起了她生病的样子，想起了他俩一块儿拿绳子套在树上爬上去掏鸟窝的情景。渐渐地，玛丽又变成了西玛尔非常熟悉的那个小女孩。他记得他俩把那辆马车倒着拖进后院，他能闻到院子一角堆放着的蜜瓜的苦涩气味。他记得他和玛丽拿起青涩的蜜瓜往一块大石头上摔，摔开了就大吞大嚼，蜜汁流得满下巴都是。有一次庆祝解放日，米摩扮演土耳其士兵，用枪把西玛尔的太阳穴划伤了，玛丽就拿了些大麻子磨成粉，用布包好，给西玛尔擦额头上的伤。

西玛尔发觉自己意识的堡垒就要塌陷，便又立刻把思绪集中在玛丽的罪恶上面。

在军队中，他受到的教导是坚信敌人是“非人”。现在，他面前这个女孩不是他小时候认识的那个女孩，而是一个被玷污的有罪的女人，她损害了家族的名誉，他的家族不能容忍这种耻辱。多少个世纪以来，这种罪恶都是用同样的方法处置和惩罚的。这是真主的意志，这是他父亲的意志，谁都不可以违背真主的规定。另外，这个有罪的女孩是他和埃敏之间唯一的障碍。

他祈祷着："至尊至圣的真主！"心里忽然想起了以前的一次古尔邦节。他那时还是个孩子,父亲命令他把一只蒙上眼睛的羊的脖子割断。那时候，他杀生前也做了祈祷。

他鼓起了勇气，重复祈祷："至尊至圣的真主！"又有三颗汗珠从玛丽白白的脖颈上滚落下来。它们稍小些，滚落得更快。他能听到女孩不舒畅的喘气声。玛丽的喉咙里发出一种口哨似的声音,西玛尔一听，心中顿时涌起一股怒火——这恶人、母狗，可耻的、恶心的、肮脏的、有罪的东西!

这时，他气不打一处来，挥手给了她一拳。

只听一声撕心裂肺的尖叫，玛丽被打得转了向，倒在了一片黑暗之中，不知道发生了什么。她觉得自己"砰"地一下倒在地上，嘴里全是泥土的滋味，脑袋一侧麻木了。

几秒钟过后，她能感觉到自己躺在一片又冷又湿的地上。她的眼睛被蒙上了，但她发现自己还能呼吸。很奇怪，除了左脸以外，她并不觉得疼痛。那种压抑的安静消失了，代之而来的是远处车辆行驶的嘈杂声响，还有召唤祈祷的声音。

玛丽躺着一动不动，不敢呼吸，然后慢慢摘掉蒙眼睛的头巾。只见她脸颊下面是湿漉漉的混凝土和乱七八糟的石块，西玛尔蹲在三尺开外。

突然，仿佛太阳从她内心升起，她的心头一亮，好像乌云翻滚了一天后，天边出现了彩虹。

她没死。西玛尔蹲在地上的姿势说明她不会死了。西玛尔现在不杀她了，别人也不会了。

玛丽最终战胜了她的家族。他们把她关在门外，让她去死。他们除掉她的计划落空了。

她坐了起来，脸上带着胜利的神色，朝西玛尔走过去，甚至也没有想一想自己脸颊上的疼痛。挨了那一拳，现在脸颊变青了。

西玛尔蹲在地上，双臂抱着膝盖，前后摇晃。现在痛苦的是他，而不是玛丽。

玛丽带着一种非常自信和同情的感觉向西玛尔弯下腰，她身上明显涌出了想要保护别人的那种力量。

她抚摸了一下他的肩膀。“好了，西玛尔，我们走吧，没有必要在这儿淋雨了。”

用这种带着权威感的口吻跟他说话，似乎并不奇怪，尽管在这一天之前，她从来没有想过要这样跟他说话。

西玛尔粗鲁地推开玛丽的手，但是紧接着，他就像个听话的孩子一样，没看她，站起来慢慢走开了。这次玛丽能轻松跟上他了。他不再像个山地突击队员那样大步走在她前面，而是拖着疲倦而沉重的脚步缓慢地走着。玛丽心里充满了感激和同情，把掉了色的头巾围在自己头上，宛如一面胜利的旗帜。

在这个情状悲惨的地区，电线就像爬山虎似的在房子和房子之间悬挂着。玛丽一面走在泥泞的道路上，一面心想，如果她和西玛尔一块儿回去，亚库普和纳兹克一定会大吃一惊，不过他们会假装什么都没发生过。

结果正如玛丽所想。沉默了一会儿后，孩子们、电视、真主党行动还有许多其他不相关的话题都聊了一遍，紧张的气氛才缓和下来，大家都松了口气，甚至也显然没有人注意到玛丽左脸上的瘀青。

亚库普和纳兹克知道发生了什么，但是孩子们的注意力完全被电视占据着。他们盘腿坐在地板上，眼睛仿佛是被粘在了电视屏幕上，哪怕是他们互相说话或者是回答父母的问话的时候，也一概是目不转睛地盯着那个魔术盒子。他们知道所有种类的巧克力，不同种类的橄榄油，信用卡、汽车、报纸、口香糖、银行、洗涤剂、人造黄油，而且还记住了所有的广告词。他们带着极大的热忱看电视，下定决心不漏掉任何一个节目、广告、连续剧或者可能给他们播映的任何别的什么东西。

看电视在玛丽家是不被允许的。虽然她在一个朋友家里看过一两次，但还没多到看电视成瘾、不能自拔的地步。现在，她看见亚库普和他家人好像生活在电视的世界里，仿佛他们认为自己现在的生活状况只是暂时的，自己必须要忍耐。孩子们知道所有电视人物的名字，比对他们亲戚的名字更清楚。一个头发染成金黄的女歌手仿佛在大喊大叫而不是演唱的时候，他们会跟着唱，他们还会模仿一个浓妆艳抹的女人的舞姿。

当电视里的演员用手指着镜头大叫"哎、哎，哎、哎"的时候，孩子们也有样学样，手指电视屏幕跟着尖叫。

对于西玛尔和玛丽来说，这是一个完全陌生的世界。

已经下了四五天雨，而电视上说，受到来自巴尔干半岛的低压影响，未来几天会更冷。亚库普非法偷接电源连上的那个铁床架子，在天花板上悬挂着，这个自制的暖气就像沙漠上的太阳，烤得他们暖烘烘的。

"你看上去糟透了。"纳兹克对玛丽说，"我给你找几件衣服穿吧，现在把你的衣服洗了，明天就干了。"她一边说，一边捏了一下玛丽的手，悄悄说："我真高兴。"纳兹克想让玛丽明白自己是个好人。

纳兹克看上去比她实际年龄大。她要去很远的一处公用取水处打水提回家里，要照顾孩子，每周四天去给别人清扫房屋，晚上在床上还要在亚库普身下加班加点地“工作”。

当晚，玛丽躺在地铺上，想着白天发生的事情。她想弄明白，为什么西玛尔下不了狠心，仅仅满足于打了她一下，但是还没找到答案，她就睡着了。

第二天一早，西玛尔和亚库普出了门，两个孩子去了学校，最小的孩子送到了邻居家代为照管，然后纳兹克和玛丽出发到市中心去。

“我要去那儿办点事。”纳兹克说，“一块儿走吧，你也看看伊斯坦布尔。”然后又说：“我知道你会奇怪我们坐蓝巴士去哪儿。我要去做人流。亚库普不想用避孕套，结果我老是去找妇产医生。我都弄不清去过多少回了。”

玛丽又问她为什么要忍受这么大的麻烦住在伊斯坦布尔。

“亚库普不听我的话。”纳兹克回答，“他迷上了这个可恶的城市。他老说要让孩子在这儿长大。”

玛丽穿了纳兹克给她的一条蓝色长裙，包着印有黄褐色花朵图案的头巾。她自己的满是汗水的头巾和手工缝制的裙子昨天已经洗完晾出去了。她感觉穿别人的衣服很别扭。

玛丽凭车窗外的景物研究了一下周围的环境。尽管巴士穿过了许多街区，但她一点都没看到跟她想象中的伊斯坦布尔相类似的景物。过了一会儿，她看到一些楼房，就像是她见到过的东部小城市的楼房那样，底层都是杂货店、理发店、电器修理店。

到了某个街区的一个车站，售票员喊道：“妇产站！”许多女人应声下车。

“这站原本不叫这名字，”纳兹克解释说，“可是现在人人都管它叫妇产站。”

她们走进一座老楼房，里面充斥着煤气味、煮菜味和霉味。每一层的每个公寓门前，都堆放着很多双粘着泥巴的男男女女和小孩的鞋子。

纳兹克按了三层一间公寓的门铃，一个脸上长着一颗大黑痣的胖女人开了门，带她们来到候诊室。这里已经有很多人了，玛丽看了一眼在那儿排队的一屋子女人，感到有点儿害怕。

女人们的穿着都很奇怪，跟玛丽以前见过的完全不一样。她们大部分都是一身黑袍，把身体遮盖得严严实实，只露出两只眼睛。有些人上半身裹着宽大的披肩甚至毛毯，边缘垂落在腰部以下。她们在别的女人中间慢慢感到了安全，就放松下来，动手解掉一些包裹在身上的披肩毛毯之类的东西。

“这些女人常来做人流。”纳兹克说，“因为她们的丈夫和亚库普一样，不喜欢用避孕套，而她们又说吃了避孕药会得癌症，所以这地方老是这么多人。女人们五分钟就做完手术出来了，然后就回家给他们的丈夫做饭。她们常常抱怨挨男人的打，听了让人想吐。”

玛丽正好听见有人在说挨打的事，就侧耳细听。这些女人把自己包裹在厚厚的几层衣服里躲避陌生人，这会儿却兴高采烈地谈论着她们在家遭受的暴力。和别人交流似乎能减轻她们感情上的痛苦。只有一个女人的经历和别人不一样。她年轻美丽的脸上有瘀青，一只眼睛肿了，嘴唇上有伤。她显得不好意思，低声诉说了她的经历。

她前一天来做了人流，今天是来付钱的。昨夜她丈夫第一次打了她。昨天，其他女人都在交流挨打的经历，她告诉大家说她刚结婚，丈夫很爱她，绝不会虐待她，不会动她一根毫毛。这年轻女人的一个熟人听到她说的话，当夜就告诉了自己的丈夫这个刚结婚的女人怎么怎么吹嘘。于是，她丈夫就在社区茶馆里当着所有人的面骂那年轻女人的丈夫不打老婆。“你是个什么男人呀？”他说，“不打老婆，让她在妇产诊所胡吹乱侃！”

那年轻女人的丈夫自尊受了伤害，就回去挥拳打老婆的脸。他一边打一边喊叫：“你毁了我的名声！”

“他并不是真心要打我。”年轻女人说，“他受了别人的影响，要不然他是不会这么做的。他太爱我了。我们单独相处的时候，他管我叫他的小鸽子。是别的男人把他教坏了。”

听见她这么说，玛丽心想，说不定今天晚上这女人又会挨一顿打。她肿着脸，眼圈的黑青加重了，这已经叫这些黑衣裹身、双下巴白皮肤的女人深为同情了，她们知道这个年轻女人说出了她们命运中共同的秘密。当然，她们在公开的场合会为她的不幸感到难过，但是私下里她们却要说“活该”。这很自然——受到虐待的人，希望别人也都受虐待。但是那些迟钝的女人不知道，玛丽脸上的青紫伤痕却是她胜利的标志。

不久，轮到纳兹克去做手术了。没多久她就出来了，看表情好像受了惊吓，显得很茫然。等她在一张椅子上休息了一会儿后，两人就离开了妇产诊所，坐上巴士回家。纳兹克一路上没说话，玛丽害怕打搅她，一句话也没问。虽然真主的意思不能问，不过玛丽意识到真主也不爱纳兹克。

突然间，玛丽悲从中来，禁不住一阵啜泣，继而歇斯底里地哭起来。眼泪从她脸颊上扑簌簌滚落，前面座位上的人都回头看她。纳兹克摇晃她的肩膀，还对她说了点什么，但是玛丽没有听她说。她克制了一下，用头巾边缘擦了擦眼睛，向前弯下腰，想忍住泪水，但是她纤细的肩膀还是不停起伏。每隔一会儿，她就发出一声压抑的哭声，好像小猫叫。她自己也不知道为什么要哭，但是不管她怎么努力，就是止不住哭，也压不住内心涌起的悲伤情感，一直哭到下了车走在田野里也没停止。

快到她们住的社区时，玛丽注意到纳兹克很痛苦，走不动了，自感羞愧难当，赶紧止住哭，搀扶着纳兹克走。

进了家门，纳兹克拥抱了玛丽，说："这样才对，玛丽。哭出来就好。你来了以后一直像块石头。"

第二十三章　问答

雨点拍打着他俩，西玛尔挥拳打了玛丽的脸之后，一种令他不知所措的麻木感觉笼罩了他。

他要把自己受命处死的女孩藏在什么地方？既然他已经饶过了她，她求生的愿望就更加强烈了。他该怎么对待她？

屋外，雨滴打在屋顶上，继而流进屋檐下的塑料桶里。一整夜，他都伴着这种声音，在反复考虑这些问题。他能想到的唯一办法，就是搭上一列火车回到村子里，回到埃敏身边。

黎明时分，西玛尔想到了一个解决问题的办法，兴奋地从床上一骨碌跳起来。他叫醒亚库普，对他说："我要走了。要是走运，还能赶上早上那班车。再见。"

他撒了谎。首先他要去找萨拉哈丁，跟他待上几天后，再回村子里。他要对玛丽的事守口如瓶。村子里的每一个人都见过他沉默寡言的样子。他不愿谈这话题，村里人会尊重他的意愿的。另外，谁也没兴趣追问这事。

突然间，他听见亚库普粗声粗气地说："把玛丽也叫醒。"

“哥哥，”西玛尔说，“你知道我不能带她回去。让她在这儿待一段时间。她跟纳兹克挺合得来。她可以帮着做点家务。”

亚库普严厉地瞪着他。“这不可能。”他说，“再添一张嘴，我没法养活。再说，我离开村子就是为了躲避麻烦，可是你偏要来找我，给我带来了麻烦。赶快离我远远儿的！看在真主的份上，别打搅我们。”

他的口气很坚决。西玛尔吃惊地发现他哥哥这么恨自己家，这么恨自己的家乡。他也明白自己的计划要落空了。

那天早上，西玛尔跟着亚库普一块儿出门。亚库普在城里一家烤肉店当服务员。他本来可以找份工资更高的工作，但是他有他的打算。烤肉生意利润大，每天都会有一家新烤肉店开张，店老板原先是别的烤肉店的服务员。在烤肉店打工，能学到些做生意的门道，譬如在哪儿买肉，如何在一根大烤肉叉上把肉烤熟，以及要付一个好的烤肉厨师多少薪水。一旦掌握这些门道，开自己的店就容易了。

亚库普的迫切愿望就是开自己的店。第一家开张经营之后，他可以照原样再开一家。过五年左右，他说不定会有三家店。他现在打工的店里总是顾客盈门。店里面有桌子，还有一个临街向行人出售夹肉饼的摊位。店里每天从早到晚都坐满了人，供应各种烤肉。有的顾客就着比塔饼吃裹着小麦爆米花的炸肉丸子，喝牛奶或甜菜汁。亚库普立志要实现自己的梦想，要为伊斯麦、泽利哈、赛文思创造一个好未来。不能让他们再一辈子待在村里，而要去伊斯坦布尔念书，远离东部陈旧的传统和艰苦不幸的生活。每一天他都发誓要实现这个梦想。

分手时，亚库普告诉西玛尔怎么走到海鲜批发市场。那个市场不难找到，西玛尔到伊斯坦布尔的第一天就注意到了那地方的喧闹、拥挤和令人作呕的气味儿。渔船进进出出，渔网摊晒在防波堤上，散发出阵阵腥味，成千上万的鱼从刚来的渔船上卸下，好像下银条雨似的，海鸥在头顶上狂飞乱叫。身穿蓝围裙的鱼贩子把鱼整齐地码放在红色木盘子里，不断往上洒水保鲜，大声吆喝，招徕顾客。每个角落里都蹲着肥猫，趁人不备偷鱼吃。顾客带着狐疑的目光，掀开鱼鳃查看是否还红着，通过死鱼眼睛查看是否还有一丝生命的迹象，以便确定这是不是刚捕的鱼。满地全是水，地面被不停地用水管冲洗，谁也不关心是否弄湿了别人的脚。

西玛尔拦住几个人让他们看萨拉哈丁的名片，问到那儿去该怎么走，但他先问的是顾客，他们都不知道。最后，他问了一个渔民，对方给他指了指远处的一个卖鱼摊位。

西玛尔穿过人群，心想伊斯坦布尔人为什么这么怪。他们说话的时候，从来不看你的眼睛，回答问题也不情不愿，问几遍才肯回答。

在这个鱼贩摊位上，几个年轻的渔夫一边从一个塑料桶里舀水往几盘鱼身上洒，一边扯起嗓门吆喝着："来呀，竹荚鱼，比目鱼！新鲜的鱼！来买吧！"

他们把西玛尔当成了顾客，就猛夸自己的鱼，后来听他说找人，就告诉他萨拉哈丁在后面的办公室里。

两位战友重逢了，他们曾经一块儿度过了好几个月，相见时的热情超出了西玛尔的期待。萨拉哈丁站起身拥抱他的时候，西玛尔注意到那颗子弹肯定打伤了他的关节，因为他的膝盖无法伸直。萨拉哈丁发胖了，他的脸圆了，胡子很短，跟在军队时大不一样了。

萨拉哈丁让西玛尔坐在扶手椅里，让人给他倒了杯茶，办公室人来人往，桌上的电话响个不停。他一边接电话，一边应付顾客。他冲西玛尔笑笑，打个手势，对老受打扰表示抱歉。"这一定是个重要位置。"西玛尔暗自思忖，意识到他的朋友虽然在部队上和他级别一样，现在却比他地位高。他感到有些尴尬。

萨拉哈丁带西玛尔到一家生意人聚集的小饭店吃午饭，在那儿把他介绍给了许多人，说西玛尔是他部队的“战友”。鱼摊上打工的一个男孩是萨拉哈丁的弟弟，他陪着两人去了饭店，三个人一块儿吃饭，拿过去在军队里的生活聊天开玩笑。

下午回到办公室，西玛尔几次告辞，萨拉哈丁都没让他走。“别走，”他说，“我们一块儿回家。”

一天的工作结束后，他们坐进萨拉哈丁的本田车，车开到了一个区，这里街道狭窄、高层公寓楼密集。萨拉哈丁的公寓在其中一座楼房的二层。

开门的是一个包着头巾、把自己打扮得干净整齐的年轻女人。“这是你嫂子。”萨拉哈丁介绍了他老婆。

“欢迎。”她说，但他没有握西玛尔伸出来的手，这表明她严守教规。

西玛尔觉得萨拉哈丁的公寓是他见过的最豪华的家。他从来没有见过一个人的家里有这么多家具，有这么多张白色镀金扶手椅和雕花镶嵌咖啡桌，没剩下多少可以四处走动的空间了。萨拉哈丁见西玛尔满脸羡慕，就骄傲地说：“哦，这些是路易十五。”西玛尔从来没有听说过路易十五，所以不知道他说的是什么意思，尽管“路易十五”是土耳其当时最流行的家具样式。

电视机放在一个胡桃木贴面的柜子里，播放的是宗教频道，一个包头巾的女人正在说话。除了地板上铺着的地毯之外，墙上挂了更多壁毯，有一张壁毯上描绘的是“麦加圣地”，另一张是热闹的猎鹿图。所有的家具，包括电视，都盖着带有装饰图案手工的编织物，说不定有些是萨拉哈丁老婆的嫁妆。一个树形吊灯吊在天花板上，把屋里的华美家具照得熠熠生辉。

西玛尔惊恐地发现萨拉哈丁和自己之间隔了一道巨大的鸿沟。他怎么能和住在如此富丽堂皇之地的人成为朋友呢?

萨拉哈丁做完夜祷后，他们一块儿吃晚饭，其中有从鱼摊上带回来的鱼，萨拉哈丁的老婆三下五除二就烧好了，她上完饭菜又端上了茶，然后就不见了。剩下两个朋友后，萨拉哈丁马上问西玛尔：“你遇到麻烦了，对不？你一整天闷闷不乐，就像个抱窝的斑鸠。怎么回事？钱？工作？恋情？”

尽管西玛尔不知道如何跟萨拉哈丁解释他遇到的困境，他还是愿意让朋友追问他，因为他是自己唯一可以交心的人。

眼前的水晶吊灯、雕刻精致的扶手椅和地板上铺着的贵重地毯，都叫西玛尔感到胆怯，但他还是把事情向萨拉哈丁和盘托出，说得简明扼要。

萨拉哈丁一边听一边不断点头。“昨天你避免了一项重罪。”他听到最后插了一句，“幸好你不是作为谋杀犯坐在我这儿的。真主让你心软了，真主挽救了你，我对此感到很高兴。”

西玛尔茫然不解。他曾多次和萨拉哈丁并肩向敌人开火，而萨拉哈丁却把杀死一个女孩子看得这么重。

“那是战争。”萨拉哈丁说，“《古兰经》上说战争是不同的。但是杀死一个无辜的女孩……这可跟战斗中向敌人开火不一样。”

西玛尔和萨拉哈丁说得越多，他就越感到轻松，就越希望和他谈话的时间长一些。

“可是，伊斯兰教不是命令男人杀死有罪的女人吗？”

“没有。”

“可是，用乱石打死又怎么讲？难道奸妇不是要被埋到土里，腰以上露出来，用乱石打死吗？”

“没有。《古兰经》里没有这种惩罚，这都是编出来的故事。”

“这怎么可能呢？”西玛尔问，“我父亲说乱石打死的刑罚一直到土耳其之父上台前都在实行呢。”

“那是一种不正确的刑罚，在有些阿拉伯国家实行，但是伊斯兰教里没有这东西。再说，通奸很难证明。伊斯兰法律要求必须要有三个目击证人。女孩叫什么？”

“玛丽。”

“你看见入玛丽的‘鞘’的‘剑’了吗？”

西玛尔脸红了。“没有。”

“那你怎么知道她有罪？”

“我父亲告诉我她有罪。”

“你怎么能光凭道听途说去杀人呢？”

西玛尔开始怀疑萨拉哈丁是不是属于另一个宗教，他以前从来没听说过穆斯林的信仰会有这么宽容。

“在伊斯兰教里，杀人是犯罪。”萨拉哈丁接着说。

“我想你说得不对。”西玛尔说，“很多宗教组织——比如真主党——一直在杀人。”

“他们走了邪路，”萨拉哈丁说，“他们利用伊斯兰教为的是实现他们的政治目标。杀手和恐怖分子可以是任何宗教的成员。还是要看伊斯兰教的主要源泉《古兰经》和《圣训》。你读过萨伊伊·布哈里的书吗？”

“没有。”西玛尔说。

“你可能连《古兰经》也没有读过。我想你父亲是个教长。他怎么教育你的？”

接着萨拉哈丁告诉西玛尔自己想带他去参加一个在第二天晚上举行的，由厄瑜普苏丹区的教派举办的仪式，带他去是想纠正他对伊斯兰教的误解。

西玛尔答应了，于是两人继续讨论他的问题。他们从各种不同的角度审视这个问题，可还是找不到解决办法。玛丽不能再回村子里去了，也不能一直住在亚库普家。不能留下她一个人待在这个城市。就算西玛尔找到工作，他和玛丽作为非婚男女，也不能住在同一个屋子里，谁也不会租给他们一套公寓。另外，西玛尔也不想待在伊斯坦布尔，他想回家和他心爱的人结婚。

他们谈了好几个钟头，还是无法解决这个棘手的问题。后来萨拉哈丁决定先睡觉，就领着西玛尔来到客房。

卧室里厚重的窗帘和卫生间里“嫂子”给他备好的绣花毛巾，都让西玛尔心里不是滋味，感觉不舒服。

第二天一早，两人一块儿上楼去见萨拉哈丁的父亲。实际上，整座公寓楼的住户都是萨拉哈丁家族的人，他们不想让陌生人掺杂在他们中间。据说老人在一条渔船上当了多年的船长，他有个习惯，只要一看电视，就拿手遮挡眼睛，好像他遭遇了一场狂风暴雨，随时准备高喊“嗨，陆地！”，把好消息传给同伴。

早饭后，西玛尔和萨拉哈丁离开公寓去鱼摊后面的办公室，午饭又在鱼市附近那家饭馆里吃。

晚上六点，在厄瑜普附近的一座小山上，萨拉哈丁把本田车停在一栋大平房前，这里视野极好，金角湾——也许不再是金的了，但还是角的形状——景色尽收眼底，还能看到厄瑜普苏丹清真寺的穹顶，还有皮埃尔·罗迪咖啡馆。房子前面停了很多汽车，入口处放满了鞋。

西玛尔跟着萨拉哈丁进去，在这么多互相认识的人中间，为自己是新来的感到不好意思。房子内部很像他家乡那些住户的家。一个很宽敞的起居室里面满是男人，他们盘腿坐在地板上。从他们的衣服上来看，西玛尔猜想他们一定是生意人，其中有些人还打着领带。

有个人开始用调门很高的声音唱一首诗歌，作者是神秘诗人宇努斯·艾莫尔，西玛尔很熟悉这个诗人。同时，坐在地毯上的男人一个挨着一个坐整齐，好像要参加一个祈祷仪式，但是没有人站起来。他们头上戴着白色的无边帽。西玛尔注意到有个人独自坐在前面，背向众人。“就像我父亲。”西玛尔心想。这似乎是泽克尔仪式，就像他父亲在葡萄园的茅棚里举行的一样。仪式马上就要开始了，很快有人开始唱“呼”，接着，教长的追随者们开始一左一右地摇晃，嘴里呜咽着：“真主！哦，真主！”并且摇晃速度渐渐加快。他们摇晃得越快，就越激动，每隔一会儿，他们中间就会有一个人尖叫：“真主！哦，真主！”叫声狂热，调子越升越高。到后来，有些人失去了知觉，就像西玛尔小时候在葡萄园的茅棚里看到的一样，其他人在地板上滚来滚去，嘴里吐着白沫。西玛尔的父亲曾经告诉他，这是一种狂喜的状态，是由完全服从真主引起的，通过念诵他的圣名可以达到这种境界。实际上，这是以每分钟 124 拍的节奏唱诵的结果。在东部的仪式上，以这种节拍念“安拉”的名字，人很快就会进入一种恍惚状态，因为这也是心脏跳动的节奏。同样的情景在全世界的迪斯科舞厅里都在发生，只要鼓点每分钟是敲 124 下。

西玛尔对这种宗教热情已经习以为常了，所以并不激动，他等候着仪式结束，人们平静下来。教长告诫他的教民如何过上好生活，背诵了几段《圣训》。一些人走了以后，萨拉哈丁把西玛尔介绍给教长，说他在军队里的好朋友西玛尔是个虔诚的穆斯林，但是对使用暴力感到困惑。

教长摸了摸自己的白胡子。虽然他很老了，但依然精力充沛，他那双蓝眼睛里反射出聪明和智慧。

“我的孩子，”他对西玛尔说，“在我们这个时代，对错、善恶混杂在一起，难以分辨，所以大多数穆斯林会经历一次危机，要去寻找他们找不到的东西。我不责备他们，但是对于那些想要把伊斯兰教转变成一个复仇宗教的人，我们必须警惕，不要相信他们。'伊斯兰'一词是指'屈服、投降'，伊斯兰教是和平的宗教。如果你想了解伊斯兰教，只要钻研《古兰经》《圣训》以及穆罕默德的圣行就够了，因为伊斯兰教是个光明正大的宗教，换句话说，它是一种开放透明的信仰方式。政治损害宗教，在信徒中间播撒不和谐的种子。听听《古兰经》宴席章第三十二节……"

他先用阿拉伯文读了一遍，又用土耳其语解释了意思。"谁要杀死一个没杀人的人，或让人们互相攻击，会被看作全人类的杀手。谁要让那人活，或救他的命，会被看作人类的救星。"

教长柔和的声音和灿烂的笑容让西玛尔惊讶，他平生头一回发现宗教并不吓人。他感到自己的心让清凉的水洗了一遍，得到了净化。

教长接着说："孩子，协商章第四十节说，'以暴制暴，与恶同罪。宽恕带来和平，会受真主嘉奖。'毫无疑问，真主厌恶暴行。"

教长说了很长时间。他背诵了《古兰经》里的一些段落，是有关善良和平的：黄牛章、宴席章、牲畜章、高远章、夜行章、朝觐章、受考验的女人章、赦免章、妇女章。他最后的话来自《古兰经》优美的篇章，打动了西玛尔的心："善待母亲、父亲、孤儿、穷人、近邻、远邻、好友、旅人和依靠你的人。"

"这是妇女章第三十六节的内容。"教长接着问道："你的疑虑消除了吗？那些按照真主的意思和神圣的穆罕默德的命令行事的人，是和平而宽容的人，是远离暴政和暴力的人，你相信吗？暗杀组织和真主没有关系，你相信吗？"

西玛尔在这位智慧的教长面前感到不好意思，最后终于鼓起勇气小声说：“我相信，老师。愿真主赐福给你。”

他再次亲吻了老人的手。

回萨拉哈丁家的路上，西玛尔心里直纳闷，教长怎么凭直感就觉察出了他的感情，话音里让人感觉好像他知道西玛尔刚刚避免了杀死玛丽。他对萨拉哈丁起了疑心。难道是他的朋友把他的困境告诉了教长？教长甚至谈到了孤儿，好像他知道玛丽是个孤儿，但是西玛尔很快就意识到他的怀疑是荒唐的。

回家后，见有个年轻女孩和萨拉哈丁的老婆在一起，萨拉哈丁把她介绍给了西玛尔，说是他妹妹。女孩没有和西玛尔握手，淡淡地和他打了个招呼。她的头和脖子都紧紧包在一块合体的头巾里，头巾在脖子后面打了个结。尽管如此，西玛尔还是能看出她很漂亮，但是她脸颊上有道伤疤。萨莉哈——西玛尔听见萨拉哈丁是这么叫他妹妹的——开始给他们讲那天发生了什么。

像往常一样，她和朋友们早上一块儿去学校，路上遇到了警察设的路障，阻止戴头巾的女学生进入校园。学生们拉起了横幅，高呼人类有权利按自己的意愿把头包起来或不包。大家高呼口号，如“伊斯兰胜利！暴政垮台！”，还吹口哨，那地方做生意的人都拍手赞成。男学生们向警察发出嘘声，支持游行队伍。

这是每天都会发生的熟悉场面。警察在执行政府的指令，那就是禁止学生戴伊斯兰头巾进入大学。那些不被允许进入校园的人就在校门外游行示威。

那天，局面失去了控制。也许是为了在刚委派到伊斯坦布尔的不信教的长官面前显示一下，警察们那天太卖力了。他们攻击抗议示威的女学生，用高压水枪喷她们，拿警棍打她们。女学生们尖叫起来，有的摔倒在地上，有的吓得晕过去了。萨莉哈向警察高呼：“你的妈妈、姐妹不包头吗？你不是穆斯林吗？”结果被一个警察照脸上打了一下。她讲述的时候脸都红了，可以看出她很激动，甚至有点高兴。她们计划好第二天还要去游行示威，要给那些魔鬼一点颜色看看。她们说，安卡拉的凯末尔主义邪恶政权在这支女学生队伍面前会崩溃。

“好啦，萨莉哈。”萨拉哈丁说，“那天父亲和你谈了几个钟头，可是好像那些话全白说了，你是一个耳朵进一个耳朵出。你不能跟政府玩游戏，你必须遵守你的国家的法律。再说，有人看见了你的头发，你就不够贞洁了吗？”

萨莉哈生气地看着哥哥。“那些可悲的不信教的人给你洗脑了。”她说，“要是你愿意，你就去亲吻你不敢咬的手好了。我们可不干。”

“去年以前，你可是从不包头的。那时候你不贞洁吗？”

“那时我不知道真主的法律。我上大学后学到了，多亏了我的朋友们。你们都假装信教，可是你们并不遵守教规。你为什么不让你老婆包头呢？”

萨拉哈丁不耐烦了，就说：“愿真主给你点智慧。那些人在利用你，为的是达到他们的目的。”

萨莉哈生气地瞪着她哥哥。“哥哥，你为什么不在军队里当将军呀？你和他们一模一样，想把我们变成不信教的。我有权利决定包不包头，跟任何人都没关系。”

萨莉哈说罢就转身出去，上楼到她父亲的公寓去了。

吃晚饭时，萨拉哈丁谈到了利用宗教作为武器的社会活动的危险性，像萨莉哈这样天真的年轻人被其愚弄了。“这些人就是要利用头巾抗议运动，在土耳其进行一场伊斯兰革命，就像他们在伊朗干的一样。”

当天深夜，大家都睡了以后，萨拉哈丁说：“我想过你的处境，西玛尔，你不可能待在伊斯坦布尔，你也不能回去。我还没给你想出个长远之计，不过必须给你和那女孩找个住处。远点儿行吗？”

“谢谢你。”西玛尔说，心里万分感激。

第二十四章　只有人和鱼会郁闷

这身材魁梧、一脸胡须的汉子忽然醒来，倒不是因为海风吹拂他的脸颊，不是因为帆船的龙骨和缆绳吱呀作响，也不是因为海鸥尖叫和浪花轻翻，或是远处一条快艇掠过时发出的轰鸣。一股烈火焚烧般的欲望深深刺痛了他，把他从睡梦中惊醒，尽管他并不完全明白自己想要什么，也许是对空虚的渴望，或是为欲望而欲望。

天刚破晓。教授睁开了眼睛。在一天中的这个时刻，海水是发白的淡蓝色。海平线渐渐由浅蓝变为深蓝，再由蓝色变成玫瑰红，接下来天空就铺展成一片广袤无垠的蔚蓝色。在这万顷碧空之中，飘浮着几朵藏青色的云彩，形状宛如半月弯刀。

前一天夜里喝得太多，教授在甲板上昏睡过去，清晨露水的湿气穿透了他的衣服，他感到浑身疼痛。

他想站起来，可是踉跄了一下没站住，右膝盖疼得厉害，他与那场暴风搏斗、把船驶进港口的时候，严重撞伤了膝盖。绳索把手掌划出一道道伤口，也很疼。现在驾驶这条船更困难了。他从小就知道航海是一场艰苦搏斗——海风能把你扔来扔去，海浪能涌到没了你的头，桅杆可能折断，船可能裂开一个漏洞，绳索可能突然松开。要是你不注意，这些情况中的任何一个都有可能要了你的命。

教授一直都太自信，租了一条四十多英尺长的大船，这让情况更加棘手。实际上，驾船并不复杂，只有一面主帆和一面三角帆，但是你摸不准大海的脾气，可能会突然刮起逆风，升降索会卡住，别的意外情况也会发生。这不是他熟悉的那种船，要是他有个帮手，事情就好办多了。

爱琴海锯齿状的海岸有许多悬崖峭壁和浅水险滩，事先不彻底研究海图航线，哪儿都不敢去。所幸在库萨达西的书店里，他买到了几本关于波果米尔人的书，也买到了一本罗德·黑凯尔写的《土耳其海域与塞浦路斯领航员》。照书店老板的话，这是描写爱琴海最详细的一本书了，里面的海图能让他避免很多可能在海上遭遇的危险。

爱琴海的风让他在出海的最初几天快活得像个孩子，但很快风就成了他最可怕的敌人。他筋疲力尽的时候，风仍然生气勃勃，丝毫不会减弱，好像浑身是劲的年轻壮汉，埋伏在每一个海角背后。威利瓦飑——从山上劈头盖下海面的非常危险的强风——尤其可怕。你可以从水面吹起的漩涡上发现它，也可以从船身向一边倾斜而发现它。要是你不小心，这风能把你的帆丢进海里。一天，在锡非特城堡前，一股暴风突然来袭，教授玩了命才没有翻船。

在海上度过了十天后，伊凡已经腻烦了从一个海湾驶向另一个海湾。他感到自己像个喝醉的水手，在爱琴海上逐浪随波而漫无目的，仿佛他的生活什么也没有改变，不过他觉得这种感觉并不真实。

一天，他离开一家小杂货店的时候，看到了一些报纸，就不假思索地买了几份。他自从出海以来就一直没有看过报。新闻这回事，他连想也没有想过。在伊斯坦布尔，他习惯于用读报来开始每一天，先看看有没有关于他的文章，或者有没有人批评他的电视节目。

报纸上的专栏作家们都通过在报上写文章投入互相攻讦的战斗。他们的争吵有时会持续好几天，追着看下去很有趣。有的作者对同行大发脾气，假如他们用的不是笔，而是剑、斧或是矛，就会残酷地把对方剁成肉酱。他们的工作好像是对西西弗斯[1]的惩罚——从早写到晚，只是为了让人在每天晚上把他们的文章扔进垃圾堆。

伊凡回到船上，一展开报纸，立即被映入眼帘的东西吓得魂飞魄散——报纸上说的不可能是他的国家，他看到的东西应该跟土耳其没有关系。这种反映世界的方式，使用的语言，被强调的新闻，登载的照片，竟然让他感到完全陌生。那一瞬间，教授终于醒悟，过去几个星期在海上的漂泊，已经如此深刻地改变了他。

他一边喝着冰啤酒，一边浏览着国内发生的事件：政客之间的争吵，或是吹嘘各自的成就，努力把土耳其粉饰成人间天堂；几则名人消息——土耳其一位时装设计师轰动了纽约，一位土耳其歌星的照片在欧洲脱销，一位美国政要说土耳其是世界上最重要的国家，一位好莱坞明星想来土耳其拍一部电影，并且品尝“烤羊肉串”；令人振奋的谎言，以及过去几年里一直就是个政治议题的头巾抗议。

在一份报纸的头版，有一幅照片，上面是一个警察正用警棍打一个女孩的头部。这种场景伊凡已经在大学里司空见惯了。他目睹过很多次抗议活动，他很想弄明白那些女孩为什么要采取这种战斗方式。被迫包头的伊斯兰国家的女人要是为摘掉头巾而战斗，他倒是可以很容易地理解，但是这些女孩为什么要折磨自己，在夏天的高温里包住她们的头，还要冒着被打的风险？自然和生物法则应该

①希腊神话中科林斯城的创建者。后被判将一块巨石推上一座山，每当接近山顶时，石头又会滚下来，于是他的劳动永无止境。

让她们反对而不是支持这种包裹。那么这种行为的背后还会有什么原因呢?

教授注意到文章里有句话:“试图冲破警察设置的路障。”这句话意味着他的问题的答案。突然间,他明白了正在发生的事情的真相了!真正不可逾越的障碍并非警察的路障,而是目标自身。警察代表政权,保护政权,他们是那个为所有年轻人憎恨的庸俗腐败的制度的象征。在每个时期,年轻人都很诚实,富有感情,或许也带有叛逆倾向,反对现行制度。在二十世纪七十年代和八十年代,在同一所大学门前,学生们也试图冲破警察的路障,但遭到了野蛮的对待。不过那时候,学生们喊的是左派口号:“革命是唯一的道路!打倒寡头政治!”在那个时候,反抗现行制度是以左派运动的方式进行的。

到了二十世纪九十年代,在同一个大门前,依旧有警察设置的路障和造反的学生。面对学生,警棍再次举起,装着高压水枪的坦克隆隆碾过,学生们用库尔德语高呼:“库尔德自由!”“领袖万岁!”他们戴着红色、绿色和黄色围巾,高举着库尔德工人党游击队领袖阿卜杜拉·奥卡兰的肖像。

到了二十一世纪,一帮包着头巾的女学生占据了同一个广场,并与警察发生冲突。警察又一次使用高压水枪。简单来说,警察和学生把同一个游戏玩了一遍又一遍,改变的只是标语和学生的形象。

青年需要以这样或那样的方式去叛逆和造反。实际上,这些女孩为包住头而战斗,就是为了反对现行制度。她们示威的对象是父母、学校、政治制度,以显示她们有自己的独特个性。假如这些为包头的权利而斗争的女孩生在伊朗,她们就会为不包头的权利而斗争。

造反精神万岁！革命万岁！克鲁泡特金[1]万岁！巴枯宁[2]万岁！霍梅尼[3]万岁！

伊凡沉浸在这种思想里，心里对自己说：“与你何干？白痴！就因为你生逢其时，你就应该把所有的事情都当成你自己的问题吗？如果你生活在十四世纪的中国，其他的问题对于你就意味着世界的末日，而你还是会犯错。从今往后许多年，远处那座山还会在那儿，但是你会消失；大海还会在这儿，但是你会消失；即便是那座倒塌的房子也会留下来，但是你不会。别说了，看在真主的份上，别胡说八道了！”

伊凡把所有报纸都扔掉了，然后又打开了一瓶冰镇啤酒。

他在爱琴海上漂泊了很久，但是只到过一个希腊小岛：考斯岛。当时他把船停在了小岛的港口，出示了护照和签证，正式进入了希腊。接着，他好几个星期以来第一次在陆地上过夜。

他先在一家有名的餐馆吃了晚饭，吃的是章鱼、羊鱼、霍尔塔[4]和蚕豆，饭后去了一家小型音乐厅，那儿有当地音乐家演奏瑞贝提克音乐。这种音乐令人沉醉，男男女女都不知疲倦，随着舞曲劲舞不休，一直跳到深夜。直到他走出音乐厅，置身于新鲜空气中，陶醉感才向他袭来。他不知道让他醉意蒙眬的是茴香酒呢，还是那醉人的音乐。他踉踉跄跄地走在空无一人的街上，感到自己好像是个一文不名的瑞贝提克乐

①彼得·阿历克塞维奇·克鲁泡特金（1842—1921），俄国革命家和地理学家，无政府主义的重要代表人物之一，“无政府共产主义”的创始人。

②米哈伊尔·亚历山大罗维奇·巴枯宁（1814—1876），俄国思想家、革命家，著名无政府主义者，有“近代无政府主义教父”之称。

③赛义德·鲁霍拉·穆斯塔法维·穆萨维·霍梅尼（1902—1989），伊朗伊斯兰教什叶派宗教学者。曾因反对伊朗国王穆罕默德·礼萨·巴列维的统治而被捕和流放，后返回伊朗。1979年伊朗革命推翻巴列维并进行全民公投后，霍梅尼成为国家最高领袖。

④一种绿叶蔬菜。

师，生活在音乐苦行圣徒马科斯·瓦姆瓦卡利斯和齐察尼斯[①] 的时代。

成千上万生活在安纳托利亚的希腊人从教授的老家伊兹密尔回到了希腊，就是他们创造了这种神秘的音乐。这种令人沉醉的音乐，能渗入人的骨髓，刺激人的神经，就像海风一样狂放不羁，像爱琴海的最深处一样忧伤悱恻。它来自一个邻邦，也许这是引起他共鸣的原因。

在码头上，教授费了很大工夫才找到他的船。他连衣服也没脱就一头倒在床上，一觉睡到第二天下午。他醒来的时候头痛欲裂，不过感觉还是沉浸在布祖基[②] 琴声和尖利的瑞贝提克音乐声里。

教授感到自己必须再去那些荒凉的小海湾，才能再寻得自己内心的安宁。他渴望孤独，而曾几何时他避之唯恐不及。在荒凉无人的小海湾里，宁静的夜晚往往有树脂香气飘向海面，提醒他松树的存在。这时他点起煤油灯，兀自坐在一片死寂的黑暗中，阵阵凉意顺着脊梁骨上下游走。他害怕发出哪怕极小的声响，他把自己完全交给了自然的意志。

白天，教授会钓鱼消遣，打发时光。他通常至少也能钓到一条鱼，一般是在岛屿之间的海水里能发现的任何一种鱼，但是不管怎么折腾，他都钓不到绕船游动的色彩斑斓的鲯鳅。在有些地方，鲯鳅叫作“海豚鱼”，远东人把这种鱼叫作“马希 - 马希”，爱琴海沿岸的人则把它叫作“光身鱼”。仿佛要把他逼疯似的，鲯鳅每天下午都会准时出现来揶揄他。一天，另一个钓鱼的看出他的毛病了，就告诉他用曳钓绳。“把曳钓绳扔下去，让一条鱼上钩，先别拽上来，过一会儿它们就都围拢过来了。”

①马科斯·瓦姆瓦卡利斯和齐察尼斯均为重要的瑞贝提克音乐家。

②布祖基（bouzouki）是一种在希腊流行的乐器，于 20 世纪初由来自土耳其的移民带到希腊，并迅速成为瑞贝提克流派及其音乐分支的核心乐器。

情形果然和那个钓鱼的说的一样。当一条鱼咬饵的时候，其他鱼也奋不顾身地自愿上钩。“和人一模一样。”教授心想。

一天上午，他逼着自己写出了第一个句子，他痛苦酝酿难以启动的著作终于开始了。多少年来他一直研究这个专题，既然随身带着笔记，就可以开始写了。第一个句子是这样的：“那天在斯莱布伦尼察的集市上，一个十岁的波斯尼亚男孩易卜拉欣，被一个塞尔维亚狙击手的步枪子弹打死了，但他不知道他和自己信仰基督教的祖先命运一样，他的祖先在几个世纪前居住在数千公里以外的萨摩萨塔。”

接着他继续写道：“这就是波果米尔人的命运。”

再往后，他连一个字、一点思路也没有了，什么也写不出来了。他把第一句话读了一遍又一遍，越读越喜欢。一本书要以这么一句话开始，一定会吸引人注意的，但是接下来怎么写呢？需要有成千上万的词语源源不断地自笔尖流出，才能写成一本书，可是他似乎没有作家的天分。

他一直想那句开篇的话想到晚上，但是突然间，一股强风把船吹得像摇篮一样摇晃起来，于是他只好把思绪搁置一边，处理更为重要的现实问题，去找个避风的安静港湾。他带着腿伤，不能再冒险卷进大海的风暴当中。

他取出黑凯尔的书，确定了自己的位置，发现其实附近就有个小海湾，可以在那儿过夜。也许那儿不能叫海湾，因为从地图上看，大海像一条流向陆地的弯弯曲曲的河。白天进去容易些，可是他一直在想着自己的书。

等到伊凡找到了那个海湾入口，夜幕已经降临。这是个没有月亮的夜，伸手不见五指。他走得很慢，格外小心谨慎，因为海图上标有几处危险的浅滩。伊凡看了看测深仪，数字一减小，就赶紧转方向。

他可不想搁浅。

船向陆地渐走渐深，感觉似乎是在一条河里溯流而上，他打开了船头远光灯，使他看清了一些海岸的形状和前方的水面。

至少这里没有风。慢慢走了一阵子，伊凡隐约看见黑暗中有座状如金字塔的小山，明白到湾头了。这真是个神奇的地方，和之前去过的海湾都不一样。他心里感到一阵兴奋，却不明白为什么，随即向小山驶过去。也许很快就能抛锚了，这里宁静异常，说不定用不着把缆绳系在树上固定船。周围没有一丝响动，空气仿佛是固体，可触可摸。

教授用远光灯把岸上扫了一遍，突然吓了一跳。在这荒凉寂寞之地，竟有个男人冲他大喊了一声："把灯关掉！把灯关掉！"

那人的声调很吓人，好像一旦违抗，他马上就会开枪射击。伊凡关掉了灯，置身彻底的黑暗之中。

那个男人是谁？还有别人吗？他为什么要喊叫，要自己把灯关掉？他在哪儿？

教授抛了锚，铁链的声音叫他一阵害怕。"真希望没有来这个不祥的海湾。"他暗自思忖。这条河真够狰狞的！他感觉自己来到了一个受魔法控制的海岸，就像那个曾让尤利西斯[①] 饱受折磨的海岸一样。

抛了锚之后，他坐在黑暗中默不作声。要是点着煤油灯，他们会不会生气呢？教授拿手电筒照明，给自己倒了一杯威士忌，一边喝一边打量着那座仿佛胡夫金字塔似的黑黝黝的小山。周边一丝亮光也没有，也没有一点声音打破寂静。

几分钟过后，伊凡听到一声溅水的响声。好像有人坐着小船朝他划过来了。"和平与你同在！"一个男人的声音说。

①即希腊神话中的奥德修斯，曾参加特洛伊战争，回国途中因得罪海神波塞冬而在海上经历了千难万险，漂泊十年后终于返回家乡与妻子团聚。

教授不能肯定那天夜里哪件事更令他吃惊。此刻，深更半夜，一个陌生人划着一条小船，冲你喊出一句宗教问候语。那人显然不是水手。

伊凡拿手电对准陌生人。他看到的是一个瘦高个年轻人，脸型英俊瘦削，跟他魁梧强健的体格形成鲜明的对比。伊凡邀请他上船来，年轻人一跃跳上了甲板。

“对不起。”他说，“这儿有个养鱼场，养着鲈鱼和鲷鱼。这些鱼怕光，强光一照，会受惊吓，能互相撞死。所以我们就按养鱼行家们说的，不让鱼受强光照射。”

伊凡松了口气，问了养鱼场的具体位置。

年轻人指了指左岸。“我们也在那边住，住在岸上的一个棚屋里。你这会儿看不见，因为灯光让树挡上了。”

“灯光不会吓着鱼吗？”伊凡问。

“不会，一般的灯光没事。这鱼只怕聚光灯照射，也怕噪音。用网捞几条上来，其他的也会惊慌，它们身上就会起白斑，然后死掉。”

“这鱼多敏感啊。”

“是的。我们才搬来不久，最近才学会的。要是你明天早上还在这儿，我让你看看那些鱼。”

伊凡做了个自我介绍，两人握了握手。年轻人名叫西玛尔，伊凡觉得西玛尔粗糙的手上有股不同寻常的力量。他请西玛尔喝一杯，但西玛尔说自己不喝酒。然后西玛尔说：“我得回去了，女孩独自一人在棚屋里，她害怕蛇和蜈蚣。”

那一夜，伊凡一直回味这次奇怪的邂逅，还有那些胆小的鱼，竟没有工夫给自己的书再写一个句子。半瓶杰克·丹尼威士忌下肚后，他很快昏睡过去。

第二天早上，像刀锋一样锐利的阳光把他刺醒了。他四下张望，见昨夜的迷雾已经消散了。与夜幕一同从海湾溜走的，还有荷马笔下的那些鬼魂。

伊凡看着令人窒息的碧蓝色海水和绿色的小山，山上覆盖着茂密的松林，一直伸向海水里。在海岸附近，他看见了养鱼场的浮标。那些敏感的鱼被仔细保护着不让灯光照射到，它们现在可能还睡着呢。海湾极其宁静幽美，于是他想就在这儿待几天，写他的书。

他取出几张纸，咬着铅笔头，一连思考了几个钟头。他把昨天写的几行读了一遍又一遍，又添加了几句："易卜拉欣的命运几个世纪前就被决定了。他的族人在东安纳托利亚皈依了基督教，成了基督教异端教派成员，被东正教压迫了好几个世纪。他们逃离家园、流落异域，接受了穆斯林的身份，结果又在二十世纪末遭到了基督徒的迫害。这个故事讲述的是不向统治力量屈服的危险。"

新写的句子没有前一天写的开头的几个句子那么动人，但最重要的是他在写了。他觉得自己值得在中午的日头下享受一杯冰镇白葡萄酒，然后小憩一会儿。

伊凡的午觉一直睡到了傍晚。醒来时，透过一团令人迷糊的迷雾，他看到西玛尔划着小船过来了。西玛尔倒是个挺有意思的年轻人。他似乎很友好，但给人的印象是，他也可能是个危险人物。他过来说要是伊凡愿意，他想请"老师"过去看看他的养鱼场。伊凡意识到自己没有梳理的黑头发和灰胡子，让年轻人把他看作是一个可敬的长者了。西玛尔说可以带他到周围看看，并且很高兴请教授到他棚屋去吃一顿便饭。伊凡很高兴受到这么热情的欢迎，就接受了邀请。

他们一块儿划着小船靠岸，西玛尔把浮标、水下的网还有那种敏感的鱼指给他看。"这里准有上千万条鱼。"伊凡心想。看到这些鱼挤挤挨挨，没有足够的空间游泳，他就把目光从这个囚禁鱼的监狱移开，向岸上望去。古老的橄榄树底下有个小小的棚屋，旁边垛着一袋一袋的鱼食。过了一会儿，西玛尔告诉他鱼食是用凤尾鱼骨制作的。一上岸，就闻到空气里弥漫着一股鱼腥味。

棚屋里出来一个年轻女子，长着一双绿色的大眼睛，一张孩子般的天真面孔，头上包一块棉布头巾。她头略一前倾，羞涩地迎接教授。她顶多有十五岁。在美国，这年龄的女孩哪怕抚摸一下，也可能遭受牢狱之灾，罪名是性变态；但是在安纳托利亚乡村里，年长的男人会在小女孩身上寻求发泄，而不会受到任何人的反对。“这么说，这家伙跟这小女孩在一起。”教授心里一阵反感，但他笑了笑，只说了句：“晚上好！”

夜幕降临，西玛尔跳进小船，去围子里挑几尾鱼。年轻人划船身手矫健，筋骨紧绷，像头老虎。他小心谨慎地把捞网伸进水里，但不管他多小心，教授还是担心他会吓着鱼。

这时女孩在烧饭，眼睛并不看伊凡。她从屋梁上挂着的一个篮子里取了几个番茄、洋葱和黄瓜，切成小块。

西玛尔回到棚屋，收拾捞到的几条鱼，掏掉鱼鳃，开膛破肚后，鱼居然还活着。两只野猫突然不知从哪里窜了出来，以闪电般的速度叼走了掏出来的东西。树林里大概有许多种动物，西玛尔昨天说过，女孩怕蛇和蜈蚣，伊凡向他投去一个理解的眼神。

天全黑下来以后，西玛尔点亮了一盏灯，引来了大群苍蝇、蚊子、白蛉和飞蛾围着灯光飞舞。伊凡被一团飞虫包围了，蚊子叮咬了他的脖子、手臂、腿。他不断抓挠，把皮肤都抓出了血。

他奇痒难熬，一边在浑身上下拍打个不停，一边问西玛尔：“天哪，你们怎么能在这儿待下来呢？这些要命的家伙简直能咬死我！”

看着教授一边从凳子上跳起来啪啪地拍打自己，嘴里一边咒骂着，女孩忍不住笑出了声。“平常它们总是找我，”她说，“可是今晚它们好像更喜欢你。”

伊凡发现没法阻止蚊子进来，于是便和西玛尔上了他的小船，划到帆船去。伊凡把能找到的驱虫剂都拿上，然后两人又回到棚屋。他往身上抹了些风油精，给了女孩一些。

这时女孩把鱼煎好了，配上沙拉端上了餐桌。伊凡后悔没拿葡萄酒过来，但是他也没打算在这个恓惶的棚屋里待太久。他想一吃完就回自己的船上去，计划听一听埃里克·萨蒂[①]的《玄秘曲》，这音乐现在超过了让－皮埃尔·朗帕尔的长笛曲，成了伊凡的首选。这忧郁的钢琴乐曲令他着迷。他想听那些乐曲，感觉自己仿佛就是为听这乐曲而生的。在自己洁净的船上，伴着音乐声，伊凡让那香醇的杰克·丹尼威士忌滑下喉咙。

他照自己的计划做了，但是却无法把女孩那一双明亮的绿色大眼睛赶出自己的思绪。“那双眼睛真少见。”他心想，“稚气天真，同时含有渴望和狡黠。”

那双眼睛里秋波闪烁，包含一切。

---

①埃里克·萨蒂(1866—1925)，法国作曲家。

第二十五章　年轻身体的召唤

在爱琴海这个与世隔绝的海湾与伊凡邂逅前十天左右，西玛尔离开了萨拉哈丁家，他觉得萨拉哈丁是他结识的最好的人。仿佛还没有尽足够的地主之谊、给了他足够的帮助似的，他的朋友又给他和玛丽找了个住的地方，甚至还往西玛尔的口袋里塞了点钱，也没让西玛尔感到不好意思。“别以为我在帮你。”萨拉哈丁说，“我只是预付你两星期的工钱。”

然后两个朋友驱车来到拉曼里接上玛丽。萨拉哈丁对西玛尔的感谢回应说：“我们是好兄弟。你多次救了我的命。”

他们来接玛丽的时候，亚库普不在家，西玛尔也就没跟哥哥告辞，但他知道两人之间有一种默契，即保持沉默。亚库普不会告诉任何人西玛尔没有完成父亲的命令。作为回报，西玛尔回去也不会告诉村里人亚库普在伊斯坦布尔的真实情形。

坐上城际巴士后，西玛尔心里由衷感激他的朋友。要没他，自己和玛丽连个栖身之所都找不到。现在萨拉哈丁送他们去一个遥远的海湾，在爱琴海岸的塞斯姆附近，他家在那儿有个养鱼场。照管鱼的人请了两星期假去看护一个得了病的亲戚，在这一段时间，西玛尔和女孩可以安全地待在那儿，他要干的就是接替那个人的岗位，照料鱼，一天喂两次，其他就听天由命了。他的职责很简单。

在郁郁葱葱的爱琴海沿岸，大巴行驶在养护良好的公路上，西玛尔意识到在过去这个星期里，他走过的路超过了这辈子走过的全部旅程了。他从靠近伊拉克边境的地方出发，这时又正在去往希腊海岸的旅途上。他离埃敏太遥远，现在都想不起她那柔软的皮肤了。这一切都是因为玛丽，西玛尔憎恨她超过了山上的恐怖分子。不管萨拉哈丁怎么说，她都是个罪人，应该去死。但是他——西玛尔，一个突击队退伍军人——却无法杀她，他实在是无法迫使自己谋杀这个小女孩。坐在自己身旁的这个女孩是什么人？妓女？罪人？淫妇？一个判了死刑的女子？还是仅仅就是个对这个世界一无所知的孩子？

当他不知道怎么办的时候，西玛尔让自己处在半醒半睡的状态借以逃避。他闻到一股刺鼻的柠檬香水味，大巴司机的助手从过道走过来，他还是个孩子，在向乘客推销柠檬香水。收音机里大声播放着一个乡村歌手的嘶哑歌声。

西玛尔开始打盹了，大巴隆隆向前让他昏昏欲睡，这时他忽然想起自己很久没有梦到天真新娘了。那个白皮肤的年轻新娘，在他的军旅生涯中每两天就会在他梦中出现一回，让他在睡梦中犯罪，现在却再也不来入梦了。自从上路后，她一直没有出现过。西玛尔渴望她的体香、她的皮肤、她的温暖，但如今却无处觅香魂。他无法让一个仅仅在梦中见过的女子召之即来，她唯有在愿意的时候才会来。

西玛尔尽量不去想他的父亲。因为他没有完成父亲交付的使命，他不能写信给他，也不能给家里打电话问他的近况。只有把女孩的事处理好以后，他才能跟父亲联系，然而他找不到解决办法。

玛丽靠窗而坐，心不在焉。由于经历了感情上的大起大落，她感到精疲力竭，浑身一点力气也没有，也害怕自己会得病，就像那次在火车上那样。这次的月经已经结束了，多亏了赛荷送她的卫生巾，下一次月经就不那么让人害怕了。她只是在琢磨从哪儿弄些新护垫来。赛荷说过在药店有卖的，可是玛丽怎么去买呢？她一点儿钱也没有。她不知道赛荷这会儿在做什么，她哥哥是死了还是活着。

车上只有年长的女人才包头，实际上，只有年轻女子才让头发自然松散，同时她们也会穿着臀部轮廓毕露的蓝牛仔裤。她们的粉色、蓝色或橘色的无袖上衣紧紧包裹着胸部，向前弯腰时乳房会稍稍露出，但是她们好像并不在乎。她们耳朵上戴着耳环，手腕上戴着手镯，脖子上戴着细细的金项链，有的项链上还挂着心形吊坠，也许吊坠里面有她们心上人的照片。她们有说有笑，时而还开怀大笑，大巴在服务区停下休息时，有几个女孩甚至还吸烟。

在这些女人面前，玛丽不禁自惭形秽。纳兹克把她的布裙洗干净了，但是上面的蓝色印花掉色掉得更厉害了。尽管她在拉曼里的泉水里把黑色塑料鞋洗过了，可上面还是粘了泥，长裙下摆的边缘也是。

每当她低头看脚上的两只黑塑料鞋，就想起被迫离开村子的那个可恨的日子。也许因为她习惯性地看着地面，她的眼睛老是不离那双鞋。她的厚袜子也很难看，但是这些都没有头上包的头巾更让她难堪。在村子里这头巾没有让她不舒服，但是村子是在穷乡僻壤，在这儿包头巾玛丽就觉得自己傻得可笑。天气渐渐暖和了，她的脚捂在毛袜子里一直出汗，身上穿着厚厚的衣服，气都喘不过来。

尽管西玛尔拽着她像木偶似的从一处到另一处，但他还是不跟她说话。早上，他和一个男的来到拉曼里接上她，然后就到了长途车站。原来在村子里，从小到大，走路远不过从家到白杨树林，这回在一个星期之内，看到这么多的巴士、车库、车站、船、汽车、人，以后再也不会有什么东西能让她这么惊奇了。她想知道的是要上哪儿去。

他们刚上车，她以为是要回村里去，可是听了司机的通知和乘客之间的对话，她才意识到是要去一个完全不同的地方。

她不了解土耳其的地理，不知道哪儿是东南，哪儿是黑海，哪儿是爱琴海。她是那个以为伊斯坦布尔就在村外山背后的女孩。如果她把这事仔细考虑一下，就会明白这么大的城市不会那么近。但是谁也没有告诉过她，她总是被孤立起来，沉湎于个人的梦想世界之中。她的头脑里充满了幻想：塞可巴巴的奇迹；亚美尼亚人飞上了天；亚美尼亚乐师博格德弹琴时，哭泣的夜莺栖息在琴弦上。

玛丽是个不幸的女孩。她造成了妈妈的死，还给家族带来了许多厄运。她的朋友们长大后都不跟她玩了，她遭到了排斥。谁也不想把她娶进家门，她跟梦想中的婚姻和自己的家说了再见。她做完家务活儿一有空闲时间，就独自一人跑到杨树林里做白日梦。“我真无知。”她独自悲伤叹息，“我这么无知，周围的女孩懂得那么多！”

不过,她并没有陷入自我怜悯而不能自拔。她从小就靠自己的能力，赶走那些让她难受的记忆。村里人对她的恶行她并不放在心上，她也不再回想那天在高架桥上遭受的惊吓。她的思绪不会再回到过去的事情上，内心有一种力量驱除了恐惧和悲伤。

仅有一个坏记忆抹不掉，那就是她姨妈任凭她在门口怎么哭都不开门，还有穿过村里那片泥地回去道别时心里蒙受的耻辱。脚上的黑塑料鞋让她想起了那几件事。

玛丽准备忘掉那些回忆，开始新的生活，然而她并不清楚自己的未来，实在无从幻想。

西玛尔一句话也没说，连要上哪儿去也没说。难道他又要带她到个什么地方，把她一劳永逸地结果掉？难道要去海边完成这个使命？玛丽内心深处感觉这一幕不会发生，她肯定西玛尔不想再杀她了。在高架桥上见他蹲在那里，羞愧得无地自容，垂头丧气，淋着雨像个恓惶的落汤鸡，玛丽就明白自己还会活下去。但是如果这一切都不是真的可怎么办？她挡不住不时出现的扰乱她心绪的重重疑虑。

玛丽惊奇地发现自己对生活中美好的事物习惯得如此之快。她和男人们一块儿吃喝整整一星期了，并没有感觉不好意思。自从进入青春期以后，人家就告诉她，只要有男人在场，女人就不能吃喝拉撒，甚至不能说话。然而现在，她坐在西玛尔对面，当着陌生人的面大口喝汤。在加油站旁边，西玛尔上男厕所的时候，她就去上女厕所。她简直就要相信自己这辈子一直就是这样生活的。要是能把包在头上的头巾去掉，感觉就会更好了，但是她不敢解下来，西玛尔也许会用他那锤子一样的拳头给她一下子，让她那另外半张脸也肿起来。

大巴沿着海岸往前走，经过了许多城镇和避暑胜地，最后终于来到了目的地——一个海边小镇。在这儿，半裸的女孩们互相追逐嬉戏，有些穿着泳装，有些穿着短裤。见此情景，玛丽感到震撼。这些女人为自己是女人而自豪，她们自由地漫步，短裤下面裸露着晒黑的腿，秀丽的长发垂落在肩头。玛丽目瞪口呆地望着她们。

生平头一次，她饶有兴致地打量那些小伙子——他们瘦瘦的身躯和散发魅力的笑容；他们拥抱着女孩，和她们从同一个瓶子里喝可乐；他们赤裸的臂膀上的肌肉发达，晒得黝黑，动作敏捷。她发现这些都很吸引人。在她们村里，她都不敢抬起眼睛来和男人对视，更不用说像现在这样盯着他们看了。另外，村里的年轻人看上去和这些年轻人不一样。玛丽发现了一个截然不同的新世界。

春天的气息里混杂着过路人身上散发出的香水味和防晒霜的味道。

在一个角落里，一群女孩和男孩嘻嘻哈哈地吃着冰激凌。那一刻，玛丽感觉自己已经是个真正的女人了，即便是还穿着寒碜的衣服和沾着泥巴的鞋。她想接近那些男孩。奇怪,她并没有为自己的欲望感到羞耻。这个年轻女孩——过去一直被叫作灾星、被认为愚蠢、有罪，就因为她是个女人——在这样的环境气氛里改变了。她让春天的欲望占据了自己的身体。甚至两腿间那个“罪恶之所”也没有那么可怕了，因为她意识到，这儿的女孩们并不害怕她们的“罪恶之所”。

不幸的是，玛丽住在城里的希望破灭了。他们问了好几次路，在一个商店里找了个人带他们上了一条白色的小船。他们坐船离开陆地，在炎热的太阳下沿着明晃晃的海岸划了将近一个钟头。

玛丽小时候在湖水里玩耍过，不怕水。海看起来的确是大不相同，不过也就是水罢了。有过那么多经历之后，现在没什么东西能让她心里不安。

玛丽看到远处海滩上有个棚屋，开始她对此没有什么感觉，但是划到靠近陆地的时候，她忍不住想，他们到了一个荒凉的地方。实际上，他们到的是一个天堂般的海湾，这里满眼翠绿的树林绵延铺展，伸向迷人的大海，不过那个棚屋倒是个败笔。

上岸后，玛丽审视了一下新环境，心里一阵郁闷，沉默不语。棚屋肮脏发臭。墙上补着一块块锈迹斑斑的铁皮和塑料片。用芦苇编制的篮子和袋子很肮脏，挂在低矮的屋顶上。满眼凄凉，令人压抑。角落上有张床，盖着一块脏兮兮的布。玛丽以前老用大锅烧开水洗衣服，家里的床单被单要用漂白粉浆洗，再用清水漂洗好几次，地板要用钢丝刷和液体肥皂洗刷得锃光瓦亮。玛丽看着眼前这凄凉光景，禁不住想吐。她村子里的人不仅要把屋子打扫得干干净净，还常用热水、肥皂、海绵把身体洗干净，直洗到皮肤发红。过去几个星期里，玛丽弄得灰头土脸，一想起自己的身体就恶心。她也没能除掉体毛，这要是叫村里的女人知道了，肯定会认为是大罪一条。

带他们来的那人给西玛尔讲了怎么照料鱼，怎么喂食，怎么保护它们免遭危险，然后那人就走了。玛丽不理解他们在这地方做什么，也不明白他们在那个棚屋里怎么住。棚屋后面朝向树林那边挖了个小洞，围着芦苇，从那个方向散发出一阵阵恶臭，苍蝇嗡嗡嘤嘤在洞口飞舞，说明那是个茅坑。

他们到了的时候已经是晚上了。玛丽坐在水边陶醉在海湾的美景中，看着对岸的松林，闻着春天的香气。空气里洋溢着各种花草的香味：天竺葵、茉莉花、桂樱、松针，等等。松树在水中投下了倒影，各种贝壳和五颜六色的光滑卵石像宝石一样在水下闪烁，玛丽目不转睛地盯着那些绿、红、橙、紫、深蓝、黄等斑斓的色彩。也许第二天她要走到海水里去，光脚踩一踩那凉凉的软软的滑滑的水底，就像小时候在凡湖岸边玩耍那样。

西玛尔在棚屋里忙着收拾东西。玛丽怀疑他会让自己睡在屋里，他自己睡在外面清凉的星星底下。

她悄悄脱掉塑料鞋和厚袜子。凉凉的水感觉清爽舒服，她把洗干净的鞋穿在脚上，没穿袜子，而是随手塞进了衣兜。她忽然感觉轻松多了。

夜幕降临后，西玛尔在棚屋里点亮了一盏小油灯。突然间，出现了成千上万只飞虫，叮咬玛丽的胳膊腿，吸她的血。她的皮肤发痒红肿，任凭左扇右拍，就是撵不走蚊子大军。她不明白西玛尔怎么就能平静地忍受这种折磨。

西玛尔刚看见这棚屋也感到灰心丧气，不知道被监禁在这几平方米的空间，怎么能活下去。漆黑的树林和不停进攻的蚊子对他倒没有像对玛丽的影响那么大。他甚至还多少有点儿高兴，因为这些小生灵让他回忆起了当突击队员时受过的生存训练。

他回到海边的时候，瞥见一条身上布满花斑的蛇在草丛里蜿蜒滑行。“这地方一定到处都是蛇蝎。”他想。在脑子里过了一遍在部队军事训练中学的内容，他想出了可以让玛丽不受这些虫豸毒害的办法，随即他又惊奇地发现，自己在保护自己受命杀死的女孩。

如果在这个遥远的蛮荒之地，一条蛇咬了女孩，他的问题也就解决了。他想不出更好的解决办法了。

“等着看吧。”他一边想，一边往地上撒了些硫黄粉，那是在一个罐子里找到的。这下什么虫子也不敢进来了。

几天之内，西玛尔和玛丽就习惯了棚屋和里面的臭味，但是他们又有了新问题——无聊。因为西玛尔不跟玛丽说一句话，玛丽也不说话。她白天就坐在那条窄窄的沙滩带上，把脚伸进清凉的水里。西玛尔大部分时间躺在外面地上，但是玛丽不能肯定他是睡着的还是醒着的。有时候，他划船到对岸去一趟。

一次，他消失了好几个钟头。玛丽抓住他不在的机会脱了衣服，走进水里。她用从棚屋里找到的一块肥皂，把自己从头到脚洗了一遍，试着把胳膊上和腿上蚊子叮咬后被自己抓伤的地方用盐水冲洗一下。然后她又把长及肩膀的头发松散开来，在太阳下晒干。与此同时，她警惕地注意着西玛尔是否出现，一看见他回来，她就要立即用新洗过的头巾把头包住。

第二十六章　治愈一个人，需要另一个人

在傍晚的雾霭里，小船在平静的水面上滑行，玛丽感觉他们正在靠近的那条大帆船像海里升起的一座高塔，通体白色，在静谧的空气里显得威严壮观。西玛尔把小船划过去横在大帆船边上。

玛丽登上铝梯子有点困难，于是伊凡抓住她的胳膊把她拉上来。她感觉到伊凡乱蓬蓬的胡子蹭了她的脸一下，不禁浑身一颤，还闻到他嘴里有酒味。

她和西玛尔都不熟悉这个新奇而洁净的环境，顺从地坐在教授指给他们的椅子上。主人已经准备好了晚餐，餐桌也布置好了，点着蜡烛，还有冰镇红酒。

玛丽已经习惯了在男人面前吃饭，但是现在她意识到，要由男人给她端饭上菜，而这饭菜还是那男人自己烧的。他不仅是个男人，还是个年长的男人，是从城里来、受过教育的男人——实际上是一位教授。那人探身给她盘子里放菜的时候，她在自己座位上不安地扭动，不知道该做什么。有生以来她还是头一回遇上这事，她就是看一眼盘子里的食物，也会感觉十分慌乱。

西玛尔也有点儿慌张，但比玛丽要稍好些。他不知道教授邀请他们的原因。为什么这么重要的一个人会请他们来一块儿吃饭呢？这人比他在军队上的长官还要威严。他是大学里的教授，和西玛尔的父亲年纪相仿。

西玛尔颤抖了一下，拒绝了伊凡递过来的红酒，却斜睨着这位长者给自己倒了一杯。西玛尔的饭桌上从来没有上过酒。这又背叛了父亲吗？他内心饱受煎熬，但他在老教授面前必须毕恭毕敬并且保持沉默。“他喝酒是他的罪。”他这么想。

在这个迷人的海湾，帆船泊在黑黝黝的平静海面上，纹丝不动，三个人坐在餐桌周围，沉默得有点儿暧昧。每个人都觉得这局面有点特别的地方，但并不清楚地理解究竟是哪里特别。

一股强烈的茉莉香在黑暗中散发出来，那种不可思议的香味似乎浸入了他们的肌体。他们被这香味熏得有点沉醉，在煤油灯温暖的光线下，他们安静地吃饭。

克服了最初的窘迫感之后，玛丽感觉那饭菜真是好吃，像是加了辛香料的香肠。之前每顿都吃鱼，一连吃了好几天后，感觉香肠更好吃了。

除了教授来的那天，他们只吃西玛尔捞的小鱼。照规矩他们不可以吃养鱼场的鱼。西玛尔每天划船到海湾里，耐心地等上几个钟头，就能钓到几条小鱼。玛丽不忍开膛破肚地收拾鱼，所以这事都是西玛尔来干。尽管感到恶心，但煎鱼的事还是要由玛丽来干，然后她在等候吃鱼内脏的野猫虎视眈眈的目光下布置饭桌。在短短几分钟内，她和西玛尔就默不作声地把饭吃完了。

大船上的晚餐是很不一样的。跟那个臭棚屋比起来，这地方简直像天堂。一切都纤尘不染，整理得井井有条。

饭后，伊凡从一个漂亮盒子里取出一些巧克力给他们吃。他自己还是不停地喝酒，一直喝到话都说得有点儿含糊，动作也缓慢了。他站起来收拾桌子的时候，打了个趔趄，赶紧抓住桌子边才没摔倒。

西玛尔立即伸手去扶他，说："让女孩收拾桌子洗盘子吧。这是她的活儿。"

玛丽端着用过的盘子走向楼梯，刚才教授就是从这儿端着饭菜上来的。她在下面看到一个小厨房，尽管找了半天垃圾桶和水龙头，她还是很快就把盘子洗完擦干了。她敏锐的眼睛能很快看出什么东西该放在哪里，甚至还无师自通地学会了使用洗涤剂洗盘子。

这时，伊凡在和西玛尔聊天，想尽量从沉默寡言的年轻人嘴里套出话来。两个年轻人在这养鱼场做什么？他们从哪儿来？为什么在这儿？他和女孩是什么关系？

年轻人循序渐进地回答了他的问题。伊凡感觉自己慢慢了解了这对年轻人的苦难，然而有些事还是不清楚。他弄清了他俩是堂兄妹，西玛尔谈起女孩时的口吻也并不像是恋人之间那样。但是他们在这个海湾做什么呢？也许他们是逃出来的。

突然，伊凡有了一个很有趣的念头。当有人改变了自己的生活时，是否也会改变他人的生活？换句话说，他能不能凭借改变他人的生活而改变自己的生活？

他想参与到两个年轻人的命运当中，这个念头令伊凡激动不已，好像他扮演了一个全新的角色。另外，西玛尔受过突击队的训练，在船上绝对是个好帮手。女孩已经在洗盘子了。玛丽对伊凡有一种不可思议的影响，他感觉这小女孩有一种奇特的吸引力。他喜欢她那双水灵灵的大圆眼睛，总是睁得大大的，对一切都流露出惊异的神色。这两个年轻人在船上能干不少活儿，而这些活儿他因为有腿伤干不了，而且这样一来，他在从一个海湾到另一个海湾的航程上也就不寂寞了。他想起了自己母亲说过的话：“治愈一个人，需要另一个人。”

在他船上有两个来自东安纳托利亚的人。伊凡没去过那儿，但是东部的环境气氛是他书里的一个必需的部分，真是得来全不费工夫，现在就让他撞上了。

西玛尔像伊凡一样，也沉浸在自己的思绪里。养鱼场的管理人明天就要回来了，不再需要他和玛丽了。明天晚上他们睡哪儿？那个管理人会允许女孩睡在棚屋里吗？他意识到萨拉哈丁只能帮他两个星期，然后就靠他自己来照料自己的事了。西玛尔必须马上找到一个解决办法，但是，没有别人帮助的话，他和玛丽真没有地方去。他们需要一个有船的人，可以带他们到海岸上的一个村庄去。

“我应不应该求求这个老人给份工作？”西玛尔在心里斟酌着。只要有饭吃有地方睡觉，他愿意在船上工作。

与此同时，伊凡也在考虑，如果给他们一份工作，给他们些钱，他们会如何反应。

玛丽洗完了盘子，出来安静地坐在一个角落里，呼吸着茉莉香味，希望他们对这条船的造访永远不要结束。这条船漂亮极了，干净极了，独特极了，它跟养鱼场的这间棚屋和拉曼里的那间棚屋真是有天壤之别。这个人和她遇到的别的男人大不相同，他对她很尊敬，也许还喜欢她。是的，玛丽相当肯定他喜欢她。

在那些春天的夜晚，当体内的精力在涌动，空气里充满了醉人的香味时，玛丽内心溢满了对生活的一种不可言喻的渴望。她想活着，她的身体燃烧着生的欲望。积攒了十五年的渴望，使她感觉需要抚摸拥抱另一个身体。那些香气，海边那些年轻人，舔食冰激凌的半裸女孩，男孩们修长的棕色身体，他们的笑声，他们整齐洁白的牙齿，女孩们的耳环，脸上那种自然爽朗的激动表情——她止不住回想着自己的所见所闻。在这条船上，这些东西分明是属于“那个世界”的，和她的世界完全不同，这里洋溢着自由，充满了生气和喜悦冉冉升腾的雾霭带来了蒸腾的湿气，醉人的茉莉香味似乎渗入了他们皮肤上的每一个毛孔。

教授努力回忆康斯坦丁·卡瓦菲的一行诗句：“茉莉好像另一层皮。”差不多就是这意思。他头脑太晕乎，记不清楚了，不过不管怎么说，引用这句诗歌本身，让他回忆起了另一次头脑发昏的时刻。

他们沉默地坐在那里，让茉莉的香味淹没他们，三个人各自都心知肚明，知道他们的决定就是明摆着的事，根本用不着说出口。

西玛尔和玛丽离开时，伊凡也没站起来就说：“明天早上别来得太早，不过也别等到晚上。我们需要趁天亮离开海湾。”

第二天午饭时分，养鱼场的管理人坐着一条双桨小船来了，小船是由装着舷外发动机的另一条船拖来的。这人粗鲁、不友好，一口黄牙，三天没刮脸。他没怎么注意西玛尔和玛丽，径自走进了棚屋，坐在床边，点着了一根烟。

西玛尔和玛丽在这儿没什么事了。西玛尔问那人能不能用船把他俩送到大帆船那里，粗鲁的汉子这才头一次有了个笑脸，或者说脸上露出个狞笑。也许他对这两个不请自来的客人不会成为他的负担而感到高兴。他立马起身用双桨船把他们送到帆船跟前。

两人登上帆船，惊醒了伊凡。玛丽仿佛已经熟悉了这里，给伊凡冲了一杯土耳其咖啡。这个友好的举动令伊凡既意外又高兴。她真是个奇特的小女孩——敏捷、干练、友好。

起锚前，伊凡给他的船员上了最重要的一课——教会他们如何使用救生衣和灭火器。他还给他们讲了些有关发动机的原理，讲了船怎么前进，怎么后退，然后讲风帆和护舷垫。他给西玛尔示范船停靠码头时怎么把护舷垫扔到船舷外面。

伊凡的解释过于含糊不明，没有经验的船员难以掌握，但是船长很耐心，并不要求他们一次就全学会。

伊凡派西玛尔乘小舢板上岸，把缆绳捆在一棵树上，然后他一瘸一拐地走到前甲板起锚，用发动机推进，船慢慢挪动起来。

海湾特别弯曲，很危险，伊凡很惊讶那天夜里把船开进来居然还很顺利，没出什么事。他一面掌舵，一面向他的船员下达指令。两个船员东碰西撞，在绳索中磕磕绊绊，脚底打滑，失足摔倒，逗得他哈哈大笑。

很快他们就出了海湾来到海上。这儿不再有海湾潮湿多雾的空气，周围都是通透的明亮日光，温和的风自西北吹来。伊凡放下帆，关掉发动机，船向右倾斜，开始在镜子般的水面上加速航行，龙骨在水下发出嘶嘶的响声。

玛丽闭上了眼睛，让风抚摸她的脸颊。充满新奇事物的新环境令她惊叹不已。在棚屋里那种令人厌恶的腌臜感觉，在大海上，在风中，在水晶般透亮的天空下，都被冲刷得无影无踪了。

绕过海湾口上的岬角后,他们遇到了一股强烈的横风。船长在掌舵，调整风帆适应新的风向，西玛尔站在他背后，玛丽坐在船头。

她不由自主地想到了一个主意。她首先要检验一下自己迎接这种新生活的愿望。这个主意让她感到害怕，但是那种强烈的活下去的欲望迫使她走出这疯狂的一步。她慢慢转过身来,偷偷瞧了两个男人一眼，等待着合适的时机。见两人都没朝这儿看，她解开了头巾结，于是头巾渐渐被风吹开了。玛丽能感觉到头巾在动，她不耐烦地等待着，是该甩掉这块难看的布片了。以后，她要一件一件把别的衣服脱掉——

褪色的布裙，黑塑料鞋，现在它们看起来太不合时宜了。

突然，一股风把头巾吹走了，飘在她背后。她心里又惊又喜，脸上显出惊讶的神色，扭头尖叫了一声。风把头巾吹得贴在了舵轮上。

玛丽心里不是滋味——她失败了。现在她不得不去捡起头巾，再把头包上。谁都不会第二次相信这把戏。西玛尔皱着眉头沉默地看着她。

这时，伊凡见那块头巾在面前的舵轮上飘荡，便一把抓起，高喊了一声好让她听见："你为什么要包头？"他问，"你的头发很美。让它吹吹风。"

在玛丽惊恐的目光下，他手一松，让头巾随风而去了。头巾落在了海面上，漂了一会儿，被一个浪花卷没了。

玛丽紧紧闭上了眼睛。"哦，真主！"她心想，"我的真主！"

每过一秒钟，在绿宝石一样的海面上滑过的帆船就载着她离那块可憎的头巾更远一程。

玛丽没有勇气看西玛尔，尽管已经为时太晚，他也无能为力。她心里猜想，对这位留着长胡子、年纪跟他父亲相仿的教授，西玛尔也奈何不得。

最后，玛丽变成了一个不包头巾的女孩了；她简直要长出翅膀愉快地飞翔。她的头发在风中自由飘洒，她把一双赤脚伸向飞溅的水花，陶醉在飞翔般的航行中，看着船头像利刃破水，刺向前方。

她也感到一阵内疚的刺痛。从小时候起，大人就教导她，真主的一个重要命令就是女子要戴头巾。现在她违背了真主的命令，但是她的喜悦是如此巨大，但也顾不上那么多了。"反正真主也不爱我。"她想，"他从来没有像对待别人那样让我看到过任何奇迹。"

船在水面掠过，让她想起小时候在花园里荡秋千荡到空中的感觉。从那以后，这还是她头一次这么轻松自在，无拘无束。船头溅起的水花打湿了她的腿，让她感觉通体凉爽。

过了一会儿，她听到有人叫她的名字。她回头一看，见是伊凡给她递来一个鲜红色听装可乐，拿在手里冰凉冰凉的。

然后他做了个很怪的举动：他冲她笑了笑，眨巴了一下眼睛。玛丽朝西玛尔看了一眼，见他两眼紧盯着舵轮。他兴奋得脸色通红，全神贯注地掌控船的方向，没有注意她。玛丽也朝教授眨了眨眼。现在他俩成了同谋，交换了第一个秘密信息。

"谢谢您，爷爷！"玛丽欢喜地说。

伊凡脸色一沉，脑子里冒出一句诗来："一个女孩叫我叔叔，我咋办！"

平生头一次，一个年轻女孩叫他"爷爷"。他还没老到胜任这个角色吧，充其量也就可以当她爸爸。也许是因为他的灰胡子太长了，造成上了年纪的感觉。

到船上来的两个年轻人让他感到自己老了，衰朽了，但同时，也给他灌注了散发着茉莉花香的青春活力。

"治愈一个人，需要另一个人。"他想。

那天晚上，他们在另一个美丽的海湾停泊。船上有三个舱房，所以睡觉的地方好安排。

翌晨，西玛尔和玛丽很早就醒来上了甲板。伊凡中午时分出现时，他俩吃了一惊，以为船上有个陌生人。

上午十一点左右醒来后，伊凡首先用剪刀剪掉了胡须，然后又刮了脸。从镜子里看到自己没毛的脸，把他自己也吓了一跳。他的脸瘦了，更英俊了。"我还年轻！"他暗自思忖。

离开舱房之际，伊凡相信两个年轻人会大吃一惊的。他感觉自己仿佛置身于约翰·多斯·帕索斯的小说《曼哈顿中转站》里的场景，时代背景是过去，当时人人都留胡子。那个留胡子的主人公在一个药店橱窗里看见一则吉列剃须刀广告，希望自己也像广告里的光脸男人一样，他进了药店，买了些刮胡子的器具。然后他回了家，把自己关在卫生间里刮胡子。当他出来的时候，他的孩子们全都尖叫起来，手指着他，好像他是个陌生人。

伊凡的预感没错。见他面貌大变，西玛尔和玛丽一开始惊讶得呆住了，但是他们同时也吃惊地发现，原来他这么年轻。

玛丽再也不会叫他爷爷了。

第二十七章　无能的变色龙

玛丽的头巾被风吹进大海的那个明媚喜悦的日子过后一个月，伊凡又变成孤身一人，独自待在船上，任由风吹着船走，陷入了痛苦绝望之中，相比之下，断裂的牙齿和充血的眼睛造成的痛苦不算什么。

航海的经历结束了。他不在乎疼痛的骨头，不在乎船朝什么方向走，任凭风把船吹得东一程西一程。伊凡瘫坐在甲板上，拿着一瓶杜松子酒，酒瓶被太阳照得暖暖的。他回想着过去几天里发生的事。

他的生活突然急转直下。他渴望改变生活，结果失败了。每当他窥测自己内心幽深黑暗的空虚，他就感到头晕目眩。

现在他明白了，为什么大部分人不愿意离开自己安全的生活环境，去投身冒险活动。安全是他们甘愿待在自己监狱里的原因。他们的家庭和财产非但阻挡不了他们寻求自由，还保护了他们免遭更大的危险——来自他们自身的危险。既定的制度阻止人与自身面对面遭遇。难道那些要逃避的人最终也会落得他这样的结果吗？

伊凡想弄明白玛丽对这些事情的影响。他不知道她到哪儿去了，但是他知道每走一分钟，自己距离她就又远一些。这既让他高兴，也让他痛苦。

他不知道风要把他吹向哪里。航行是要在一个希腊岛屿的尖利岩石上结束，还是要在土耳其海岸结束？他不想知道。至少不大可能会有另一条船撞上他——几乎没有那种可能性，因为只要注意到他的船行驶方向漫无目的，谁都会远远避开的。

在他混乱的思绪中，马丁·伊登这个名字一再出现。伊凡试图回忆杰克·伦敦[1]笔下这个悲剧主人公在溺死前的最后一刻想了些什么。伊凡抛弃了许多东西，但是他并没有丢掉通过虚构的人物透视人生的习惯。

他不记得嘴上挨了一拳后吐掉牙齿的情形了，他只记得玛丽的非凡品质。在她摆脱了头巾桎梏的那个幸福日子后，她像上涨的潮水一样引人注目，后来变成一个不可或缺的角色了。

玛丽学习飞快，他教她驾船术一点就通，让教授惊讶不已。她领会新信息比西玛尔快多了，推理能力也更强。她善于把各种所知事物联系起来，得到正确的结论。伊凡下达指令后，玛丽已经像只麻雀一样伶俐地跑去升帆或者伸展帆下桁，而这时西玛尔才刚刚琢磨出该做什么。这时，西玛尔就会皱起眉头，向玛丽和教授投去敌视的目光。他不知道自己该怎样表现，对女孩的仇视与日俱增。

一天，玛丽看到前方水上漂着一根圆木，马上大声喊叫报警。偶尔会有货船上滚落的圆木漂浮在海面上，船只撞上这些浮木可能毁坏甚至沉没。玛丽的警告很及时，浮木从船侧滚过，船平安无事，教授不由得浑身颤抖，感到后怕。尽管玛丽以前从来没有遇到过这种危险，

①美国著名现实主义作家，作品有《野性的呼唤》《马丁·伊登》等。马丁·伊登是小说《马丁·伊登》中的主人公，在经历了人生中的种种打击和突如其来的名誉之后，他对社会感到绝望，最终选择跳海自杀。

但是她发自直觉的警告救了他们，避免了一次灾难性的碰撞。

过了不久，当他们进入海湾准备过夜时，玛丽就能确定在什么位置泊船了。有时候，伊凡指示她在哪儿抛锚，在哪儿系缆绳，她会反对说："上次凌晨两点就起风了，把我们晃得够呛。同样的情形有可能再次发生的呀，所以我觉得最好把缆绳拴在那棵树上。"伊凡惊讶得张大了嘴巴。玛丽说的是对的，但令他吃惊的是她说话的方式。他笑她的无所畏惧。这还是那个村姑吗？是那个初见面时用头巾紧紧包着头的女孩吗？

教授发现玛丽阅读有困难，就开始教她阅读。他喜欢听她一个音一个音地读报纸上的句子。有一次，他让她跟他念"一切顺利的话"，可是没等他们念完头两个音节，她就脱口说："真主的意愿！[①] 这我很熟悉。"

另一天，清洁船舱的时候，玛丽看到伊凡舱房里的那幅马格里特画作的复制品，提了个问题，让教授大吃一惊："天上飞的那些人是亚美尼亚人吗？"即使苦思冥想一百年，他也想象不到在这幅名叫"戈尔康德"的画里，那些头戴毡帽悬在空中的人是亚美尼亚人。这女孩的思维多奇怪啊。他要她解释一下，她红着脸说："一天，一场大风卷过我们村，所有的亚美尼亚人都飞走了。我以为空中那些人就是他们呢。"

这个满脑子都是幻想和迷信的天真女孩，学起东西来怎么会这么快？更重要的是，为何她对问题的思考会那么合理？上船两个星期后，她发生了如此彻底的变化，和原先那个村姑判若两人。

她的外表也变了。伊凡让玛丽和西玛尔都换了装，换下了原来那

---

①上文伊凡说的"一切顺利的话"英文为"God willing"，玛丽理解成字面意思"真主的意愿"。

怪模怪样的衣服。他带着女孩去了波德罗的商场，给她买了些新东西。

刚开始，玛丽穿着自己那身布裙和那双黑塑料鞋，上码头时感觉特别不好意思。伊凡坚持要去，她才跟他去了那里的时尚服装店。

在店员迷惑不解的目光下，伊凡给玛丽挑选了T恤衫、白色长裤、牛仔短裤、游泳衣和耐克运动鞋，然后不顾她反对，告诉她去试衣间试试。她不好意思穿短裤，试了试白色长裤和粉色T恤衫，还有那双在暗处会发光的运动鞋。玛丽从试衣间出来时，伊凡差点晕倒。她看上去多么优雅啊。她的乳房在宽松的布裙里不显山不露水，这时在T恤衫下宛如两个小桃子在胸前突起。

玛丽特别羞涩，不敢看任何人的脸，低头看着地面，双手不自然地垂在身体两侧。显然，她受到了巨大的震动。

一出商店，伊凡就给她买了一副太阳镜，这样她就可以抬起头看周围了。她走在码头上，偶尔从商店橱窗的玻璃上看到自己。曾几何时，她渴望能和那些女孩一样穿戴，现在自己也是这样了。她心里对教授十分感激——这一切都是他的功劳，尤其是把她从头巾里解放出来。

她的生活中出现了一个奇迹。过去奇迹老是为别人预备的，从来与自己无缘，现在这个男人成为这些奇迹之一了。也许他就是那个先知西泽尔，这位先知从灰马背上下来，上了一条船，装成了一个水手。阿婆和姨妈总是说："到了无法忍受的时候，一个人才能找到解决问题的办法。"这时候先知才会来帮助你。她以后要把自己的想法告诉教授，把一切都解释给他听。回到船上之前，他们去了男装店，也给西玛尔买了几件衣服。

西玛尔见玛丽一身新装，一下子没认出来是她。然后他瞪大了眼睛，震惊而愤怒。但是当他看见自己的新衣服时，就忘掉了愤怒。教授敦促他把满是皱褶的厚裤子和脏兮兮的黄衬衫换下来，换上白色齐膝水手短裤和海军T恤衫。现在他只顾得上考虑自己的外表了。

西玛尔穿着短裤的样子让玛丽想起了毛腿公鸡的模样，忍不住想笑。他那两条长满毛的罗圈腿从来没有晒过太阳，乍一露出来，让这个强壮的年轻人的形象显得有点滑稽。

由于迅速变化的环境，换装得以顺利进行。在村里，玛丽永远也不会被允许这样穿戴，但是，在帆船上，在满是游客的沿海城镇，她原来那身衣服反而会引人注目。

伊凡又一次赞叹人迅速适应新条件、接受新事物的能力。他把过去几个星期的经历看成是社会学实验。看起来他多年前写的那篇文章里的观点似乎是对的。在文章里他把人比作横跨大西洋渡轮上的乘客，如果一切顺利，乘客会在舞厅里度过愉快时光。人们彬彬有礼，女士进来时男士们都起身致意，举起香槟酒为彼此祝福，端着水晶高脚酒杯互相碰杯，同时听着钢琴奏出的优美曲调。船要沉没时，还是这同一群人，在海里拼命挣扎，为了逃生夺取一块漂浮的木头，同时无情地把别人推开。

人类是变色龙，有能力调整自己适应环境，以便生存下来。但是有些人缺乏这样的能力，比如他自己。伊凡是条变色龙，愿意尽一切努力适应环境，但无论怎么努力也改变不了自己的颜色——他是条无能的变色龙。

那会是个好书名，但是梦想未来对伊凡来说为时已晚。这条船迟早要触礁沉没，无能的变色龙会葬身海底，他无能的一生将永远消失。

从他躺着的地方，可以看到烈焰般火红的天空。过一小会儿，黑暗就会降临，好比不可抗拒的绝对死亡。船需要到某个海峡去避一避，因为风在摇晃着船。伊凡决定不去管它，要怎样就怎样吧。

才两个星期，玛丽就能流畅地阅读了，然后伊凡教她使用海图。

他在桌子上铺展一张黄色海图，两人弯腰看图，研究海湾岬角，他会呼吸到女孩新鲜的气息。有时候，他会问她下一个要遇到的岬角是哪个，即便她的回答不正确，他也会拍手说："太好了！"他知道不可能让她几周之内就学会看海图，而她指出的岬角跟他要求的毫无相像之处，但是他感到自己在帮助她，帮她发展自尊意识。

西玛尔通常都是沉默不语，脾气恶劣，此外，他还常向他俩投来恶狠狠的目光。现在船上有冲突的两极：伊凡和玛丽是一极，西玛尔是另一极。教授和女孩之间的密切关系，以及教授赞扬她的那种方式，激怒了西玛尔。

在智力和领悟能力上，玛丽显然比西玛尔高出一大截，这是西玛尔不能接受的。这个弱不禁风流着鼻涕的丫头——是他饶了她的命——怎么会有这么大的变化？要是在村子里，伺候他是她分内的事，她在男人面前吃东西和说话都被不允许。在爱琴海岸边的这条船上，仿佛她倒高人一等了，教授把她整个儿宠坏了。难道他是想占她的便宜？一旦西玛尔发现这等事，他要立刻把教授扔下船去，以保护家族的荣誉。随着时间一天天过去，他对两人的不满也与日俱增，独处的时间也更长了。有时候在他们停泊期间，他跳到水里游出去很远，至少他游泳比玛丽强。

伊凡坚持要玛丽学游泳。他说假如他们出了险情，或者她失足落水，要是不会游泳就会淹死的。但是玛丽不够勇敢。要学游泳，她必须穿游泳衣，而她还没有准备好暴露自己的身体。

实际上，她渴望穿上她那件漂亮的新泳衣。其实她每天早上醒来时都要穿上它，外面再套上裤子和T恤衫。

一开始，她穿上这样的衣服觉得自己好像赤身裸体似的，不过渐渐也就习惯了。但是在两个男人面前穿着泳衣露面，是不可能的。

伊凡继续鼓励她。“你会习惯的。”他说，“对于好东西人很快就会习惯的。而你适应新事物的速度已经很让我感到惊讶了！”

一天傍晚抛锚后，伊凡有了一直在等待的机会。“附近有个美极了的小海湾，”他告诉玛丽和西玛尔，“咱们坐救生艇去看看吧。”

西玛尔一如往常地摇摇了头，他不想参与他俩的任何活动。于是，玛丽和伊凡一块儿离开了。

海岸这一带有许多互相连接的海湾。这里人迹罕至，绿树葱茏、松香扑鼻，他们在湛蓝的水上边走边看，海水晶莹透亮，清澈见底，让人仿佛置身水族馆。

玛丽把手放在清凉的水里拖着走，看着银色小鱼在水下游动。伊凡告诉她要去的地方，那里是两个海湾之间的窄窄的一块陆地。在克利奥帕特拉[①] 时代，当地居民试图在这块陆地上挖掘一条渠道把两个海湾连起来，但没有成功。从那以后，想做同样事情的人都神秘地死去了。过一会儿，他就把古代遗迹指给她看。

他们到了海湾时太阳正要落山，不过玛丽还是看到了那个遗迹。在一边，他们面对着落日，在另一边，面对的是一轮初升的圆月。暮色渐深，月光渐亮。

过了一会儿，他们下了橡皮救生艇上了岸，月光下的水面银辉闪烁。他们坐在卵石上，伊凡把带来的两罐啤酒打开，递了一罐给玛丽。

玛丽陷入了美梦之中。周围的美景，照亮海湾的银色月光，令人迷醉的香气，坐在身边的男人的温柔呵护，都令她感到飘飘然。她觉得自己仿佛在河里随波逐流，任凭水流载着自己往前走。

她接过了啤酒，没有显得太不情愿。她的嘴唇先接触了一下冰凉

---

①克利奥帕特拉（公元前 69—前 30），古埃及托勒密王朝最后一任女法老，世称“埃及艳后”。

的啤酒罐，接着感到一阵绵软的泡沫，然后是有点发苦的味道。一种满足感油然而生，她伸展两脚放进了轻轻荡漾的水波中。西玛尔的缺席意味着少了那种掌控的存在，这令她欢喜，也许她可以在没有别人告诉她怎么做的情形下，自由自在地过上几个钟头。

这个有钱有学问的男人对她很关心体贴，令她内心震颤，开启了一扇复杂情感的大门。她平生头一次感觉自己受尊敬，感觉自己聪明美丽。她陷入了这样的思绪当中，没有意识到自己很快就喝光了一罐啤酒。

伊凡对坐在身边的女孩感到一种强烈的怜悯。他想抓住她瘦弱的肩膀，拥抱她。这不是出于性欲，而是出于同情。他想要做的就是把女孩紧紧搂在怀里，就那样一直搂着。但他不能搂她，女孩会误解的。

月亮升得很快。伊凡问玛丽能不能看出月亮里有个很像女人面貌的影像，她看不出来。多年以前，在伊兹密尔的一个夜晚，空气里弥漫着天竺葵的香味，伊凡的父亲要他仔仔细细看月亮，直到看出那个形象来。满月就像个圆形像章，上面有一个美女的肖像，她脸向上微仰。伊凡向玛丽详细描述那张脸，但是女孩看不出来，她能看到的是完全不同的东西。

他决定教玛丽游泳。他特别热情地建议，加上玛丽喝了啤酒有点飘飘然，这个奇特的夜晚也好像有种魔力，所以她也就无力抗拒了。伊凡下到水里后，玛丽脱掉了衣服，希望黑暗能掩盖住她的身体。她仅仅穿着泳衣，一步一步走进水中。她的赤脚没有任何防护，踩在尖利的石子上，走得很吃力。不过，海水里还真暖和，而且在水里有种被保护的感觉。她害怕教授在月光下看到她半裸的身体，但是伊凡拉住她的手，把她拉下海水时，她并没有反对。很快海水就齐胸深了，她害怕了，就抓紧伊凡的手。

伊凡突然把玛丽托起来平放在水面上，吓得玛丽尖叫起来。“别害怕。”他说，“我不会放开你，把背伸展就好了。水会把你浮起来。你躺在水面上，像躺在床上那样就可以。”刚开始，玛丽很惊慌，无法放松躺平。她害怕被淹没，老是弓着腰，结果就往下沉，但是伊凡的手臂在护着她，随时都能托起她，不会让她沉下去的。不久，她就明白了可以依赖他，漂浮时也就不再害怕了。

在那个月光照耀下的海湾里，玛丽由伊凡托在水面，身体一闪一闪像条白色游鱼。他托着的是一个奇迹。当她漂浮不住下沉时，他就会轻轻托她一把。每次，他都会更加赞叹她苗条的身材。在月光下的美丽海湾里，两个人就像戏水的动物。克利奥帕特拉想要连接的海湾里，洋溢着笑声和貌似害怕的轻声尖叫。

伊凡温柔地把女孩翻过来，托住她的腰和肩膀，开始教她游泳。似有一条白鱼从他俩手间滑过，闪现珍珠色泽。

开始航行的时候，他没有感到这么开心。这也许是他有生以来最愉快的时刻，而且挺奇怪的，性欲并不包含在其中——肉欲会毁掉他们这种孩童般纯真的欣悦之情。

他记得那晚的情景，仿佛是两个孩子在做游戏，他也变成了和她相仿的少年了。她实际上是个美貌纯真的女孩，一个单纯、聪颖、容易激动、两颊绯红的天真女孩，一个还没有忘掉如何脸红的女孩，就像一只海豚幼崽，像一条在水中上下跳跃嬉戏的银色游鱼。

玩世不恭、能言善辩的教授，迷失在虚无主义的观念里，虚度盛年，此刻他忽然意识到遇到这个女孩后，自己发生了变化。玛丽软化了他的心，带他回到了青少年时代。他现在做的，正是他从前横加指责和嗤之以鼻的事。

伊凡发现女孩感觉到冷了。对一个不习惯海水的人来说，她在水里站得太久了。他领她上岸，过那片尖利的碎石滩时，抱着她走了一段。过去后她就下来自己走，水顺着她的身体往下流，到了岸上她就在碎石上躺下了。

这时起风了，教授感觉玛丽穿着泳衣冷得浑身哆嗦，牙齿也在打战。她不但在海水里不习惯，啤酒和兴奋对她也有影响。尽管冷，她还是在碎石上睡着了。伊凡像只老猫护崽似的，想用手臂搂住她，温暖她。他想压制这种情感，但是无能为力。他向她俯下身子，张开双臂搂住她。在他的余生中，他将经常回忆起这个时刻，觉得那是他此生犯下的最大错误之一。

女孩一感到这男人伏在她身上，立刻一跃而起，用尽全身力气把他踢开，厉声尖叫："不！不要！不，伯父！别这样！"在那个黑暗的夜晚，她那令人毛骨悚然的尖叫如此吓人，伊凡惊呆了。他不知道该怎么办。他意识到必须让她冷静下来，停止尖叫，但是他不敢靠近她。

女孩用两手捂住脸，在碎石滩上来回奔跑，像个疯女人一样尖叫不止。后来她跪倒在地，开始说胡话。伊凡比玛丽还害怕。他听不明白她说什么，听她几次说到"伯父"和"我恨你"这几个词，接着她就一边尖叫，一边用紧握的拳头捶打碎石。

伊凡从来没有见过这场面。他连气都不敢喘了，就只是等候着，不知道该说什么和做什么。如果他扇女孩一巴掌，能把她扇得神志清醒过来吗？要是情况更糟了该怎么办？他刚才的举动像动物，这才把女孩吓成这样。也许最好的办法就是等她冷静下来。

后来，玛丽累得筋疲力尽，瘫倒了。伊凡见她处于半昏迷状态，但他还是犹豫，不知道该不该靠近。他知道在女孩身上肯定发生过一些事，才引发了她这样的情况。她极有可能是被一个上了年纪的男人强奸过。难道是女孩的伯父——西玛尔的父亲——强奸了她？但是那个男人不是某个教区的教长吗？不过那又有什么区别呢！

如果他的怀疑是对的，玛丽刚刚展示的就是她生命中隐藏最深的秘密。他知道了女孩心里藏着这样一个痛苦可怕的秘密，心里不禁感到一阵绞痛。是他引发了她的这种记忆。不过她刚才所经历的这种记忆的震撼，也有助于把毒素从她头脑中排除出去。

伊凡鼓起全部勇气靠近了女孩。他扶起她的头来，温存地放在自己腿上，轻抚她的头发，一边小心翼翼地对她耳语："别害怕，玛丽。没什么好害怕的。"

几分钟后，她又恢复了意识。她没说话，但是伊凡感觉几滴热泪滚落在他腿上。还好，她能哭出来了，这也意味着危机过去了。

"很抱歉，我吓着你了。"他说，"我没有伤害你的意思。我发誓我只是想保护你，像父亲那样保护你……"

女孩哭泣不止。

伊凡发觉自己又一次踏进了危险的水域。"是不是有个男人伤害过你？"

玛丽还是默默哭泣。

"你把我当成你伯父了，对吗？"他问，"是他强奸了你？"

玛丽继续啜泣，伊凡确定他的判断是对的，因为她没有否认。他体谅玛丽难过的心情，就也保持沉默。

他想起了以前和一个人的谈话，那人叫库萨·贝，是个退休法官，是阿赛尔的伯父。库萨·贝在安纳托利亚的许多城镇工作过。一次，伊凡问起他安纳托利亚最常见的犯罪，法官的回答让他震惊。伊凡以为是杀人或者盗窃，但是老人告诉他在局部地区是乱伦。"在这种事件里，女孩一般羞于启齿，不会告上法庭。例如，一个年轻男子结婚后去服兵役，他父亲开始骚扰年轻的新娘。叔叔、伯伯、舅舅等长辈强奸侄女外甥女的案子时常发生。不幸的是，这类案件到最后，总是女人付出代价，她们不是自杀就是被谋杀。”

哭泣的女孩头枕在伊凡膝头睡着了。这么说，玛丽属于逃过一劫的，她没自杀也没被杀死。月光下，她的身形看上去那么单薄柔弱。伊凡尽量不打扰她睡觉，伸手取来她的T恤衫和裤子盖在她身上。他不敢大声呼吸，等待着她醒来。

回帆船的路上，玛丽一直用两手托着头，弯着身子，仿佛痛苦不堪。救生艇默默地向前走，伊凡又一次道歉。他没有打算伤害她，他唯一的目的是做好事。也许，刚才的事会有助于让她克服那种耻辱的感觉。

他告诉她，根据心理学家的理论，说出秘密有助于痛苦的消除。“我母亲说一个人能治愈另一个人。告诉我你的秘密，能让你排除心里的毒素。”

女孩没动也没说话。

“是你伯父干的？”

她没回答。

“是西玛尔的父亲？”

她一直沉默不语，看样子仿佛屈服于强于她自身的一种力量。

正当沉浸在对往事的回忆之际，突然一声巨响，发生了大碰撞，伊凡被抛起来摔落在甲板上。帆船撞上了什么东西。是希腊的一个岛屿还是土耳其海岸？或是海中的一块礁石要把船撞成碎片？

伊凡听到铁板像纸片一样被撕裂，发出令人毛骨悚然的声音，但是他决定继续躺在甲板上不站起来。他不害怕，他的恐惧——那种有鸟儿在他胸腔拍打翅膀的感觉——被一种听天由命的平静念头替代了。不久，凉凉的海水抚摸着他的脸，伊凡感受到了爱琴海浩瀚、寒冷、壮美的黑暗。他笑了。

第二十八章　秘密人人有

那天晚上，玛丽午夜梦回，又被那长着黑胡子的凤凰用它那钳子般的长嘴折磨了一番。这是玛丽离开马厩后第一次梦见这禽兽。在她舱房里狭窄的床上，她辗转反侧，呻吟不已，哀求凤凰放她走，但这禽兽充耳不闻，只管残忍地朝她两腿间那块罪恶之所戳刺不休。

玛丽几乎忘掉了那个罪恶之所。实际上，她不再觉得身上这块地方有什么罪恶了。她在舱房里醒来后，头疼得厉害，感觉仿佛又像在马厩一样绝望痛苦。久已封存的记忆又一齐涌上心头。不管她做什么，都无法让自己摆脱充满了心头的恐惧和罪恶感。她感觉自己的血肉之躯被罪恶所浸泡，也许还不如当时把那个满是油污的绳环套在自己脖子上吊起来的好，那样的话，人们现在已经把她的名字和面容忘掉了，谁也不会记得她了。像过去一样，她感到她的罪恶会一生一世纠缠她。

她恨自己几天前兴奋地穿在身上的这套新装。她跟别人不同，没有权利穿这种衣服。那裤子、T恤衫、腰带，是她罪恶的一部分。她想再穿上自己那件手工缝制的裙子，穿上她那双黑塑料鞋，用头巾把头紧紧包住。在海上找到的勇气完全消失了，她又变成了一个胆怯的小女孩。她感觉自己走得太远，超出了自己的理解范围。

玛丽在两极之间来回振荡，忽而感觉自己浑身是胆，忽而感觉自己无比懦弱。她不相信自己的恐惧真会消失。

她蜷缩在床上呻吟良久，然后坐起来脱掉泳装。她又穿上自己的长内裤、布裙和毛袜子，她还用一块在舱房里找到的薄棉布把头包起来，这才感到好受了些。

她觉得自己是被从大城市来的教授引向了迷途。要不是那个邪恶的男人提出建议，她永远也不会在一个男人面前穿泳衣下水。她恨教授，再也不想见到他了。

她穿着自己的旧衣裳感觉很舒服。躺在床上，她脑海里想象着这样的场景：她看到自己返回村子里了，穿着那身新衣服走过市场。人们看见她的新裤子、粉红T恤衫、太阳镜和运动鞋，一个个都惊得目瞪口呆，不敢相信自己的眼睛。他们会错把她当成个大城市来的阔女人，或者当成游客，分不清她是德国人、法国人还是美国人。

那条泥泞的路两边的小商店会空无一人，每个人——杂货店主、卖衣服的、卖水果的、律师——都会来到她跟前，甚至政府官员也不例外。"她是谁？"他们会惊奇地互相询问，"这个阔女人是谁？"玛丽一句话也不说，但是私下里会嘲笑他们。村里的女人们全都出来用妒忌而惊异的眼光打量她，这其中也有她姨妈，她缩着脑袋，头巾紧紧裹在头上。她会盯着她看，但是玛丽会假装没看见她，继续走她的路。好奇的人群会跟在她身后，她会径直走向阿婆家。阿婆打开门，玛丽就会对她说："是我，玛丽。你不认得我了吗？"这时，她会摘掉太阳镜。人们会大惊失色，叫喊起来："是玛丽！是我们不幸的玛丽！"

姨妈会张开双臂说："玛丽，我的好闺女！"但是玛丽会背对着那女人，她曾经把玛丽关在门外，听凭她哭得死去活来也不开门。

接着，她打定主意要让所有的人都能听见，就大声宣布：“这个村子里人人都是骗子，阿婆。他们当面对你笑，背后给你使绊子。他们送我去伊斯坦布尔时说的每一句话都是谎言。这儿没有一个老实人。最坏的是我姨妈。伊斯坦布尔跟他们想的完全不一样。要是你们见了亚库普的家，你们会哭的。连狗都不想在那儿住。”

她和阿婆会彼此拥抱，然后甩开外面的人群，手拉手走进屋里。

每次玛丽做这个白日梦，都会加上一些细节。有时候她会奇怪，自己怎么那么快就把朵安忘掉了，于是又在白日梦里加上她。另一次，她父亲也进了故事里。

此刻，玛丽包裹在自己的旧衣服里，感觉又害怕又难受。她为自己敢于想象的这一切而颤抖。她感到两腿像被火烧，就像那天去塞可巴巴陵墓时的感觉。当她姨妈点着一根火柴伸到她两腿之间的时候，她感觉到了那火苗的灼热。船上好像散发出脱毛剂的味道。“你这么长时间没有脱毛了！你这罪人！你会在地狱中被烈火焚身！”那些女巫婆在她身上乱抓一气。

在隔壁舱房里，西玛尔听见玛丽呻吟啜泣了几次，然后才安静下来。他的耳朵很灵敏。他躺在自己床上纹丝不动，仿佛是在山上埋伏，侧耳倾听着每一丝声响。

他不该让女孩和教授单独出去，他应该采取防范措施。他家的一个女孩不应该被允许和一个陌生男人单独去到任何地方。在他们村子里，这就可能成为导致谋杀的一个原因。过去几个星期里，事情变化得太快了，当有些不熟悉、没料到的事情发生时，他不知道该怎么办，他失去了判断是非的能力。在村里，玛丽被禁止穿这样的衣服，但是在船上，她穿着村里的衣服显得太奇怪，就连他自己也穿上了短裤。

西玛尔很惊奇地发现，衣服能让人发生这么大的变化。他穿着突击队员军装，带着武器装备，感觉就像是世界的主人；而穿着这条滑稽的短裤，感觉自己是个无能为力的男孩。另外他也没钱，没工作，无家可归，无处可去，他像个难民在教授的船上临时栖身。

玛丽和伊凡离开后，西玛尔溜进了教授的舱房。这老头的舱房当然是最大的。房间墙上挂着一幅奇怪的画，画中描绘了一群戴毡帽的飞人。老头在画的旁边贴了一首诗，意思是“复活吧，如果你不喜欢死亡”。这对他并没有什么吸引力。西玛尔最喜欢的诗是他在服役时学的，那首诗他永远不会忘记：“由鲜血染红的旗帜才是真正的旗帜 / 你愿意为之牺牲的才是真正的祖国！”每当他们齐声高喊这首诗，一股自豪感就会在他心中汹涌澎湃。老头挂在墙上的诗纯粹就是垃圾。“你做梦吧！”西玛尔说，“要是用卡拉什尼科夫步枪的子弹打烂你的脑袋，我倒想看看你怎么复活。死亡可不是儿戏。”

他翻遍了小屋里的所有抽屉。头两个里面有内衣，有个笔记本和不少笔。在第三个抽屉里，他找到了钱，还是美元。他虽然没点数目，但那显然是一大笔钱。

西玛尔手里捏着那些钱，坐在床上开始思考。

当女孩和教授坐救生艇回来时，为什么不把他俩勒死，把尸体扔进大海？没人知道他们在这没人烟的海湾里停泊过。弄死他们只不过需要几分钟，然后他就可以乘救生艇离开。没人会发现他，也没人能指控他。

西玛尔沉湎于想象之中。他可以在他们登上船前轻而易举地把他们干掉。当救生艇靠近时，他可以用什么东西砸他们的脑袋，或者用手掌外侧照他们的喉咙猛劈一下，给他们致命一击，就像他在突击队里学到的那样。

他把钱装进口袋，登上甲板。美元似乎温暖了他的口袋，他感到幸福安全。他可以用这些钱创业，然后变得像萨拉哈丁一样受人尊敬。或者他可以回到伊斯坦布尔，和亚库普一起开个烤肉店。他可以把埃敏带到大城市里结婚。他不喜欢回到乡村，因为那样的话他不得不把这些钱给他父亲。

一想到父亲，他的血液顿时变得冰冷。父亲长满黑胡子的脸总是出现在西玛尔和罪恶之间，一想到此，他就感到浑身颤抖。他差一点就犯罪了。他刚才忘记了真主能看到一切，甚至能看到黑石头上的黑色蚂蚁，此刻真主正在注视着他。他飞快地跑回教授的舱房，把钱放了回去。

躺在床上听着玛丽的啜泣声，他感到烦闷。自从离开部队，他已经失去了自我。在村庄里，乡亲们拍着他的肩膀，夸他是英雄，但自从离开那里，他就判若两人。在伊斯坦布尔和爱琴海，没人尊敬这个退伍军人，甚至没人注意到他。

然而，在大山里，他和他的战友们被灌输着这种思想：他们是在为防止国家分裂而战，他们要赴汤蹈火、敢于牺牲。为国家利益而牺牲的战士将永垂不朽，永远被祖国铭记，他们是为星月红旗的荣誉而战。而在这里，没人关心这些事。

教授那个腌臜人以为他自己是谁？他这把年纪，倚老卖老，对玛丽色眯眯的，是个不知羞耻的东西。难怪他对她百般奉承，说她多么的聪明伶俐，悟性超过了西玛尔。这当然都是瞎话。一个无知的丫头片子怎么会比训练有素的突击队员更优秀呢？西玛尔真想把他俩带到大山里，看看他们如何生存。在那地方，女孩和老酒鬼都活不了多久。西玛尔做什么都比玛丽强，但是自从老流氓盯上了玛丽，就不停地只夸奖她一个。

西玛尔没有打盹儿，他等待着他们回来。如果情况有什么不对头的话，他一定会当机立断，上前扭断伊凡的脖子。但是，一切都很正常。教授和女孩安静地上了船，回到了各自的舱房。

西玛尔觉得他们串通一气要笑他羞辱他。当他第一次穿上短裤的时候，他俩都笑了。难道西玛尔这个彪悍的突击队员，群山和黑夜的统治者，竟沦落成了被这两人戏弄的小丑？

他越想越怒。他终于要履行自己的职责，痛下杀手除掉女孩。起先，火车上的所见和在伊斯坦布尔经历的事件，使他眼花缭乱、意志动摇，下不了手。后来，那女孩脸上悲伤凄惨的神情使他心软下来。但他是个战士，不应该被这些东西影响。现在女孩已经和老头儿勾结起来了，而且背着他干些见不得人的勾当。所以，她的死期快到了，老酒鬼也得死。

夜里风向变了，船身不停晃悠，绳索吱呀作响。教授躺在床上，心里充满了羞愧和忧伤，他引起了女孩那么大的震动，这种负罪感无法减轻。"这跟你无关。"他试图说服自己，"她的伯父强奸了她，又把她赶了出来。这都没你什么事。"他想固守自己原来那种玩世不恭的态度。"那家伙多混蛋啊！谁知道他让那可怜的女孩遭受了多大摧残。"

不管费多大力气，他就是忘不了女孩颤抖的肩膀和难以启齿的痛苦。为什么自己会对她如此同情呢？难道她就是自己要追寻的那种改变，那种脱胎换骨的变化？还是他变成了以往自己常嘲笑的那种多愁善感、容易轻信的人呢？

她叫"伯父"的那人大概就是西玛尔的父亲，但是伊凡感觉西玛尔并不知道这件事。他仔细思量着他们的关系——女孩惧怕西玛尔，这两人不仅缺乏沟通，而且关系冰冷。

为什么他们要一起旅行呢？难道西玛尔是和那女孩私奔的吗？如果是的话，为什么他对她那么无礼？突然，伊凡像被闪电击中一样，他一下子全明白了。

他的心打鼓似的剧烈跳动。一起谋杀案似乎就要在他的船上发生了！他简直不敢相信。他记得自己听说过的所谓的荣誉谋杀，就是女孩被家族一致宣判死刑。他在报纸上读过这种事，但是从没想到自己会身陷其中，在这种事件中扮演一个角色。过去，这种死刑只会在荒凉的东安纳托利亚发生。在那些地方，仅仅因为被人看见在杨树林里独自和年轻男子说话，女孩就会被杀死或者被勒令自杀。最近这些年，这种风俗已经随着移民从东部落后地区传到了大城市里，女孩们可能会被家族中的男性成员从高架桥上推下，或者被他们枪杀或勒死。

每当他看到这种新闻的时候，他总想了解一下这些女孩的母亲们的想法。一个女人怎能忍心让自己亲手拉扯大的女儿去死？莫非她们也无可奈何？

批评这种荣誉谋杀的文章常见诸报端。如果谋杀者被抓，他们常常被指控犯了杀人罪。根据土耳其刑法，杀人是要被判死刑的。但法官常常行使其司法裁量权减轻判决，而周期性的大赦又往往令那些罪犯逍遥法外。简言之，司法系统容忍和保护这种“荣誉谋杀①。”

伊凡有个朋友叫阿尔坦，是法国巴黎的一位人类学教授，他曾经给伊凡讲述了他在法国的一次亲身经历。有一天他被邀请去科尔马法院给法官提供咨询，案件是关于一个女孩的谋杀案。一名住在科尔马的土耳其工人的女儿和一个法国青年恋爱了，家里希望他们分手，并阻止女孩再见那个男孩。男孩拒绝分手，于是家里一致决定派女孩的哥哥和侄儿杀死女孩。两个年轻男子在一条公路旁把女孩勒死了。验

①荣誉谋杀，指受害者被一个或以上家族、部族或社群男性、女性成员以维护家族名声、清理门户等理由杀害，受害者几乎全部为女性。常见的被杀害原因有被强奸、被怀疑通奸、离婚等。据联合国人口基金会估计，每年在世界各地发生的荣誉杀人事件可能高达5000件。

尸官在报告里提到，女孩挣扎了十五分钟才死去。现在这个家庭正在受审。

女法官觉得不应该把他们当作法国人那样来审判，因为他们的文化传统完全不同。根据土耳其传统，荣誉谋杀不是什么大不了的事儿。正因为这样，法官想听听这位土耳其教授阿尔坦的意见。

阿尔坦认为谋杀罪在任何文化背景下都是一样的，那个家庭的文化背景不应当影响她的裁决。后来，他得知法官想把这个家庭遣返土耳其，而不是把他们关在法国监狱里养活二十年。她可能觉得这个家庭归根结底不属于这个文明世界，让他们自己的国家去处理这件事可能更为妥当。在阿尔坦的坚持下，这个家庭被判有罪。不过阿尔坦觉得法官的判断并不完全错误，因为阿尔坦自己也曾宣称："在整个地中海地区，荣誉的概念依旧被认为是寓于女人的大腿之间的，这种谋杀仍被看作是可以饶恕的罪行。"

伊凡对西玛尔怒不可遏，因为他是被指派来杀死玛丽的人。伊凡发誓要一直看护女孩。她从此将处于伊凡的保护之下，伊凡绝不允许任何人毁灭她年轻的躯体和充满朝气的灵魂，他甚至会收养她。

是的，他很有可能会这么做。

帆船在风中摇摇晃晃，绳索和桅杆吱呀作响，船舱像摇篮一般，来来回回地摇摆着。

他真希望自己带着柯尔特转轮手枪。自己没带着那枪简直是太蠢了。

他感到憋气，于是起身走上甲板。

月亮已经落山，海水漆黑一片。风还在呼啸，但锚并没有被拖动。船还稳稳地待在原处，他并不需要半夜起床查看帆船。

玛丽听到了开门声，有人上了甲板，但她不知道上去的是谁。是教授？还是西玛尔？

几分钟后，她听到了轻轻的敲门声。开门一看，面前站着的是教授。“我听到了声响，觉得你可能还没睡着。”他低声说着，也许他害怕吵醒西玛尔。“我也睡不着，”他说，“我们到甲板上去吧。”

玛丽跟着他登上甲板。

外面的冷风让玛丽直起鸡皮疙瘩。伊凡找了件厚夹克披在她肩上，假装没注意到她穿着旧衣服。

“我绝不会伤害你的，玛丽。”他说，“你知道的，对吧？”

女孩点点头。

“你能把我当成……父亲一样来信任吗？”

玛丽又点点头，伊凡深深吸了口气。

“我担心你会误解我，所以我睡不着。”他接着说，“我有话跟你说。你现在远离那个村子，在这儿没人能伤害你。他们不敢碰你一根毫毛。”

“那西玛尔呢？”玛丽轻声说。

“他也不会碰你的。”

两人沉默了一会儿，无话可说了。

玛丽无法抬起头来面对他。在他面前，她始终觉得羞愧难当，无地自容，毕竟现在他知道了自己的那个令人难以置信的秘密。

伊凡温柔地抱起女孩，回了她的房间。

在关门之前，他做了一件奇怪的事情：他轻吻了玛丽的手。作为回应，玛丽也吻了他的手。然后他轻轻关上门，回到自己的舱房。

西玛尔听到了他俩的耳语，但一点儿都没听明白。他猜想着发生的事情，眼睛盯着天花板，等待着黎明的到来。

第二十九章　橘花飘香

在海湾的那一夜之后，玛丽欢笑不再，仿佛得了场大病。第二天早上启航时，她感觉冷，找了件带兜帽的夹克穿在身上。她一直感到恶心，老冲进卫生间呕吐。西玛尔不明白玛丽为什么病了，也不明白她为什么又穿上了旧衣裳。仔细观察，本来欢乐得像只麻雀的女孩，现在经不住海浪涌动的折腾，非常难受。为消除她恶心的感觉，教授给了她几片药，还给她一个特制的手镯让她戴上。

船上的气氛极让人不舒服。谁也不说话，每个人都阴着脸干自己手头的活儿，伊凡和西玛尔彼此之间的憎恨很明显。

经过仔细考虑，教授认定再航行下去没什么好处了。在远海上，他和玛丽都是年轻力壮的西玛尔可以轻易下手的目标。他倒不认为这年轻人真想除掉他们，但是，假如他真想这么做，是很容易的。最好是回陆地上去，把船停在某处，找个地方住下来。

伊凡越想越觉得这办法不合适。虽然他明白应该在离岸最近的一个地方放下西玛尔和玛丽，然后独自驾船离开，但是他不能抛弃可爱的女孩，听任她走上死路。

他研究了海图手册，看到附近有个渔村。在手册上的一个小渔村肯定是个旅游天堂，不过那样更好。伊凡改变了航向。

风从背后吹来，他们以最快的速度直奔陆地。

一过岬角就看见了海湾和岸上的房屋，教授感到一阵惊讶，因为他本以为能看见许多大酒店，可是映入眼帘的却是一座座二层小白房子，带有花园，里面长满了粉色、白色、紫色花卉。村子里到处是千年古柏和橄榄树。

靠近海岸时，他看到岸上有几家海鲜饭店和一个晃晃悠悠的码头。伊凡在码头上系缆绳时，光脚小孩们一边尖叫“欢迎”，一边跑过来帮他系缆绳。海水呈现翠绿色，村子安静优美。

从码头上看，村子似乎比刚才看到的要大些。有不少外国游客，多半是英国人。在茶馆花园里的一棵巨大的桉树下，游客们有的在看书，有的在喝土耳其咖啡，也有躺在长椅上打盹的。越过房屋再往远看，只见村子后面翠绿的山上有一些古代的遗址，包括一座毁掉一半的剧场。这景致多美妙啊。

伊凡认定这就是他想来的地方，于是便独自上岸去了。玛丽正躺在甲板上，抬起头来看了眼村子，合上眼继续睡觉。西玛尔仔细观察着周围环境。

伊凡感谢了晒得黑油油的小孩们，他们帮伊凡拴了船。伊凡答应去他们的海鲜饭店，然后他径自去了那家花园里有桉树的茶馆，桉树真大，三个人手拉手都抱不住过来。

教授要了杯土耳其咖啡。他喜欢早上坐在咖啡馆或茶馆外面，观赏明亮翠绿的大海。他想起了上次那个男孩和他说英语的滑稽场面。现在他刮了胡子，谁都不会把他当成游客。他可以从落座的地方看到帆船，可以密切注视玛丽。

显然当地游客还没有发现这地方。一次，他犯了个错误，在南方一个时髦的旅游地度假。那真是一场噩梦：巨大的帆船拥挤在小码头上；水上飞机往返于机场和豪华五星酒店之间运送游客；游艇公司老板的直升飞机在头顶盘旋；高速游艇在海上疯狂地绕圈；每家海滨酒店和饭店都播放着不同的音乐，各种迪斯科节拍震耳欲聋。当时他觉得自己喜欢那种环境，但是后来在帆船上度过的那些夜晚，让他明白此次出海航行把他彻底改变了。现在很多事情都让他感到心烦，而以前他对这些事感到很自然。

爱琴海沿岸这个不为人知的村子异常宁静，真是个世外桃源。流浪狗在路边懒散地打盹，不时睁开一只眼睛打量路过的人。谁也不打搅它们。这里生活缓缓流动，一切都静谧安宁。

教授跟茶馆老板说了他对这里的第一印象。那中年男人带着爱琴海口音说："你说得对，不过人来得越来越多了。一两年之内，这地方就会热闹起来。"

茶馆老板误解他了。老板以为与世隔绝是这个村子的缺陷。如果来的游客更多，村子就会有柏油路、交通灯、大酒店。那人想多挣钱——还有什么比这更自然的事吗？

伊凡说特别喜欢这个村子，问老板是否有空房子出租。

老板不知道有任何空房子，但是他说从伊斯坦布尔来的一个人——是个退休的大使——在村那头买了座房子。他有时候出租房间，房客再找不到比那儿更好的房子了。老头有点怪，房客们也得忍着点儿。

伊凡对大使挺好奇的。茶馆老板的儿子带伊凡去了那所房屋，这是海湾尽头的最后一座房子。那是座简单的石头建筑，建在一片橘树林里，橘子树上开满了花，芳香四溢。那里少说也有五百棵橘子树，散发出的香味包围了伊凡。海边这块橘子林被高大的柏树包围着，像围墙一样密不透风。花园一直伸进了海里，海边有棵巨大的橄榄树吸引了教授的注意。他注意到大树后面有个栈桥，摇摇欲坠，快要散架似的，不过要是水足够深的话，倒是可以在这儿停船。

他绕着房子走了一圈，来到了花园，园子里有个瘦削、白发、衣着讲究的人，正蹲在一棵漂亮的柏树旁边。他朝他们打了个保持安静的手势，然后轻轻地招呼他们过来。

伊凡轻轻地朝他走过去。老人手里拿着一只刚破壳的小麻雀，可怜的小东西眼睛都睁不开，更不用说振翅飞翔了。那人小心翼翼地把幼雀放在花园的墙上，便往后退。他离开幼雀远到不会打搅它了，这才说："这棵柏树上有麻雀窝。那个小家伙掉下来了，它妈妈在上面急得直叫唤。我把它放在它妈妈和爸爸能看得见的地方，咱们看看会怎么样。咱们很快就会看出，是它不小心掉下来的，还是父母把它推下来的。"

"要是被推下来的，你怎么办？"伊凡悄悄问。

"那我就把它拿回家照料。"

"你是说，你要改变它的命运。"

"是的。"大使回答道，同时头一次仔细端详伊凡。"你是谁？"

教授做了自我介绍，他说他正在给自己和跟他一起的两个人找房子租住。

"你可以在这儿住，但是有些规定。"大使说。

"什么规定？"

"这里没有电视，你们也不许带电视来；收音机和报纸都是不被允许的；莫谈政治；不允许唱流行歌曲和谈论名人；也不得支持任何一支足球队。一句话，任何把国家愚行带到这座房子里的行为，都一律禁止。"

伊凡惊呆了。

“‘国家愚行’？”

“是的。愚蠢在这个国家太流行了，要是不关紧门窗，就会通过空气传进来。愚蠢是世界上最流行的传染病。”

“好的。”伊凡说，他从来没有遇到过这么一位大使。“房租是多少？”

“你出多少就是多少。”

“什么？”

“多少由你定。我不隐瞒我需要钱的事实。橘子的收益不够成本，人们不再喜欢吃带籽的橘子了，他们能买到无籽脐橙和迦法柑橘，尽管我们这儿的橘子更有滋味，更香醇。所以，我有时候也收个房客。房租他们能出多少就出多少。你看起来是富人，所以你要多出点儿。”

“多出多少？”

“一二百万美元。”

一听这话，伊凡意识到这老人的确是个怪人，但这怪癖伊凡很喜欢。老人精力充沛，幽默诙谐，这两种特征真是一种不错的结合。

“他们说你怪，果然名不虚传。”

大使哈哈大笑。

伊凡检视了一下防波堤，确定这里的水足够深。他在沙滩上漫步了约莫十分钟的光景，然后回到了船上。

玛丽还在睡觉。伊凡叫西玛尔收起缓冲垫，解开缆绳。他们发动了引擎，去新的停泊处。从海上看，花园美丽如画，在船上就能闻到醉人的橘花香。玛丽坐起来看了会儿花园，然后又躺下了。

他们到了，大使在房里，一脸愁容。他坐在一张扶手椅里，好像要哭出来了。伊凡问他怎么了。

“猜猜那只小麻雀怎么样了。”他说。

“怎么了？”

“猜一猜。”

“它妈妈带它回窝了。”

“没有。”

“你把它拿回来了。”

“没有。”

“那它怎么着了？”

“一只猫吃了它。”

“你做什么了？”

“我拿枪打死了猫。现在，麻雀和猫都死了。”

“别难过了。”伊凡说，“你失去了一只鸟和一只猫，但是你交了三个新朋友。”

大使把三个人打量了一番。他带着几分淘气，目光一闪，看了眼西玛尔的短裤、玛丽的乡下衣衫和头巾。“他们是谁？”他问。

“我的朋友。”

“他们也是教授吗？”

“不是。”

“那他们一定是副教授了。哦，谁在乎呢……你的房间在楼上。你告诉你的同伴住房规矩了吗？”

“是的。别担心。”

他们拿着东西上二楼的时候，大使说：“你说我是个怪人，可是教授你也够怪的，比我毫不逊色。”

“你说得对。”伊凡笑了。

老人也笑了。伊凡感觉其实大使并不特别怪，而是一个极聪明的人，只不过是在跟他逗乐。

他说的麻雀和猫的事，也许只是个狠心的玩笑。

“你玩的那个游戏不错。”他对大使说。

“什么游戏？返老还童的游戏？”

到了晚上，伊凡喝了杯冰镇威士忌，然后问老人，他说的“返老还童的游戏”是指什么。

大使哈哈大笑。

“人生旅途要经过一个‘骆驼阶段’，背负着社会压在他们身上的全部愚蠢的偏颇的负担。接着要经过一个‘狮子阶段’，在这个阶段他们会抵抗所有这种偏见。但是还有一个阶段只有少数人能达到：儿童阶段。这是最高阶段，要求人用儿童的天真去思考人生，去玩游戏，接纳各种可能产生的影响，找回自己那失去的天真。所以我才要玩游戏。”

“我绝不认为你会是尼采的粉丝。”伊凡一边说，一边举杯祝福老人。

“哦，我只是在某种程度上接受他的理论。”大使回答，“所谓超人的那些东西都是垃圾。”

沁人心脾的橘花香和海水的咸味混杂在一起，花园里微风轻拂，伊凡在浓郁的芳香氛围中享受着冰镇威士忌。他考虑要在这儿住到生命终结。玛丽可以一直陪着他，但是他必须找个办法摆脱西玛尔，这家伙让他紧张。

“女孩怎么了？”大使问。

“她病了。”

“什么病？”

“我猜是精神崩溃，所以她必须卧床休养。”

“返回子宫的愿望。”大使说。

“威廉·赖希[1]。”伊凡回应。

[1]美籍奥地利心理分析家，提出“弗洛伊德主义的马克思主义”体系，主要包含“性高潮”“性格结构”和“性革命”理论。

大使笑了。他们玩了个引述的游戏。只要一个人说点什么，另一个人就必须说出来源。

“她为什么精神崩溃了？”

“我怀疑她被强奸了。”

“那我们该做什么？”

“我们让她独自待几天，她可能会振作起来的。”

接着大使又问起西玛尔。

“他是她伯父的儿子。”伊凡说，“他刚服完兵役。就我所知，他受命杀死女孩，但是没能完成使命。”

“也许他爱上她了。”

伊凡笑了一声。

“那会是个完美的好莱坞剧情。”他说，“即便是最平庸的作者，写这么个故事之前，也会三思而后行的。”

“有时候，实际生活比好莱坞烂故事更搞笑。”大使说，“其实二者往往很相似。”

“你说得对。”伊凡表示赞同。

大使说在安纳托利亚有个流行的观念，那就是女人是邪恶的，是有罪的，浑身充满罪恶。这个观念是国家不发达的根源，因为这样一来，国民的一半都被打入冷宫了。”

“是的。”伊凡赞同这种说法，“但是在西方文化中，女人也同样被视为罪孽深重。”

“你是什么意思？”

“想想罪恶这个词吧。”

“怎么？”

“你不觉得英文词‘罪恶’（Evil）是来自‘夏娃’（Eve）吗？”

大使皱了下眉头说：“也许你说得对……Eve，Evil，原罪……你说得对。至少没有从我们语言中代指夏娃名称的‘Havva’一词中，派生出罪恶这个词语来。”

伊凡根据和大使夜里喝酒时得到的片段信息，得知老人曾先后出任土耳其驻欧洲好几国首都的大使。他后来退休了，老婆去世后，他就来到这个与世隔绝的海湾，买下了这座孤零零的房子。吸引他的倒不见得是这房子，主要是橘子树林，因为刚开始他的想法是来采摘橘子，包装销售。后来，在这座房子里居住的念头和采摘橘子一样吸引他。

“多年来，我以为自己代表了国家。”大使说，“后来我开始怀疑，国家是否有资格代表我。那些在领导位置上的人的诚信和智慧没有达到我的期望。最后，我决定遁世隐居，离开我一直居住的那个世界，到这儿来写我的回忆录。”

“你写了吗？”

“没有。因为我意识到，这个国家的问题并不在于缺乏知识或理解。我们无法教他们学习任何东西，他们对一切都比你我了解得更清楚，但是他们缺少良好的意愿。他们固执己见。你无法影响这个国家的决策人，因为公众是愚昧天真的。在一个民众没受过教育的国家里，民主无异于建立专制，或者是选举国王。所以，我和这个国家割断了联系。我甚至不知道谁是总理。今天麻雀的叫声对我来说比总理更重要。”

“那只麻雀究竟怎么了？”

“跟我来。”大使咧嘴一笑。

他把教授领进他的房间。他已经把那只麻雀放进了一个鸟笼子里，鸟笼底下垫着块棉花。

“我没错，”他说，“是它父母把这可怜的小东西扔出窝来的，但是我不能让它死。”

玛丽在床上躺着，房间很小，只有一个小窗户，光线昏暗。她不习惯这张床，翻来覆去睡不着。这间屋子使她想起了老家村外葡萄园里那个茅棚。一闭上眼睛，刚一打盹，她就以为自己是在那个茅棚里，两脚乱踢，抵抗那个把她按倒在地的黑胡子妖怪，但是那个狰狞的妖怪为所欲为，弄得她两腿之间流出了血。她大声呻吟，发出的声音把自己惊醒了，然后发现自己浑身大汗淋漓。

她头脑中运转正常的那部分悄悄对她说，就是关在马厩里的时候，她也没有这么难受过。从那时算起，已经过去了好长时间，她也远离了村子。在她以为自己忘掉了过去的一切之后，怎么那段可怕的记忆又来纠缠她了？

玛丽想让自己的思想陷入麻木状态，尽量把那些形象都从心里清除掉，再像孩童一样纯真，但是她做不到。

西玛尔蹲在花园的一个角落，盯着两个醉汉看，他心头的恨意已经一触即发。那两个人一块儿大笑，用他听不懂的语言说话，说不定是在嘲笑他。显然他们瞧不起他，好像他比东部的农民或仆人还要低下。

然而，是西玛尔和他的战友们的英勇无畏，才让这种人在这个国家过上太平日子。假如阿卜杜拉看见这两个醉鬼这副丑态，他就会质问值不值得为他们损失一只眼睛或一条腿。

照西玛尔看来，这不值得。特别是教授，他分明就是个叛徒。他在船上挂了外国旗帜，还比土耳其旗帜大。每天夜里，西玛尔都要把两面旗帜调换位置，把辉煌的土耳其国旗挂在那面旗帜的上方，他感觉那面旗帜像睡衣，上面印着许多红蓝横条和星星。第二天伊凡会说，那样挂旗帜违反海事法规，然后就把土耳其国旗挂回原处。西玛尔一言不发，但是到了夜里，他会照例把旗帜调换过来。国旗是重中之重。在那么多英勇的战友为国捐躯成为烈士后，还有什么海事法规能阻止土耳其国旗在外国旗帜上方迎风招展呢？

第二天早上，西玛尔找到个机会向教授和大使展示他在山里的几张照片。在其中一张照片上，西玛尔身穿突击队军服，站立在一座山的山顶，身上挂着子弹带，手里握着 G3 冲锋枪，枪口指向天空。照片是从下往上拍的，背景上有白云，西玛尔昂首傲视，豪情满怀。

两个人没怎么注意西玛尔的照片，他们只粗略地扫了几眼，就递还给他了。不管他做什么，他们都对他不感兴趣。假如他们问他有关战争的事，他会滔滔不绝地给他们讲上几个钟头。

第三十章　驴子说了什么？

三天来，橘花香浓得化不开，飘浮在空气中，包围着他们。大使和伊凡没完没了地喝着威士忌，陶醉在花香之中。西玛尔懒洋洋地在船上打盹，或在花园里打发时光。

花香透过玛丽的窗户，进入她那昏暗的房间，仿佛香膏浸润了她全身，疗治她的创伤。一丝柔情伴随着橘花香，渐渐充满了整个屋子。浓浓的花香像阿婆的手一样摩挲着她的头发。她偶尔半睁开眼睛，看到了蝴蝶在眼前飞舞。蝴蝶深蓝色的翅膀上点缀着黄色的斑点，扑打着翅膀从她的头顶飞过，落在了她的脸上、头发上，在她的毛毯上落了满满一层。

几天之内，橘花飘香和蝴蝶幻象使玛丽恢复了体力。她睡醒后强烈地感觉到精力充沛、浑身舒畅，便坐了起来。骨头仍有点疼，但她还是大口吞下了睡着时教授留给她的食品。

她脱掉了身上的衣服，就像甩掉了浸湿着汗水和血迹的病号服，随即从床上跳下来。头已经不疼了，但身体感觉轻飘飘的。她打开了百叶窗，让阳光照亮屋子，感觉胳膊和腿仿佛在水上漂浮。

看见太阳从不远处山后深红的云彩中冉冉升起，听到麻雀在柏树枝上的巢中叽叽喳喳叫个不停，她的心中溢满了幸福。她看到床前椅子上有一条白色连衣裙，这一定是教授给她的惊喜。她穿上了这条新的白裙子，对着镜子欣赏了一下自己，然后走下楼来。

楼下没人。天太早，谁也没睡醒呢。她走出房屋，来到花园里，走到防波堤上。她望着已经像她的家一样的帆船在晨风中微微摇晃。她朝四周的橘树林望去，仿佛目睹了一个奇迹。怎么会如此芳香袭人，甚至比茉莉芳香更诱人？

在花园四处走动的时候，玛丽发现了一个鸡窝。她非常高兴，像孩子般地取出了几个热乎乎的鸡蛋。回到厨房之后，她泡茶、煮鸡蛋，在花园里布置好了早餐餐桌。

大使是第一个起床的人。他睡眼惺忪，开始并没有发现玛丽。玛丽一身白衣，清新活泼，好像变成了另一个女孩，跟刚来的时候判若两人。大使又看到了早餐桌，便惊奇地问她：“都是你准备的？”

“是啊！”玛丽边冲茶边自豪地回答。

他们一起吃饭的时候，大使问玛丽：“你晕船吗？”

“可能吧。”她回答说。

“你以前坐过船吗？”

“没有。我倒是在凡湖上坐过双桨船，可那是完全不一样的。”

“我也晕船，”大使说，“所以我不坐船。”

“这儿很漂亮，”玛丽四处望了望说，“就像在天堂一样。”

过了一会儿，西玛尔下了楼。他偷偷瞄了一眼玛丽，坐在了桌子边的椅子上。又过了一会儿，教授也来了，他见到玛丽很高兴，但是他忍住没有拥抱玛丽。

玛丽看了看自己的衣服，说：“谢谢你！”

“很合身啊！”伊凡应答了一声。他在当地市场上买到的这件精细棉布裙，在晨风的吹拂下洒脱飘逸，宛如婚纱礼服。

两天愉快地过去了，大家各自相安无事。大使在屋里看书；教授到村里的那家海边茶馆闲坐喝茶；玛丽给大使栽种的甜罗勒、薄荷、番茄、西芹锄地浇水；西玛尔要么在防波堤上钓鱼，要么进村走一趟。

大使不允许在屋里煎鱼，因为那味道三天都散不尽。西玛尔不能把他钓着的鱼带回家，因此，他只能把鱼从鱼钩上摘下，扔回到海里。即使这样，也不能阻止他钓鱼，对他来说，能够数数钓到了多少条鱼，他就心满意足了。

他一边在码头上消磨着漫长的时光，一边盘算着将来的日子。他没有钱，没有工作，也没有家，他不能永远住在这座房子里，他也不能确定是不是该回村里去，或是去伊斯坦布尔找个工作，也许当个保安什么的。萨拉哈丁曾经告诉过他，如果那女孩不和他在一起，他找个工作并不难，大银行和大公司都愿意聘用退伍突击队员当保安，薪水还不低。把女孩留在这儿，自己去伊斯坦布尔找个工作，这主意难道不好吗？但是，这两个男人会收留她并对她负责吗？

一天，西玛尔正考虑这些事情的时候，突然意识到他不再想埃敏了，不那么渴望和她在一起了，不过，这个发现并没有让他特别心烦意乱。他已经把老家连同属于他的过去的每一个人和每一件事远远甩在身后了，只有玛丽除外。

晚上，他们一起吃饭。饭后伊凡和大使对饮威士忌酒，长聊数小时，而对于他们说的话，玛丽和西玛尔都不明白。

有时，玛丽或教授准备饭菜，但大多数时候，是大使烧饭。他们经常吃意大利面，大使常在面条上倒些橄榄油，还撒些甜罗勒。

一天晚上，在把盛满水的锅放到炉子上的时候，大使发现煤气用完了。“哎呦！”老人说，“这时候可买不到煤气罐了，村里的商店都关门了。我们得找店主开门。”

玛丽立即想出了一个办法：“船上有瓶装煤气。”

大使诧异地看了一眼女孩。

“我去拿吧。”西玛尔说。

“没必要拿到这儿来。”玛丽说，“我们可以把锅拿到船上，把面条煮好带回来就行。”

西玛尔生气了。“把煤气拿来更方便嘛。”他说，“煮完面，也许还要煮茶，说不定还有其他用处。”

女孩和男孩生气地看着对方的脸，然后，都转向了大使，好像在等大使裁决谁说得对。气氛一下子紧张起来，大使的任何一种回答都会激怒玛丽或西玛尔。

大使犹豫了片刻，然后说：“今晚我们到外边吃吧，别想煤气的事了。附近住着一家人，从东南部搬来的，这家做的煎饼不错，餐桌就在花园里。”

大家都松了口气，一起出发沿着沙路朝村里走去。

走了没多远，就看到了一个遮阳篷下的电灯泡发出的亮光。

来自东南部的那家人整修过房屋，在花园里摆了一些简单的木头餐桌和椅子，卖他们亲手制作的家乡传统风味煎饼。外国游客尤其喜欢这家主妇做的饭菜。主妇头上包着一块干净的薄棉布头巾，她揉面，擀薄了，放在铁板上烘烤。她的两个儿子负责上菜，孩子们的父亲留着浓密的胡须，坐在收银台前。近来，爱琴海和地中海沿岸的村镇里，出现了许多这样的餐馆。

玛丽闻到了铁板上烙饼的鲜香味，一股思乡情绪油然而生。她想起自己小时候常常到后院去看烤面包和吃涂满黄油的三角千层馅饼的情形。她刚到这里，就感觉这地方能勾起她的乡愁。

他们一边吃着，一边听着波涛声。没有这波涛声，这里会是一片寂静，因为那位父亲一见大使来了，立马就让儿子把收音机关掉了，他不想让这位老人生气。

玛丽听着伊凡和大使没完没了地聊天。

“你怎么看战争和屠杀？”伊凡问道，“你也认为这是游戏吗？”

“是啊，都是游戏。”

“大屠杀、世界大战、原子弹？”

“是游戏啊……孩子般的游戏，如果你从宇宙的角度看这件事的话。想想土耳其和希腊之间最近那场卡尔达克岛[①]危机，如果你从两国的军事角度考虑这件事，也许战争看上去是合理的，但是，试试从卡尔达克岛上山羊的角度看这件事儿：一群人从突击登陆艇上下来，吼叫着上了岛，燃油弄脏了海水，破坏了数千年的宁静。这些人在岩石上立了根杆子，绑了一块蓝布，就走了。之后，另有一群人从船上下来，同样闹哄哄地上岛，把那块蓝布换成了红布。这如果不是游戏，是什么？人类属于哺乳动物，可又总想改换门庭。但是，动物不遵守自然法则就生存不下去。驴活着就必须像驴，蛇活着要像蛇，人活着也必须像人。不过，人类在这上面犯错了，想通过人自己的力量脱胎换骨，强迫自己改变本性，这就是造成不快和战争的真正原因。一句话，人活着要像人，驴活着要像驴。”

大使停顿了一下，转向玛丽和西玛尔，问道：“你们懂不懂我在说

---

①卡尔达克岛（Kardak），希腊称伊米亚岛（Imia），是位于爱琴海上希腊十二群岛与土耳其西南海岸之间的一个小岛，距土耳其海岸不到 4 海里。长久以来，该岛归属权问题一直存在争议。1996 年，希腊与土耳其两国为了争夺该岛的所有权发生了冲突，后经美国出面调停，危机得以平息。

什么？”

“驴活着要像驴。”西玛尔重复了一句。

“玛丽懂得这一切。”伊凡说，“不管你说什么她都能听懂。”

“她什么都懂。”西玛尔心里嘀咕着，“想骗谁呢？”

于是大使说：“我们来玩个游戏。你们都这么聪明，明天之前肯定能解开这个谜。”

教授看着大使，似乎想说，此时此地可不该玩游戏啊。“别那样看着我。”大使说，“你也要给我找出一个答案来。”

老人说话的时候，玛丽和西玛尔在认真地听。

“一位伟大的苏丹临死前，把两个儿子叫到了床边。他告诉儿子他快死了，他不想让他的王国四分五裂。‘但是，’国王继续说，‘你俩之间不要互相争夺王位。明天，你们两人都去离这儿一小时路程的狩猎山庄，第二天回来。谁的马后进城，谁就是苏丹。’两位王子立即开始考虑这个问题。比谁先回城不难，但是，怎么才能后回城呢？他们俩去了狩猎山庄，最终想出了一个办法。明天之前，你们当中最聪明的那个给我答案。”

此时一片寂静，大家都在努力找出谜底。

玛丽快吃完煎饼喝完牛奶的时候，忽然听到一声驴叫。叫声是从房子背后传过来的，玛丽站起来朝那个声音的方向走过去。在快要坍塌的房屋背后，有个菜园子，两条狗躺在太阳地里打盹，旁边站着一头毛驴，缰绳拴在树上，不停地叫唤，不知道是哪儿不舒服了。玛丽走过去摸了摸它的头，对着它的耳朵说了些什么。她能感觉到驴身上的粗糙的毛底下的皮很硬。这个后院的气味很像老家的杨树林，她内心涌起一股怪异的感觉。这时她听到有人来了。是那个有着深色眼睛的男孩，他额前垂着一缕头发，刚才给他们端饭的就是他。

“你在做什么？”他问。

“在和毛驴说话。”玛丽回答。

男孩笑了一声。“是我家的驴，我从来没听它说过话。”他说。

“它想说的时候才会说的。”玛丽答道。

男孩报了姓名，说自己叫梅米特·阿里。“你是哪儿的人？”他问。

玛丽告诉他自己的老家在哪儿，梅米特·阿里听了很惊讶，她竟是从东部来的。“这我可一点儿都没想到。”他说，“你是有一点儿口音，不过你和大使在一起，我还以为你是他的亲戚呢。”

梅米特·阿里很健谈，玛丽很快就了解了他的身世和家庭。他们是因为战争才离开了家乡，但是没有像躲避战争的数以百万计的人一样涌向大城市，而是来了这个海边的小村子，他家在这儿的一个亲戚建议他们来这儿卖煎饼。眼下他们刚够维持生活，不过随着来村里的游客增多，他们相信将来能挣到更多钱。

玛丽一边听梅米特·阿里说话，一边抚摸着毛驴的脸。过了一会儿，他们听到教授在喊玛丽的名字。他俩回到了前花园时觉得有点难为情，仿佛一块儿犯下了什么罪过。大家都盯着他俩看。

后来，在他们步行回家的路上，大使问玛丽刚才到哪儿去了。

“我去和一匹毛驴聊天了。”玛丽回答说。

“毛驴和你说了什么？”

“它说你说得对。”

大使和伊凡一阵大笑。这女孩子确实跟教授说的一样古怪。

第二天早晨，大使问大家是不是给他找到了答案。伊凡第一个开口。“在跑马比赛中，他们中可以有一个人先进城。”他说，“但是，后进城是不可能的。他们的父亲知道这点，实际上，他只是希望儿子们相互协商一致，确定谁来继承王位。”

“亲爱的，你错了！”大使笑着说。

伊凡耸耸肩。他已经把问题都忘了，他毫无准备，是现编的答案。

“你呢，当兵的。你的答案是什么？”大使转身问西玛尔。

“请别让他知道答案，求求你了，亲爱的真主！”玛丽暗自祈祷。

“兄弟俩都没进城，”西玛尔说，“他们在狩猎山庄等了几天。谁放弃，谁就输了。毅力最强的一个等到最后，就成了国王。”

“不对，当兵的。”大使笑着说，“这也不是正确答案。如果谁也不进城，难道他们一年一年等下去？现在，漂亮的女孩，告诉我你的答案。”

“他们换马进城！”玛丽脱口而出。

大使拍起手来，教授笑了。

西玛尔从椅子上一跃而起。“你说‘换马’是什么意思？”他叫嚷起来。

玛丽转身面向他，慢慢给他解释，好像和一个孩子说话：“他们骑上对方的马，拼了命往城里跑，都想第一个冲进城里。哪个儿子的马最后到，哪个儿子就是苏丹。”

“但应该是后到的而不是先到的那个，才能成为苏丹！”西玛尔反对道。

“不是先到的那个儿子，”伊凡说，“而是他的马后到的那个儿子。答案已经在问题里了！”

西玛尔离开了桌子。

“多谢了，阿婆。”玛丽自言自语。要不是小时候阿婆给她讲过这个故事，玛丽可能就永远找不到正确答案，但是她绝不会同别人分享她的秘密。

大使和教授都称赞玛丽聪明的时候，西玛尔脸色铁青，气急败坏地离开了屋子。

她会告诉他们实情而减少自己的乐趣吗?

“你是怎么知道答案的？”伊凡问。

“我想了整整一晚，”玛丽回答，“答案猛地一下就在脑子里冒出来了！”

那天稍晚，梅米特·阿里带了些皮塔饼到石头房子来。那天下午，他就待在附近，悄悄注视着这所房子，手指不断扭绕额头前那绺头发。

第二天快到中午时分他又来了，说他的母亲让玛丽过去，因为来了一大群游客，那个老妇人需要帮手。自从玛丽跟她说过自己会做烤薄饼，他的母亲就一直想让她来帮忙。玛丽敢肯定这是梅米特·阿里的主意，不过什么也没说。

那天她去了煎饼店，第二天、第三天也都去了，她开始每天花大部分时间待在那里。梅米特·阿里的母亲拥抱了玛丽，亲吻了她的脸颊，对她说：“我的小宝贝，你没有父亲或者母亲吗？”

“没有。”玛丽回答。

“可怜的闺女。”妇人说着，再次拥抱了她。

虽然教授和大使都对她很不错，玛丽还是觉得紧张，觉得在他们跟前不舒服。和东部来的这家人在一起的时候，她感到很自在，有一种如鱼得水的感觉。她能感受到这家人很同情她，不会伤害她。

有天她问那老妇人：“我可以做些黄油馅饼吗？”

“当然可以，亲爱的。”妇人说，“不过我得给你拿件别的衣服穿，免得弄脏你这么漂亮的裙子。”

她们一起走到小房子里。妇人打开一个木箱，取出一件上衣和一条宽松裤子，裤子挺漂亮，上面有紫色花朵图案。

这衣服穿在身上那么舒服，这让玛丽觉得有点惊奇。箱子被打开的那一刻，她感到了家的气息，差点就掉泪了。

太奇怪了，她尽全力想扔掉的衣服，居然像老朋友一样拥抱着她。她永远也不会放弃穿那些让她感觉轻松自在的新衣服，不过偶尔穿穿旧衣裳也挺惬意。

她系上围裙，用一块薄棉布包了头，坐到揉面槽前。面粉很快就粘满双臂，连胳膊肘上都是。她坐到加热的金属托盘旁，开始烤薄面饼，然后涂些黄油在上面，再把它们折叠成形。从那天开始，很多顾客都点这种独特的面饼。

下午，玛丽在后院的水龙头前洗了胳膊和脸，换掉衣服，动身回去。第二天，她一来就穿上了那条宽松的裤子。

穿那条裤子可不是玛丽唯一的变化。一走进这家的花园，她就感到安全。在这儿，她说话一点都没顾虑，又带出了东部的口音。

玛丽和梅米特·阿里聊起来没完，她哈哈大笑，讲故事，还会戏弄他。她也对他流露风情，当男孩爱慕的目光落在她身上时，她心里感觉美滋滋的。

日子美得像蜜糖一般。玛丽听到了老妇人的话，感到非常快活："你给我们带来了好运。自打你来这儿，顾客就多起来了。"

当她发现梅米特·阿里偷看她的胸脯时，她偷着乐。他左右不离地跟着她，仿佛被她催眠了。玛丽很享受他的激情，那激情是她引发的。

一天，她正在屋里揉面，梅米特·阿里踮着脚悄悄走到她背后。他鼓足勇气，亲了她的脖子一口，接着就跑出去了。玛丽暗自笑了笑，竟没有感到丝毫不快。

第三十一章　疯狂一夜

生活顺利地继续着，在这充满橘香的房子里面，一切都平静而安逸，似乎他们可以永远这样生活下去。甚至连蛮横、傲慢、抱怨连连的西玛尔，都不得不委身和他眼中的这些叛徒们住在一起，因为他没别的地方可去。

退休的大使喜欢和意气相投的朋友相处。起先，他说不许任何人谈及政治，但是这个禁令只对他人起作用，他本人倒很喜欢发表政见，谁要是打断他，他就会生气，会说："我就是这么想的。你居然还对这个问题有看法？半个世纪以来，我一直在绞尽脑汁钻研这些事儿。"

其他人对老人的话不发表什么评论。他的话对于玛丽和西玛尔来说，尤其难以理解。

玛丽大白天坐在花园里，会突然站起来，向前几步，然后又坐回到椅子上。这有点儿令人诧异，不过事出有因。她发现蟋蟀们害怕她的白裙子，每次她走向树丛，花园里的虫鸣就顿时停止。这让其他人觉得好笑，大使会说："来呀，玛丽，快去让那些虫子闭嘴。让我们瞧瞧。"

伊凡和大使对于坐在树丛里的桌前喝威士忌总是充满了期待。

谁也没料到，教授请大家出去吃晚饭的那天，他们的生活被彻底改变了。

教授厌烦了吃意大利面，他想带大家去村里的海鲜饭店吃饭。他跟店里的伙计打了招呼，说定了要来吃一顿，其他几个人也都想换换口味。伊凡坚持要坐救生艇去，而不是步行，所以日落时分，他们挤在小艇上，在平滑如镜的深红色海水中朝村子划去。伊凡原以为大使会讲“酒红色的海”，然后把自己比作荷马，但是老人什么都没说。

他们到达海鲜饭店的时候，那里已经被英国游客占据了。那是一群寻欢作乐的年轻男女，他们有点儿醉了，又唱又叫，十分招摇。

餐厅老板把他们带到花园里靠海的桌前。桌子歪斜地随意放着，因为地面不大平坦，桌子摇摇晃晃，就像走在沙漠里的骆驼，不过海鲜倒是相当新鲜。

店主把鱼放进托盘，端到花园这边让这些贵客查验，向他们保证黑鲈鱼绝对不是从养鱼场里弄来的。他们中的三位还记得初次相遇的养鱼场，玛丽回想起那里猖獗的蚊子和沙蚤那么猛烈地进攻她，禁不住在自己身上抓挠起来。那地方真是太糟糕了！

店主还端来了当地产的活蹦乱跳的小龙虾让他们看。大使装出一副专家的模样，要了些小龙虾，还说明了该怎么烹饪。“没错，就照您说的做。”服务员鞠了一躬。

没一会儿，服务员取来了酒杯和冰镇的当地白葡萄酒。大使取了一只酒杯，晃了晃杯里的酒，看了一会儿，煞有介事地说道：“成色不错。”

他指了指挂在酒杯壁上慢慢滑下的酒滴，然后啜了一口，让酒在舌头上转了几转，咽了下去，停了一停，然后说：“相当好。”

这样廉价的酒居然能受到如此的褒奖，这让店主感到诧异，但他还是为大使和教授又倒满一杯。西玛尔和玛丽则把手挡在杯口，拒绝了店主。

在沙拉上来之前，伊凡和教授像喝水一样把瓶里剩下的酒全喝光了。喝惯了威士忌和烈酒，葡萄酒对他们来说如同糖水。店主的儿子拿来了一瓶又一瓶葡萄酒。

从踏进花园的那刻起，他们就觉得这里是爱琴海上的另一个天堂。金银花香沁人心脾，那种植物在当地长得像小树一般，枝枝蔓蔓，在他们头上悬垂下来。这会儿，夜来香的香气和金银花香交织在了一起。

海水深红的颜色渐渐消逝。夜幕降临了，令人陶醉的花香越发浓烈，另一桌的那群英国年轻游客还在大声嬉笑叫嚷。

“自从凡湖水变咸，里面就不再有鱼了。”西玛尔说道，“但是在河流与湖泊的交汇处厄西斯，有味道鲜美的鲻鱼。”

“是吗？”大使说道，“真有趣。”

教授什么也没说，然后两人又回到他们刚才的话题。

突然停电了。有的英国游客惊叫起来，但是当地人早就习以为常了。服务员马上给每桌拿来了煤油灯，还往树上挂了灯笼。

那晚，大使聊个不停，仿佛要为这些年的孤独做个补偿。他和教授都喝多了，发音有些含混不清，而且无端地兴奋起来，也许是受到了那桌年轻人快乐的感染。

玛丽望着正在拥抱的男孩和女孩们，但是她不再渴望接近那些苗条的、晒得黝黑的男孩子了。看着他们，她就会想起梅米特·阿里垂到额前的黑头发和他那双真诚的棕色眼睛。

先上来的是小鱼、小龙虾，然后是黑鲈鱼。葡萄酒一瓶接一瓶地被喝光。大使有说有笑，一刻也没停。

“教授，”他说，“看这烛光，难道不浪漫吗？婚姻般的浪漫。但是婚姻的悲剧是不可避免的：爱情是短暂的，而争吵是永久的。”

两人爆笑起来。

“浪漫是欧洲的发明，”大使继续道，“这个国家的浪漫是从欧洲模仿来的。结了婚的女人特别喜欢浪漫。男女在婚后常常为钱争吵，然后会谈起胃不舒服，接着又讨论哪种药可以减轻胃胀。接着，突然间，他们坐在烛光旁边，凝望着对方，心里只想着彼此，其他事情都被抛到了脑后。这就是浪漫时刻！”

伊凡会心地大笑起来。“这么说来，”他说，“每个女人都有一个目的：让一个男人终身跪在身旁。”

老人摇了摇手指说：“这次让我抓着了吧……这话是陀思妥耶夫斯基说的！”

临近午夜，那帮年轻的游客更兴奋了。他们先是高喊：“我们怎么处理醉酒的水手？”接着，三个女孩抓住一个男孩的胳膊和腿，把他扔到了海里。她们转过身去脱掉短裤，把光屁股冲着那浑身湿透在水里挣扎着往岸上爬的男孩，其他人见这光景大声吼叫，一个劲儿地喝彩。

“自从变成了直立人，”大使说，“女性的阴道变得更紧了。这就是女性生育如此困难的原因。怀孕是繁重的劳役，不同于其他物种的幼仔，人类婴儿刚生下来还不能行走，他们需要照顾。谁来养活洞穴里长年累月怀孕和哺乳的女人呢？谁会去给她寻找猎物？当然是男性，他们为家庭做出牺牲。还在穴居人时期，女人们就会问男人们相同的三个问题：你要去哪儿？你什么时候回来？你还爱我吗？当时是这样，今天，在纽约、巴黎、伊斯坦布尔，这些问题依旧适用。”

大使一说完，他和伊凡就是一阵爆笑，就连那群喝醉的游客也扭头看他们。

“哈，三个问题，大使！”教授边笑边嚷。他扶着桌子想站起来，嘴里还重复念叨着大使说的话，虽然依稀记得这话是个很有名的记者说的，但是费了很大力气站起来的时候，他忘记了自己要说什么。玛丽担心他会摔倒，但是教授还是歪歪斜斜保持住了平衡，蹒跚着向餐厅走去。

他感到头昏脑涨，不知道把脚放在什么地方，不过他感到不亦乐乎。脑子里的空白让他觉得很享受，他很久都没有这样无忧无虑了。走到餐厅里，他都没核对就买了单，然后又问男洗手间在哪。

一盏灯笼照亮了餐厅后面的一间小破屋子，那就算是洗手间了。伊凡对着镜子，看着自己发福的脸和蒙眬的双眼，突然敬了个礼。他的下巴有点儿疼，因为笑得太多了。

“你要去哪儿？你什么时候回来？你还爱我吗？”他重复着，“祝福你，我的好朋友！这是真的，千真万确！”

走在回餐桌的路上，从挂在金银花枝上的灯笼下面经过时，他差点儿撞上个人。灯光里出现了一张面孔，教授停住了脚步。他不能相信自己的眼睛。“希达耶？”他喃喃道。

那就是希达耶，他的脸被黄色的灯光照着，正站在那里望着教授。那褐色卷发，那薄薄的玫瑰花蕾似的小嘴……教授想起了奥斯卡·王尔德[①]曾经对安德烈·纪德[②]说的话：“我亲爱的朋友，你的嘴唇太直，因为你不会说谎。你的嘴唇应该像希腊神一样富有曲线。”

这是希达耶年轻时的脸，应该还不到二十岁。岁月没理会希达耶，却把伊凡变成了老头。

教授摇摇晃晃差点儿摔倒。那小伙子的脸在灯光中时隐时现。

①奥斯卡·王尔德（1854—1900），爱尔兰作家、诗人、剧作家，英国唯美主义艺术运动的倡导者。作品有《道林·格雷的肖像》《夜莺与玫瑰》等。

②安德烈·保罗·吉约姆·纪德（1869—1951），法国作家，1947年诺贝尔文学奖得主。作品包括《背德者》《窄门》，自传《如果种子不死》等。

这英国小伙子和伊凡一样醉醺醺的，他们俩的头差点撞到一起。小伙子用蒙眬的双眼，盯着面前这位对自己显出敬畏和崇拜之情的中年人。

可能是怕摔倒或者是因为酒后的多愁善感，也可能是别的什么原因，他们相互搀扶着拥抱在一起。教授把头靠在小伙子赤裸的肩上。“希达耶！”他喃喃着，开始流泪。咸咸的味道流进嘴里。

“希达耶。”他低声说。

拥抱女人时，他从没有感到如此愉悦，抑或是如此不可抗拒的欲望。

“希达耶……希达耶。”他重复着。

那醉酒的小伙子一点儿也不明白教授在说什么。他从老人的怀抱中挣脱开，噘起嘴往教授的脸上夸张地亲了一口，然后跌跌撞撞地去了洗手间。

教授跌倒了，就势席地而坐，望着大海，想弄明白到底发生了什么。他不知道自己到底是看到了海，还是看到了内心的深渊。

“希达耶，”他再次轻轻地说，“你在哪？”

要不是大使过来把他扶起来，他可能当时就昏过去了。在餐厅老板的帮助下，大使把他拖到了救生艇上。

在回去的路上，西玛尔划着船，没人言语。

回到橘树林旁边的小码头，西玛尔先跳了上去把绳子系紧，然后他帮大使和玛丽上了岸。最后，教授站了起来，伸手去够防波堤时不小心抓到了西玛尔的胳膊。

“别碰我，你这个同性恋杂种！”西玛尔冲教授大喊着把他推开。教授跌回救生艇，脸磕在座位上。玛丽和大使站在旁边，无助地看着。

教授坐了起来。鼻子流着血，浑身疼痛。他摸到船边，试着让自己站起来。挣扎了几下，总算捂着流血的鼻子从船里面出来了。他终

于站直了，向前走了一步。西玛尔站在防波堤上，气势汹汹，居高临下，对教授充满敌意，看起来比他本人实际的样子更显可怕，好像在等待第二次出手的时机。“别再碰我，你这个变态！”西玛尔嚷道，“所有人都看到了你在餐厅里干的好事儿。同性恋！”

教授看着他，一股强烈的怒火在心里燃烧起来。他一边努力止住奔涌而出的鼻血，一边嘶吼：“你父亲才是变态！他强奸了自己的侄女！”

西玛尔咬着牙什么都没说。

“你这个傻子。你难道不清楚你父亲不仅强奸了她，还让你去杀她？”

一听这话，西玛尔恼羞成怒。他扑过去掐住教授的喉咙。“骗子！”他咆哮着，“骗子！去死吧你，看你还敢胡说八道！”

“问问玛丽，”伊凡喘着气说，“她会告诉你的！”

西玛尔看着女孩儿。“告诉他，他是个骗子！”他喊道，“告诉他！”

玛丽什么都没说。

“快说！”

她还是沉默。

“你还不明白吗？”伊凡说，“她的沉默说明了一切。你父亲是个变态。”

西玛尔积攒许久的怒火迸发出来，用他锤子般的拳头不断砸向教授。玛丽和大使发出像动物一样惊恐的尖叫，他们怕极了。西玛尔一拳一拳重重地砸在教授脸上，痛击着他。

教授跪在地上，向前爬着，满口鲜血喷到码头的木板上。大使看到教授吐出几颗牙齿，禁不住浑身发抖。西玛尔松开教授跑回屋子，痛苦地哀号着。

伊凡转身躺在码头上。大口喘气，他努力恢复体力。

大使被这景象吓得不知所措。“你看！”他冲着玛丽歇斯底里地喊道，“我本不想让任何人到这里来。现在这儿充满了这个国家的残暴！”

玛丽跪在教授身旁，束手无策，只能用裙边给教授擦干净脸。

教授躺在那里，看着天上的星星，最亮的那颗恰好就在正上方。“那颗肯定是木星。”他想。它比地球大四十倍。在木星上能看见地球吗？这会儿，他很想看到流星，但一颗也没有。

教授知道发生了些让人不愉快的事情，但他想不起来到底发生了什么。他继续思考着木星和其他星球。

他忍不住想笑。他无法压抑想笑的冲动，便躺在那里无助地大笑起来。玛丽和大使呆呆地看着他。伊凡抓住玛丽的手坐了起来，叉开两腿，笑个不停。

大使很担心地问他为什么发笑。

“我被打败了。”伊凡回答道，“我向真主发誓我被打败了。就像特里库皮斯将军曾说过的，‘我会优雅地撤退回家去’，我也决定回到属于我的地方去。”

他的发音有点奇怪，因为两颗门牙被打断了，嘴里还满是血。

“那是最好不过的事，朋友。”大使说着，转过身走向那所房子。他一走进花园就喊起来，眼睛并没看着他们。“一路顺风！”

教授站起身，玛丽搀扶着他，慢慢向船走去。玛丽跟他上了船，一直搀着他走进他的船舱。玛丽奇怪他们为什么去那儿。这个船舱正巧挂着飞翔的亚美尼亚人的画。

“我要走了，”伊凡说，“我们再也不会见面了。”

玛丽沉默了。

“去帮我拿点喝的。”

玛丽上去打开酒柜，在自己不大熟悉的酒中间随便挑了一瓶，拿下船舱。她进门时，教授正在关一个抽屉。他接过酒瓶，喝了起来。“也许我不该说出你的秘密，但还是说出来的好。”他说，“你该离开西玛尔了。”

女孩没说话。

他们离开屋子，走到甲板上。

“你生他的气吗？”伊凡问。

玛丽摇头。

“我发动引擎的时候能不能把绳子扔给我？”

“好的。”女孩说。

“那么，再见了。”

教授吻了玛丽的手，她也做了个吻他手的样子。

她离开船的时候，教授说：“稍等一下。把这个拿去。”

他把一个信封塞到她手里。

玛丽听到引擎发动了，就把绳子扔给教授。他身体摇摇晃晃，甚至都站不稳，但他还是拔起了锚，在船渐渐远去的时候，他朝她最后一次挥手。“在饭店里到底发生了什么？”他高喊。

“没什么！”玛丽也喊道。

船消失在夜色之中，很快就听不到引擎的声音了。

玛丽盯着茫茫夜色看了许久，然后向房子走去。花园里空空荡荡的，房子很安静。

她回了房间，才发现裙子上全是血，她必须赶快用冷水把它洗净。她想起了在村子里每个月都要清洗的那些浸满血的布片。血不应该加热，她知道的。

她把信封放在床上，下楼打满一盆水。她把盆端回卧室，把裙子浸在水里，水立刻变红了。“我得多洗几遍，”她想，“不然肯定洗不掉。”

寻思着该干点儿什么，她坐在床上打开信封。里面装满了钱——数不清的钱，而且还是外币！

第三十二章　真主是爱我的

西玛尔跑回屋里爬上楼梯后，感觉自己疲惫透顶。他连爬楼梯的劲儿也没有了，仿佛他一下子变成了个布娃娃。他回到自己房间里，一头扑倒在床上，衣服也没脱，很快就沉睡过去，像石头沉入枯井。他没有做梦，睡得很酣畅，毫无动静，宛如一具死尸。

第二天早上，大使告诉玛丽："我不留你在我房里住了。请你今天就走，也带走你的亲戚。"

他眼睛下面出现了两处瘀青，皮下血管损伤的痕迹更明显了。他那天早晨刮脸时一定是割伤了自己，因为他脖子上有个鲜红的伤口，上面贴着一块布，血透过布慢慢往外渗。他的两手在颤抖。

"请立刻离开我的房子！我要找回我的安静。我就知道会是这样。这个国家充满了疯子，他们的疯狂进了我的房子。请走吧。"

玛丽说西玛尔一醒来他们就走，再也不回来了。

然后她和大使坐在花园里，等待西玛尔下楼来。老人盼望他快点儿露面，眼睛紧紧盯着房门。

他们一直等到中午，还不见西玛尔下来。大使不断地问："他怎么还不起床？”后来，玛丽实在受不了了，就起身去看西玛尔在干什么。她轻轻敲了敲门，但没有反应，再稍用力敲了敲，还是没有回应。最后她只好捶打他的房门，同时高声喊他的名字。没人能在这么大的声音里睡觉，但是西玛尔的房间里没有传出一丝声音。

大使也上来和她一块儿站在门口。他看上去担心极了，一脸焦虑。也许他感到恐惧，害怕遇到不可收拾的糟糕情况，比如西玛尔在他的房子里自杀或者死亡。他和玛丽在巨大的恐惧中打开门，进了房间。

西玛尔身穿衬衫和短裤躺在床上。大使轻轻叫了他一声："西玛尔，西玛尔先生。"然后又提高声音叫他："西玛尔先生！"

西玛尔没有动，也没有发出任何声响。大使胆怯地摇了摇他的肩膀，他一点反应也没有。于是大使把耳朵贴在小伙子的胸口。"他在呼吸。"他说，终于松了口气。

那天他们没能叫醒西玛尔。夜幕降临后，小伙子还在沉睡，仿佛他在另一个世界。

大使无法理解这情形。"这事我以前只见过一次。"他说，"实际上我有睡眠不好的毛病，但有一回——那是我妈妈去世的时候——我回了家，一觉睡了二十四个钟头，没有做梦，也不知道我是否还活着。也许那就是一种死亡，说不定西玛尔也在经历一种类似的情形。"

玛丽几次上楼去看西玛尔，但他还是保持同一种姿势熟睡。她摸了摸他的额头，他额头发烫。尽管发着高烧，他还是纹丝不动。不管喜欢不喜欢，他们都必须在大使家再过一夜。老人肯定会不安，但是她无可奈何。

玛丽早早回了自己房间，上了床，想睡会儿。发生了这么多事，她倒没有心烦意乱，相反，她很镇静。她感觉很放松，一切都说清楚了，她感觉自己的人生就要发生新的转变了。她对未来几乎没有恐惧和疑虑。她对自己的坚定和平静感到惊奇，不过她还是很喜欢自己渐渐变强的内在力量。

一只温柔的手轻轻抚摸，终于让西玛尔在黎明时分醒了。他没有睁开眼睛，感觉那洁净芳香的头发和丝绸般柔软而充满激情的身体摩挲着他的身体。他在女人的抚摸下不禁浑身颤抖。天真新娘真的来了，这次骑在他上面了。他的心激动得狂跳不止。他抱紧她，两只手臂搂着她纤细的腰和绷紧的臀。过了一会儿，他感觉女孩的私处包围着他的禁区，像蝴蝶的翅膀一样颤动，他不禁涌起一阵快感。他不想睁开眼睛，但是他明白必须睁开。他不想再次失去这可爱的身体带来的那种美妙感觉，他要突然睁开眼睛，首次一睹天真新娘的芳容。

他一边害怕得发抖，一边慢慢睁开了眼睛，随即又闭上了，沉入了一个黑暗的走廊，通往一个更深沉的睡梦。

在那个可怕的夜晚之后，教授被旭日的耀眼光芒惊醒了。他的第一个念头是死亡，头天夜里他已经在黑暗中平静地向它屈服。柚木甲板的味道，拂面的清风，刺痛眼睛的日光，头疼的老毛病可怕的发作，一股脑儿聚拢来，那么真切，让他不由得坐了起来向四周张望。帆船在大海上随意旋转着，他记得夜里他曾按了按钮起了锚，他想起船撞上了礁石，撞碎了，实际上他是在近海抛锚停泊。

意识到眼下的境况，他既不高兴，也不难过。

他把那个杜松子酒空瓶子扔进海里。他嘴唇发干，头疼得像被钳子夹住了一样，唯一拯救自己的方法就是和那个空酒瓶一道跳进海里。他一跃而起，越过船边，落进了海水里，和那个瓶子一模一样。他吞了些海水，感谢蔚蓝色的海水把自己清洗了一遍。他在水里一动不动地待了一会儿，随后扭动了几下，在水里打转转，像条被自己的集体抛弃了的老海豚那样。

他回到船上，感觉很好，相信自己可以忍受装了满脑子的所有问题，忘掉头天夜里的不愉快，但是他又改了主意。“你被打败了。”他告诉自己。

真奇怪，这个念头让他高兴。屈服和失败的感觉使他不可名状地满足。雄心勃勃的奋斗阶段已经结束了，带走了伴随着他的全部恐惧和毒害人心的问题。他现在是听天由命了，就像一个守城多年的将军，终于向比自己强大的敌军献出城堡。

头脑里思考的问题很多很杂：自己是土耳其人、爱琴海人、地中海人、美国人、欧洲人还是中东人？是穆斯林还是无神论者？是富人还是穷人？是人还是非人？是真的还是假的？是仁慈的还是暴虐的？是玩世不恭的还是善良真诚的？是传统的还是现代的？是虚张声势的还是富有哲理的？是科学家还是骗子？是怕死还是不怕？

冷静投降、接受失败，强过拿一大堆这种问题扰乱自己的头脑，这些问题千头万绪，归根结底就是一句话，是一个找不到答案的问题：我是谁？

他清楚地知道他要做什么。他要去母亲家里，她是世上最疼他的人，她永远在那儿守候着他。他要吃她做的有滋有味的饭菜，让她把自己介绍给她那些好奇的邻居。他要带一束鲜花去给父亲上坟，要在爱琴海沿岸的一所大学找个不显眼的职位，要过他父亲那种平淡的生活——尽管地位不同。他要在同一所房屋里度过余生。这样做是最保险的。

忽听脑后有人用挖苦的腔调在说话，让他想起了在《新闻周刊》上读过的一篇文章。文章提到一个来自意大利的新词“Mammismo”，指的是年纪不小的男人还和妈妈住在一起。这个词可以翻译成“妈妈的乖儿子”或者是“妈妈的宝贝”，不过这些昵称都没有让他心烦。他已经接受了失败，所以，生活可以任意践踏他、撕碎他。从底层重新开始生活，倒挺有意思的。他笑了。

“来呀，妈妈的乖儿子！”他大喊一声，“先把船还回去。还好，租金已经预付了！”

西玛尔早晨醒来，睁眼看到的是玛丽那张苍白的脸，她正俯视着他。他慢慢坐起来，浑身没一处不疼。

“玛丽，”他问，“你夜里来过这儿吗？”

“没有。”她回答。

“我睡了多久？”

“两天。我一直在等你醒来。大使要我们离开。”

“好吧，”西玛尔说，“我们找地方搬过去。”

“给你自己找个地方吧。”玛丽说。

“什么？你也一起来。”

“不。”

“你要到哪儿？”

“不关你的事。”

西玛尔用怀疑的目光瞧着玛丽。只见她的表情很坚定，甚至很强硬。她轻蔑地绷紧嘴唇，直视着他的眼睛，她绝对是认真的。西玛尔害怕了。“你一个人没法过，玛丽。”他说，“跟我走。”

“不，”玛丽又说了一遍，“回村里去吧。”

西玛尔一听“村里”这个词，脸色就沉下来了，两眼直冒火。

“我不能。”他从咬紧的牙缝里挤出一句，“我再也不回那个腌臜地方了！”

“那就去伊斯坦布尔，去找你哥哥或者你的朋友。他们会给你找个活干的。”

玛丽从衣兜里掏出一把钞票给了他。“拿着，”她说，“你会用得着的。别担心，我还有更多。”

“你从哪儿弄来的？”西玛尔问，他怀疑地盯着钱看。

“教授给我的。”

接着，她没有说再见，就走出了房间。

西玛尔突然感到一种前所未有的恐惧。玛丽要离开他，他再也见不着她了。这念头像块弹片一样射穿了他的心，他眼睛里溢满了泪水。他跑过去追上她，抓住她的胳膊。“你什么地方也不能去！”他喊道，“听见了吗？你要去找那个煎饼店的家伙，对吗？好啊，这不行，我不让你去。”

“放开我的胳膊。”玛丽平静地回答，“你挡不住我，不管你怎么做都没用。”

西玛尔威胁地摇晃着她。“放明白点儿！”他大吼一声，“我该给你点教训了！”

他举起手臂，好像要打她。她耸了耸肩。

“我要杀了你！”他尖叫着。

玛丽盯着他的眼睛，毫无畏惧。

接着，西玛尔感觉想做自己从来没有动过念头的事。他想跪下来，抱住她的膝盖，乞求她别走。他惊恐万状，仿佛女孩一出门，他的生命就要终止。

他想请求玛丽原谅，甚至想把头埋进她的白裙子里痛哭一场，但是他僵住了，就只是站在那儿。

玛丽默默看着他。

“照顾好你自己。”说罢，她转身离开了。

她带着橘子花香，独自一人，无所畏惧，自由自在，轻快地走在岸边的沙子小道上。海浪轻轻拍打着沙滩，微风吹拂，她感觉无比清醒。

她的衣裙在风中摆动，浪花溅起的水珠打在她赤裸的腿上，感觉凉凉的。

她听到毛驴叫了三声。

“我来了，别担心。”玛丽说。

在她心里，现在已经进入她视野的那间煎饼屋摇身一变，成了一个亮堂堂的饭店了，里面摆放着漂亮的桌椅，装饰着鲜花。她摸了摸衣兜里那一摞钱。

要是梅米特·阿里不反对，她想把饭店修葺一新，在饭店上方立个灯光招牌，打上“黄油馅饼”的字样。

毛驴又悲鸣了一声，背后的山上传来了回音。玛丽立刻回应。“我来了！”她高喊，“着什么急！”

她终于可以肯定，真主是爱她的！

图书在版编目（CIP）数据

伊斯坦布尔的幸福 /（土）李凡纳利著；贾文浩译
. -- 海口：南海出版公司，2019.5
ISBN 978-7-5442-9559-8

Ⅰ. ①伊… Ⅱ. ①李… ②贾… Ⅲ. ①长篇小说－土耳其－现代 Ⅳ. ①I374.45

中国版本图书馆 CIP 数据核字（2019）第 043925 号

著作权合同登记号 图字：30－2018－160

伊斯坦布尔的幸福
〔土耳其〕李凡纳利 著
贾文浩 译

出　版　南海出版公司　(0898)66568511
　　　　海口市海秀中路 51 号星华大厦五楼　邮编 570206
发　行　新经典发行有限公司
　　　　电话 (010)68423599　邮箱 editor@readinglife.com
经　销　新华书店

策　划　好读文化
责任编辑　李玉珍
装帧设计　林　丽
内文制作　王春雪

印　刷　河北鹏润印刷有限公司
开　本　850 毫米 ×1168 毫米　1/32
印　张　10
字　数　240 千
版　次　2019 年 5 月第 1 版
印　次　2019 年 5 月第 2 次印刷
书　号　ISBN 978-7-5442-9559-8
定　价　49.50 元